7号同学 / 著

讨厌的你 2

百花洲文艺出版社
BAIHUAZHOU LITERATURE AND ART PRESS

目录
CONTENTS

她的男孩

序章

Prologue

林音希又做了那个梦。

说是梦，更像是回忆的一幕冗长倒带。

她又回到了海塘樟城小镇山脚下的那座老房子里，她还是扎着小辫穿着灰扑扑的衣衫等待林萍回家的小萝卜头，不用早出晚归地工作，耳边没有纷扰嘈杂的声音，每天要做的事便是照顾好自己，以及在这漫长而无聊的时光里给自己找点乐子。

可惜的是，她住得偏，邻居们基本都搬到了镇上，方圆十里只有她家一家，和一户拾荒者的居所，那一家是一对无儿无女的老夫妇，养了一条比他们还老、牙齿都快掉光、眼神还不好的狗，好不容易有一次她鼓起勇气去找那条狗玩，却得知，那条老狗在前几天已经失踪了，或许是知道自己大限将至，不忍主人难过，偷偷地离家了。

那对老夫妇哭得伤心，林音希也觉得难过，抽抽搭搭地一路哭回家。林萍又不在，她带回来的那个男孩又在睡觉，林音希看着那扇关着的门，小小的年纪一下子体会到什么叫作悲从中来，抽泣忍不住变成了哀号。

林音希很少哭，以前跟着外婆生活，虽然生活清贫简单，但是外婆很疼她，没让她受到过一点委屈。后来她去了舅舅家住，有时候想念外婆也只是躲在被窝里偷偷地流眼泪，担心把鼻涕蹭到被套上，连哭也哭得克制。这会儿，她清楚地知道自己的哭声不会惊扰到别人，因为压根没有邻居，她便哭得歇斯底里。

林音希不知道自己为什么哭，只是觉得难过，越哭越想哭，哭得撕心裂肺，直到那扇闭合的门发出一声轻响。

她停下来，那声音也没有了，她继续哭，那敲门声随即响起来，像是在附和自己的哭声。她停，声音又停。如此反复了几次，林音希终于意识到，门内似乎有人在嘲笑自己。

五岁的林音希还不知道什么叫自尊，却忽然觉得恼怒，猛地将那门下的小门打开，便看到一张清秀白净的脸，对方的眼睛大而明亮，眼神却是迷茫的。

两人面面相觑了许久，谁也没开口打破这诡异的气氛，直到她打了个喷嚏，对方惊悚地指了指她的鼻子，她伸手一摸，才发现自己鼻子下方挂着一抹诡异的液体。

她虽年纪小，却也知道什么叫作丢人，这会儿又开始控制不住自己的眼泪，正想哭，那男孩却将手伸出了小小的门，小小的手上是一根挂着个玉石元宝的红绳。

“别哭了，这个给你。”

那元宝是白色的，细腻光滑，林音希才看一眼，便觉得喜欢。她伸出手在上面摸了一下，玉石上面还带着他的体温，温润光滑。只是一下，林音希又缩回了手。

“我不要。”那不是她的东西，她不要，无论有多喜欢。

见林音希拒绝，他似乎也松了一口气，小心翼翼将红绳挂回脖子上：“你叫什么名字啊？”

“我叫林音希。”

男孩看着她，认真地将名字念了一遍，长睫毛在他的眼下投落出淡淡的影子。

他说：“我叫江照。”

她的母亲

第一章

Chapter 1

1

近段时间，李星显得特别忧愁。

几乎每个晚上，她都会被噩梦惊醒。

她每天都会梦见自己在开车，就在南泽开往海塘的那条漫长的公路上，道路两旁分布着翠绿的灌木以及同样是绿色的山体，路上空无一车，只有她颜色鲜艳的座驾，孤零零地行驶在宽敞的路中央，路特别特别的长，好像怎么也走不完。

更诡异的是，副驾驶坐的并非林音希，而是一只猫。

是的，一只长着人的身体的猫，和她客厅里的玩偶一模一样。

虽然知道是做梦，但开了一晚的车也挺累的，她稍稍松了油门，那只猫便忽然伸出手抓住了她的手臂，明明是人的身体，伸到她手上却变成猫的指甲，在她手上留下一道抓痕。

然后李星便从疼痛中惊醒——她又一次摔下了床。

每天晚上都是这样，先是做梦，然后被猫抓，然后就摔下床被吓醒，天天如此，循环反复，乐此不疲。

房间开着一盏小灯，她低头看了看自己的手臂，干干净净，没有一点痕迹。她抱着枕头被子往林音希房间走的时候，才忽然想起那天去海塘，林音希似乎是抱着那只玩偶猫上车的，死活不撒手，路上她因为紧张将车开得飞快，林音希在拐弯时似乎被吓到，伸出手抓了她一下。

所以，这个诡异的梦境始作俑者还是林音希，她现在去找林音希陪睡似乎也不是那么过分。她边想着，边蹑手蹑脚摸向林音希的房间，对方依旧十年如一日从不锁房门。

林音希似乎睡得很熟，连李星开了房门也没察觉，李星听着她均匀的呼吸声，想了想还是没有将她叫醒，在她身边躺下了。

有个人一起睡着，那只人脸猫应该不会再来吧，李星决定明天一早醒来就把那只破玩偶丢到垃圾桶去，不，不行，开车扔远些，扔到郊区的垃圾站。

她不害怕了，林音希第二天起床却被吓了一大跳："你是什么时候来我房间睡的，我怎么不知道？"

李星带着一丝刚睡醒的慵懒，花了好几秒才理清思路，脸不红气不喘地撒谎："昨晚我起来喝水，听见你在说话，好像是做噩梦了，所以我来陪你睡。"

林音希仍旧一头雾水："我昨晚没有做梦呀，没有什么印象。"

"哎呀，都说是做梦，哪里还记得。我这不是担心你吗？"李星一锤定音，"这几个晚上，我就和你一起睡吧。"

"你不用担心我，我挺好的。"

的确，林音希看起来并没有什么不好的，反而，她是太好了。

从海塘回来后的第二天，她便开始准时上下班，还加了两天班，周末像往常一样给李星做了饭，甚至陪着看了两集综艺，又看了一场科幻电影，还毒舌地批判了五毛钱的特效。

魂不守舍、深夜痛哭、午夜梦魇，这些李星所想象的，会发生在林音希身上的完全没有发生。李星已经准备好了一系列的应对方案，备好了两本心理书籍，也做好了请假陪她散心的准备，可一个都没有派上用场。

她太过平常、冷静、镇定，这令李星担心。

上班的路上，李星心不在焉，接连闯了两个红灯，还在痛心疾首，便听到林音希问她："星星，你怎么了？"

"我怎么怎么了？"她一头雾水。

"你没有怎么了吗？前面红灯。"

李星忙踩刹车，看着漫长的倒计时，觉得自己有必要将这绕口令捋顺："不是我怎么了，是你怎么了？"

"我怎么了？"

“对，就是你怎么了？”

“我没有怎么了，是我问你怎么了？”

“我怎么了，是因为你没有怎么了，所以你看我才像我怎么了。”李星觉得自己的逻辑和普通话水平都得到很大的提高，这么绕了一圈还没有把自己绕晕，“我很担心你。虽然你现在看起来很好，但就是你太好了，才让我担心。我不是说见不得你好，我的意思是，我担心你什么都不说，憋在心里，会闷坏自己。”

“我没事，真的。过去的二十年，我妈都不曾陪在我身边。她离开了，我根本就无法挽留，我现在只能当她像过去一样，还在监狱里生活着，我什么也做不了，就努力照顾好自己。”林音希的声音闷闷的，像笼在一个巨大的透明罩子里，“对于生死，我们从来都无可奈何，歇斯底里，痛哭流涕也无法改变事实。”

李星悬着的心并未完全放下来。

不仅是林音希让她担心，自海塘回来后，自家老板江照也与往常有些不一样。

他向来工作专注，堪称远洋“拼命三郎”，近段时间更是拼命加班，每日埋首在尚宇传媒的并购计划中，已经好几次在办公室睡着，连家也没回；他向来有洁癖，又爱漂亮，一周的衣服极少穿重复，以前再忙再累也会找人送衣服到办公室，最近，他已经两天没有换衣服了；除去各种应酬和偶尔去餐厅用餐，他的餐食大多是由江家的司机从悠山郡送来，因为他挑食得很，只有家里的厨子才最明白他的口味，可最近悠山郡送来的饭他都不动，只是让她去楼下餐厅订餐，江家送来的食物，大多是进了她的胃。

起初李星还猜测是不是换了厨子不合口味，旁敲侧击问过老板，却被他冷冷一瞥：“你是老板还是我是老板？”李星想想也是，反正她吃烦了快餐和餐厅，悠山郡送来的饭菜美味得很，她何乐而不为？

但最让她担心的并非这点，而是他与林音希的疏离。

大家都是成年人，男欢女爱本就是你情我愿的事情，旁人不应该插手干预。但自海塘回来后，江照与林音希似乎就断了联系，往常还会时不时吃个饭、看个电影什么的，现在老板一下班就待在办公室加班，林音希则是除了与她逛街吃饭，大门不出二门不迈。

和林音希谈恋爱的江魔头总算不那么可怕了，虽然不会因为她和林音希的关系而假公济私，但笑容明显多了，也不会像披着面具一样，这样，她的工作效率和心情都明显提升。

最近，李星明显觉得28楼气温直线下降，明明已经关了冷气，还是觉得凉飕飕的。

皇帝不急太监急，大内总管李星近距离旁观了半个月，猜测老板是因为工作太忙，没时间理会情情爱爱。但当尚宇并购项目终于一锤定音，整个办公室都在欢呼雀跃，江照大手一挥给大家放了假，却让她订餐厅并且约叶深深吃饭时，她终于不淡定了："江先生，约叶小姐？99%花艺工作室那个叶深深小姐？"

"是，有什么问题吗？"他斜睨着李星，原本还一肚子话要说的李星被他的目光一瞥，像个干瘪的气球，垂头丧气："没有。"

出事那天，她给江照打电话，他在那边的紧张和关怀可不似作假，到了海塘，几乎更是与林音希形影不离，就怕一眨眼林音希就消失的架势，怎么短短几天就完全变了样，冷淡得像陌生人不说，还在林音希这最脆弱的关键时刻勾三搭四，移情别恋？

李星想不通，又不敢质问江照，只能从林音希那边下手："你和江照分手了吗？他要我约叶深深吃饭你知道吗？"

林音希却不意外："还没有分手。"

"还没有分手是什么意思？"李星迅速地抓住了重点。

"就是字面上的意思。"

林音希说完，又低头看稿子，明明所有的文字都是自己认识的，组合在一起了，她却好像都看不懂了。

她脑子里乱糟糟的，不停地回放着李星的话。

2

林音希和江照没有分手。

他们只是在海塘回南泽的路上吵了一架，当时双方都情绪激动，若换作是别人，或许会直接打开车门让她滚下去，但江照没有，他只是沉着脸将她送回了南泽，还将车开到了公寓楼下。

不过从那天之后，他们彼此都没有联系。

江照还没缓过来，林音希知道。

他在那个优越的环境里生活了二十年，当了整整二十年的天之骄子，突然有人告诉他，你不是，你是来自池塘里的污泥，任由是谁，都无法一下子就接受。她从来都不打算将这个秘密揭开，她只希望他能够永远这样骄傲地屹立着，若不是出了林萍这个变故，若不是他的追问，她只会让这个荒唐的秘密腐烂在自己心底。

但他问了，她便不会隐瞒。

她与江照之间的问题，并非普通的感情问题，她不能和别人一样同闺密分享，一起讨伐男友的不是，然后等着他给自己打电话。她这些天发生的事组合起来，拍成电视剧，活生生的一部豪门恩怨，女主还是灰姑娘的那种老土剧情，太过戏剧，若不是发生在自己身上，她都怀疑其真实性。

所以，林音希一个字也无法向李星吐露，装作云淡风轻地看完稿子，又在她的注视中进房间休息。直到李星又蹑手蹑脚摸上她的床时，她终于忍不住了，貌似不经意地问起：“你帮江照订的是哪家餐厅？”

李星昏昏欲睡，被这么突兀地一问，几乎笑得要从床上翻起。

“你不是说他和谁吃饭是他的自由吗？”

旁边的人没有出声，似乎在假装自己并不存在。

不知是有心还是无意，李星订的是星湖餐厅。

星湖餐厅位于星湖度假酒店，特色是高空旋转餐厅，可俯瞰整个南泽。江照记得，他第一次约叶深深吃饭，李星也是订的这个餐厅。

他已经不记得当天叶深深穿了什么衣服，和他说了什么话，对那天故意出现撞倒服务生的红酒的林音希却印象深刻，甚至记得大晚上，在高级西餐厅里，她那一身不协调的休闲衫和头上画了黄色卡通鸭的帽子，是多么突兀的存在。

那时，他是讨厌她。

现在，他却对着与她风马牛不相及的一切忽然想起她的脸。

“江先生。”

江照抬起头，正对上叶深深疑惑的眼神。

“不好意思，我走神了。”

“没关系。”叶深深并不掩饰自己的意外，“我可以问问，江先生找我是有什么事吗？”与99%的合作远洋有专人负责，他与叶深深认真说来毫无交集，自与林音希在一起之后，现在突然让李星约她见面，还是在气氛浪漫的西餐厅，更是让她疑惑。

他从未认真地打量过她，这一刻他发现，她的眼睛与自己有些相似，瞳孔也是灰中带着一点点不明显的蓝。

“没什么，就是想约你吃个饭而已。”

江照这样说，叶深深当然不信，但她不会做刨根问底这样的傻事，她还在思索着其他的可能性，便听到江照突兀地提问：“好像听你说你有个哥哥？”

叶深深蓦地抬起头，江照却未看她，长长的睫毛微微垂下，并未察觉她的惊讶："嗯？你怎么突然提起这事？"

"我不是柠檬过敏吗？前些天不注意，喝了柠檬水，去看医生。医生说，柠檬过敏者非常稀少，他至今才见过我这么一个。之前好像听你说，有个哥哥对柠檬过敏。今天看到你，忽然就想起这事。"

他修长的手指轻轻敲打着杯子，并未发出声音，似乎在等待她的答案。

叶深深极少同人提起叶皓琛，除去年代久远，她早就忘记他的模样，更是因为在内心她将他当成了逃兵，心有隔阂。当初她会突然在江照面前提起他，只是因为气氛太尴尬，迫不及待想要找个话题，却没想到他记到至今。

自叶皓琛离开已经过了将近二十年，但叶深深没有再见过他，一次也没有。

叶皓琛是她的哥哥，与她相差一岁，但自小她就没有叫过他哥哥。时间过去太多年，她已经记不得当时太多的事情，只记得他贪吃、懒惰，还爱撒谎，时常争夺属于自己的食物，偶尔还会与她打架，就像那个赌鬼打她妈一样，毫不留情。

所以，当某一天发现他不见了，被一户不会生养的有钱人收养时，叶深深是庆幸的，他走了，没有人会再欺负自己。

随着年龄的增长，庆幸越来越少，愤怒与不甘却越来越甚。

为什么她尽力做到最好，回到家还要挨打？为什么叶皓琛贪吃又懒惰，却可以离开这个魔鬼窟去有钱人的家庭当少爷享福？为什么同样是妈妈生的，当有好的生活环境时，妈妈毫不犹豫选择了叶皓琛而不是她，好像她怎么努力，都比不上他？为什么这么多年，叶皓琛都不曾回家看过一眼，难道他离开了，解脱了，就永远不愿再踏足家里一步吗？难道他没有想过她和妈妈吗？一次也没有吗？

最初，她会埋怨，会愤怒，甚至恨，现在，她已经无所谓，过了这么多年，所有的感情，无论好的坏的都被时间打磨成尘埃，虽无法磨灭，却是无足轻重，再也不会对她有任何影响。

她再抬起头时，所有情绪已经收敛，语气也是轻描淡写："是有个哥哥，但后来被有钱人家收养了，有了更好的生活。"

"回来过吗？"

"没有，一次也没有，我并不知道他去了哪里。我妈或许知道，但没有和我说过。"

江照不知道为何对这个话题特别感兴趣："那你找过他吗？或者说，如果知道他的消息，会去找他吗？"

"不会。"叶深深几乎没有思考，"永远不会。就算知道他在哪，过得很好，我也不会去找他。从他离开我们的家庭开始，他就与我们无关了。他好与坏，我都不在乎，也不会去寻求帮助，我只会靠着自己过得更好，比他还要好。"——让他后悔离开了我们。叶深深看着江照俊秀的眉眼，终究没有把这一句说出来。

这餐饭，叶深深最后并没有吃完。

她接了个电话后，便要先走："江先生不好意思，工作室临时有一点事，我要先走了，改天再请你吃饭。"

"我送你回去。"

若是往常，叶深深不会拒绝，这会儿她却害怕江照心血来潮会继续和她聊起叶皓琛，忙拒绝："不用了，就在附近，我走过去就可以。"

江照没有勉强。

叶深深前脚刚走，江照后脚便起身，在服务生诧异的目光里朝最角落的餐桌走去。

那一桌的客人很奇怪，大晚上的在灯光昏暗的西餐厅竟然还戴了鸭舌帽，帽檐压得极低，只点了一杯水便不作要求，一个人默默地坐在角落里。服务生猜测，估计是个刚失恋又很穷的姑娘，想到这里来碰碰运气，但明显走错地儿，来这儿的多是情侣或是合作关系，哪有人会注意到角落里伤春悲秋又神神秘秘的姑娘。

服务生还在腹诽，没想到就有客人上钩了，还是女伴刚走的那一桌。

服务生越来越惊悚的注视并未对江照产生任何影响，他一步步朝那人走去，她或许是知道有人靠近，紧张地握紧手中的杯子，指纹在水波中显得尤为清晰。她是坐着的，他是站着的，高大的影子已经完全将她包裹，但她仍旧没有抬起头的意思，直到他的手触碰到她的鸭舌帽——“别，头发会乱掉。”

她护着帽子的样子真的挺好笑，江照面上却没显露出情绪，只是默默地盯着她，直到她承受不住，也起了身：“好巧。”

“不巧。”他轻轻拆穿她的把戏，“这一次，你怎么没有去撞翻服务生的红酒瓶，把我们泼得一身狼藉？”

林音希尴尬得无地自容，还在想着要怎么回复，江照已经埋了单，拿了衣服走在前方，见她还站在原地，回头看了一眼：“走了。”他的步伐很大，她小跑着跟在后面，没走几步，他又猛地顿住，“你嘟囔什么呢？”

“我说，你们这一次没开红酒，我找不到机会冲上去。”

江照一愣，好一会儿才想起自己原先的问话，再看林音希——站在餐厅巨大的霓虹招牌下微微仰着头看自己，颇有些义正词严的模样，他忽然就忍不住笑了。

林音希见他笑，有些不明所以，嘴角却不自觉地跟着往上扬。

3

这是林音希与江照自海塘回来后的第一次正面交锋。

若不是江照刚与叶深深吃完饭，若不是他们的对话清楚地传入自己耳朵里，林音希几乎以为海塘所有的事情都不曾发生，林萍没有死，那个秘密也不曾暴露。

现在回想起那几天，林音希仍旧觉得像在做梦，发生的一切都有些模糊，细节也不甚清晰。

她在清晨接到一个来自海塘的电话，还以为是恶作剧，听了两次才听清楚对方讲的事情。她挂了电话，是被李星拉着去洗漱、换衣服的，匆匆忙忙间衣服穿反了，鞋子怎么也套不上去，最后发现是穿倒了。李星看她魂不守舍，忙将她按在玄关的沙发上，给她换鞋子。李星也是有些紧张，怎么也系不好鞋带。

林音希盯着李星颤抖的手，竟然挤出一个笑容来："你自己都不穿有鞋带的鞋子，还要给我系鞋带。"说完她弓下身去，没想到自己的手也在发颤，没法系好，最后一急，索性绑了个死结。

然后，她跟着李星去了停车场，一起前往海塘。

李星的驾照拿了很多年，但车技却不怎么好。这天，她完全没有从前的懒散，在驾驶座上正襟危坐，紧紧地握着方向盘，好像只有这样，才能使车保持直线前行。

林音希沉默地坐在副驾驶，脑海里像在放着幻灯片一样，过往一幕幕地穿过。但说来可笑，关于林萍的回忆，却是很少很少，此时她在林音希的脑海里的面容是模糊的，只剩下一个佝偻的像是永远直不起来的背影。

林音希与林萍一直不亲，无论是小时候，或是她出狱后，两人的关系都是客套得近乎陌生。

林萍在生了林音希不久后，便在南泽给江家当保姆，照顾与自己女儿年纪差不多的江照，而林音希则跟着外婆生活，甚至未曾喝过母亲的一口奶。她与林萍见面的机会有限，一年算下来也没有多长时间。

小一些的时候，她每天都等在家门口盼望林萍的到来，林萍回来了，会给她带来一些衣物和玩具零食，虽不是太好的东西，有的甚至是旧的。林萍回来了，会伸手抱抱她，掂掂她轻了还是重了，有时候会一脸嫌弃，但有时心情好，也会在她脸庞上亲一亲。那是不苟言笑、孤僻的林萍给她少有的爱和温情。

再后来，林萍回来的次数越来越少，林音希也逐渐懂事，知道妈妈是去当保姆，照顾别人的孩子去了，她便也不再搬着凳子在门口等妈妈回来。可无论她多不想承认，心里的期盼却没有减少半分，反倒越来越深。

她自小便是这么倔强、偏执。

一如这二十年，林萍入狱，拒绝与她会面，但她还是会每隔一段时间就去探视，因为林萍会给她捎来一张张自己画的卡片，画工拙劣，却是她们之间仅有的交流。

林萍出狱后，林音希问过林萍，为什么这二十年来都不肯见她，连出狱也不愿与她见面？但得到的回答，只有无尽的沉默，以及林萍瘦弱的背影。

林萍虽不曾给林音希睥睨天地的爱，但也不曾亏待过林音希，无论她是保姆或是绑架犯，无论她多么的卑微和令人不齿，她都是林音希的母亲，无法改变的事实，无法割断的羁绊。

可是现在，他们告诉林音希，林萍死了，深夜的一场大火夺走了她的生命。

林音希赶到海塘旧城区的时候，那边已是一片混乱，救火车还停在路边，几个消防官兵似乎刚工作完，正在埋头吃饭。警戒线已经拉起，仍旧密密麻麻围满了围观的人群，正在大声、放肆地讨论着。

巷子已经被围起来，林音希什么也看不到，只看到一排黑漆漆的房子，有的已坍塌，有的还残留着半面墙壁，地上都是黑色的水，还有一股呛人的难闻的焦味和余烟。她还想再走近，却被一个年轻的看起来像是刚毕业的小警察拦住："你好，小姐，不能进。"

"是你们给我打的电话，让我来的。"

"什么？"小警察仍是一头雾水，"你是法医吗？证件呢？"

李星看不下去，一只手推开这个愣头青："是你们给我们打电话，说我朋友妈妈在这次意外中出事了，快让我们过去，别挡道。"她紧紧地握着林音希的手，十分清楚地感觉到林音希在发颤，不禁有些后悔，又瞪了小警察一眼——对方急忙拉高警戒线让她们过去，还磕磕巴巴地补充了一句："对不起，不好意思，我不知道。别难过了，节哀顺变。"

李星眉头一皱，恨不得将这个不会说话的小警察塞进垃圾桶。李星小心翼翼地望向林音希，她似乎并未听见这个小警察的胡言乱语，而是怔怔地望着前方，一动不动。

李星顺着她的目光看去，只是一眼，便忍不住捂住了嘴巴，背过了身。

可林音希却没有，她仍是站在那里，直勾勾地看着。

依旧是那条狭隘的小巷子，现在它变得更加脏乱，只剩一半的旧桌椅，看不出本来面貌的电器，还有一团团的不知名物体，唯一的共同点便是，它们都是黑色的，杂乱地堆在一起，许是好几间房子都没了屋顶，这巷子看起来竟比往常明亮开阔些，以至于那放在地上卷着的白布，在这黑漆漆的一切当中，显得更加突兀。

白布的旁边站了不少的人，有穿着警服的，也有穿着便服的，还有戴着手套、拿着类似木棍的长棒在烧毁的屋子里穿梭的，似乎在寻找着什么。

林音希沉默地站在那里，直到有个沙哑的声音响起："警察同志，就是她，她就是那女人的女儿。"林音希茫然地抬起头，发现指着自己的是房东，就在不久前，自己还和她说过话，托她给林萍带了东西，也留了自己的电话给她，怪不得警察能找到自己。此时，房东的注意力并不在林音希身上，她只是带着哭腔不停地问警察："我该怎么办？我应该怎么办？我以后应该怎么活啊……"

"你就是林萍的女儿，林音希？"

林音希越过那个朝她走来的女警，一步步朝那白布走去，还有几步距离的时候，她被拦住了："等等，你……"

"老何。"有人在身后叫了一声，那拦着她的中年男人回头看了一眼，收回了手，却仍是劝阻："小姑娘，不要看了。"

对方是好心，但林音希却没有一点感激的心情，她飞快地揭开那块白布，随即愣住，直到有人将她从地上拉起，白布又覆了上去。

“那不是我妈，那不是林萍，林萍不是长这样的。”她忽然对他们说。

“这具尸体是从林萍所在的租屋抬出来的，经房东辨认，是林萍本人。如果你觉得不是她，我们可以送去做DNA比对，结果很快就会出来……”

但林音希压根没有听他们在说什么，她只是不停地像复读机一般重复着：“那不是林萍，不是我妈！那不是林萍，不是她……”

她说着，便要往烧毁的房子里走，却被拉住：“你不能进去，很危险。”

林音希听见李星的哭声，知道她抱住了自己：“小音，你不要这样，你不要这样。冷静点，不要吓我好不好？”

“你叫我怎么冷静？他们说那是我妈，那个烧得黑漆漆的人是我妈。我不相信，我妈不是这样的……”

她不停地挣扎着，混乱间，整个人狠狠地摔在了地上，污水迅速地将她的裤子染成灰黑色。林音希仍旧挣扎着，要往里面走，她要去找林萍，问林萍为什么，为什么一次次地抛下她，林萍是她最后的亲人，为什么要离开她。

她无法站立，便双手撑着地，要往里面爬。

直到，一只有力的手用力地托住了她。

“林音希，是我。”

她恍惚地抬起头，看到江照沉静肃穆的脸，那一刻，眼泪才终于掉了下来。

4

那一刻的江照，慢慢与眼前的他重叠在一起。

这大半个月来，江照没有主动与林音希联系。他的脑子里，满满的都被那个可笑的难以置信的秘密占据了，他从前总是重复的那场梦境，也开始在他的脑海里循环播放，那片蔚蓝辽阔的海，以及层峦叠嶂间的香樟终于找到了归属地——那是在海塘发生的一切。那并不是做梦，而是丢失的记忆的回放。

他在等着林音希笑着来告诉他，那是她说的谎言，与他开的玩笑。

但林音希没有，她不仅没有来拆穿这个玩笑，且这大半个月连联系都没与他联系，就像是人间蒸发一样，悄无声息。

是自己发的脾气没错，但任谁接收到信息量这么大的事情都需要时间来缓和。他一时间无法控制自己的脾气，让她走，她便真的走了。他以前多少次让她离自己远一些，她不是阳奉阴违偷偷地跟着，便是假装没听到，这一次，却听话得很，说走就走，半步没停留。

江照郁闷得不行，却又不想打自己的脸，等待着林音希“良心发现”。

好几次，江照几乎按捺不住，手机都拿起来却又放下，他讨厌自己被她所影响，最后直接将手机扔得远远的，眼不见为净。他倒是在下班的时候遇见了她两次，她工作的地方就在临街，他开车经过时，一次她正在低头看手机，一次正盯着对面商场的广告牌看，面色红润，没有一丝憔悴与颓靡。

江照放下心来，心头那口恶气却没散，飞快地从她身边经过，后视镜里，她连抬头都不曾。

他那该死的自尊和骄傲一直在暗中作祟，等待几乎让他失掉信心，变得焦躁烦闷，林音希突如其来地闯入，轻而易举便撞破了屏障。

“你跟着我做什么？”

与叶深深见面是私事，李星是他的秘书，却不是他的生活助理，他完全可以自己订餐厅。让李星订位，他便知道她会来，也知道她为什么来，但仍是想听她的回答。

林音希却说：“我没有跟着你，我只是来吃饭。”

“吃饭？你刚刚面前只有一杯水。”明明隔着一段距离，他也恨自己视力太好，清晰地看见她支着耳朵盯着自己面前的水杯，一口没喝。

“我就是喜欢喝这个餐厅的水，不可以吗？”夜晚的风有些大，林音希接连打了两个喷嚏，见江照一动不动地望着她，又伸手按了按帽子，但头发已经被风吹得乱糟糟。

她正想整理，帽子却突然被摘下，一只手将她凌乱的发丝都别到了耳后，又将她的帽子扣上。其间，江照的手指不小心触碰了她的耳朵两次，有些冰凉，让她忍不住缩了缩身子。

“你冷吗？”她问。

江照听她问，以为是她冷，将西装脱下来，披在她的肩膀上。

之前离得远，他不曾发现她有异常，这会儿站到她身边，手触碰到她的肩膀，还是能感觉到她瘦了，骨头撑着衣服，风一吹，轻飘飘的。她脸上虽没有什么表情，但眼底还是藏了一点疲倦和难以察觉的悲伤。

江照深吸了一口气，将心底那丝痛意压了下去，不再看她，只是说：“林音希，我送你回去吧。”他只字不提叶深深，略过那个令两人都觉得不安的话题，走向了停在路边的车。

林音希犹豫了三秒，跟在他身后。

车是他比较少开的黑色越野，林音希上了车，安全带却不知道怎么卡住了，怎么也扣不上，她埋头捣鼓，他的气息蓦地将她笼罩。她猛地抬起头，脸颊正好擦过一个柔软的微凉的东西，她僵了一下，江照却已经帮她扣好了安全带，回到了驾驶座。

“你……”

“怎么了？”江照面色如常，像是什么都没发生。

林音希摆摆手，没注意到他稠密睫毛下掩藏的笑意。

林音希刚踏进家门，李星便蹿了出来，也不知道在激动什么：“江魔头送你回来的？”

“你怎么知道？”林音希看不见，自己说话时，眼神中有这些天都见不到的光彩。

“我刚刚下楼倒垃圾，看见他的车。”李星明明很想知道，却还要装作漫不经心，“你们和好了呀？”

“算是吧……”

李星见她情绪稳定，终于忍不住问了：“在海塘到底发生了什么事？你和江照到底在海塘发生了什么？你妈妈出事后，他很快就赶到，我离开的时候你们不是还好好的吗？为什么一回来就开始冷战？”

这些天，林音希一直不愿意去回想海塘发生的一切，原以为这样，她的生活便不会有什么变化。这一刻她才明白，无论她怎么逃避现实，都是掩耳盗铃，已发生的无法改变，已失去的无法挽留。

是的，李星离开的时候，她和江照还是好好的。

林萍去世得突然，一场大火带走了她，而在火灾的前一天，她还要林音希与她一起离开，两人起了争执。她们是母女，相处的时间却很少很少，连最后一面，都是各自带着怨恨与埋怨。

她过世了，林音希才意识到，这一次是真的失去了她，她不是在监狱里不肯见自己，而是彻彻底底从这个世界上消失了。

起火点是在老城区的群租房区，因为没有监控探头，并不能准确推断出起火时间，据周遭民众反映，大致是在凌晨。老城区逼仄狭隘，杂乱无章，随处充斥着占道经营和非法建筑，还有各种私接电线，所以一起火，连带着风，蔓延的速度极快。

火是最先从林萍所在的房子里蹿出的，很快就将周边的几座房子引燃，待到有人察觉，开始报警救火，已经来不及了。加上老城区街道狭隘，蜿蜒曲折，待到救火车赶到时，火已经噼里啪啦烧得极旺，还发生了两次液化气爆炸，其中有一次便是林萍那个屋子。

这是海塘最破旧的贫民区，居住在这里的多是最底层的打工者，大多互不相识，最多是个点头之交。大火烧起的那一刻，只能呼叫着让人逃离，除去至亲的人，谁也没有勇气赤手冲进火海里救人，别人的命是命，自己的命也是命。

除去丧生的林萍，还有三人被烧伤，据说是为了抢救财物，来不及撤离，直到消防官兵赶到才将之救出，现在还躺在医院里，昏迷不醒。

后半夜下起了雨，但火已被扑灭，雨水除了让一切变得更狼藉外，毫无作用。

"起火原因初步断定是电线短路。"

林音希漠然地坐在这个空荡荡的房间里，盯着自己面前的一次性水杯，折椅很硬，她坐得并不舒服，却没有动弹半分。

"真的是电线短路吗？"

林音希突然的发问让对面的警察忽然一愣，忙解释："几个主干道的监控我们都查看了，周围的群众做了笔录，都表明并没可疑人物出现，林萍的尸检结果出来，没有异常。"

"不不不，一定不是这样。我妈……我妈前一天显得很不正常，她要我和她一起离开海塘。但是我们吵了一架，我离开的时候她还好好的。不可能就这样，一定是发生了什么别的事。"林音希猛地站了起来，"真的是电线短路吗？难道没有别的因素吗？会不会是有人要伤害她？"

"我们调查过，林萍搬来不久，虽然性格孤僻，但未曾与人结怨。虽然她有过案底，刚出狱，但这段时间很是规律，没有什么异常行为，也并未和什么人有过联系。"他看着林音希，"还是林小姐，你知道些什么？"

"真的是这样吗？可是为什么我觉得不对劲，你们确定查清楚了吗……"

"林小姐，你冷静一些。"

林萍只是一个刚出狱的中年妇女，并非什么高官达贵，调查后发现她虽孤僻却也未曾与人起过争执，更别说得罪谁，比起有人要费尽心思谋害她，警察更愿意相信眼前调查所得到的事实，对于林音希的激动，他将之归结于悲伤过度，不予计较。看着林音希重新坐下来，坐在她对面的警察又问了几个问题，她却什么都没听清，抬起茫然的双目看着对方。

或许这只是个无关紧要的过程，或许是同情她，对方并不执着于答案，起身往外走去。身边的椅子忽然传来了响动，林音希这才想起，江照一直在自己身边，他的手，一直紧紧地牵着自己的手。

原先警察要问她话，江照直接跟在了她身后：“她是家属，不是罪犯，我们只是配合调查，不是接受审讯。”

林音希刚出了房间，便发现李星也在外面等着，手里还拿着一瓶热牛奶，见到她便塞在她手中：“你喝点东西，我看你这样好担心。”

她接过牛奶，却没有打开，只是问：“我们是不是可以走了？”

林音希转头寻找江照，发现他正面色严肃地问原先将他们带回的警察：“那我们什么时候可以将人带走？”

人，什么人？

林音希才后知后觉地明白，他说的是林萍。

“现在人还不能带走，因为是意外死亡，我们要调查。”

“调查？那你们到现在调查出什么来了？我们等了这么长时间，得到的是个不确定的答案，现在我们要将人带走，却又说还要调查。不是已经经过尸检了吗？那好，行，你们告诉我，什么时候有结果，人我们又什么时候可以带走……”

林音希想，如果当时江照没有在她身边，或许她连林萍的尸体都无法带走。

在林萍出事的前一天，林音希与林萍才争执过，她清楚地记得那个下午的每一个细节——林萍惊慌失措要她一起离开，又在得知她与江照一起后而歇斯底里；江照因林萍一句“不是江家的种”而震怒，疯狂地逼问林萍却仍未得到答案；她因矢口否认林萍的话而与江照发生争吵，他看她的眼神是从未有过的失望。

可是，在林萍出事后，他还是来了。

江照陪着她处理完林萍的后事，驱车与她一起回南泽，也就是在回南泽的车上，她将那个保守了将近二十年的秘密说了出来。

5

回南泽的车上，两人都显得异常沉默，直到过了收费站，上了高速，江照出声："你昨晚要和我说什么？"

林音希却答非所问："我想喝一点酒。"

酒倒是没有，林音希在车里翻出了一瓶功能饮料，一口气喝完了一大半，她才有勇气将话说出口："我觉得，我妈不是意外死亡，整件事都很蹊跷。她好好的，为什么突然要我和她一起离开，好像是有人对她说了什么，或者做了什么，让她不得不走。结果，她还没走，就出事了。"

江照并未因为她的话而震惊，似乎一点不意外她会提这件事。早在林音希在警局将这番话第一次说出口的时候，他就已经在思考："不是我不相信你，是这一切没有证据，完全没有。"他私底下找过人勘察过现场，的确是与警察说的一样，这只是一场意外。

"我知道，完全没有一点证据。"这些日子以来的千丝万缕，一点一点在她的脑海里变得清晰，将所有的疑点都指向一个人，只是林萍已死，她没有证据，再准确的推理都只能是猜测。她看着江照熟悉的英俊的侧脸，"江亚男"三个字就卡在喉咙里，怎么也挤不出来。

"为什么，我不是江照？"江照忽然的发问让林音希一愣，没听到回答，他又问了一次，"林……你妈妈为什么说我不是江照，我不是江家的种，这句话是什么意思？林音希，我不是江照，我会是谁？"

"我……"

"我相信你说的每一句话，包括林萍不是意外死亡，即便它毫无证据，听起来荒谬。那你呢？林音希，你真正地相信过我吗？”

“你不是江照，如果我没有记错，你以前的名字应该是叫叶皓琛。”她听见自己平静的、没有一丝慌乱的声音，“你是叶深深的哥哥，这便是我一开始不停破坏，阻止你和叶深深在一起的原因。”

年代太久远，林音希已经记不清第一次见叶皓琛是什么时候了。

林音希只记得那个时候自己很小很小，似乎连话都不会说，走路还摇摇晃晃，被林萍带着去看她的老朋友许阿姨。许阿姨是林萍唯一的朋友，长得漂亮温婉，却嫁了个赌鬼，家中一贫如洗，有两个小孩。印象里的小男孩很脏，却有双明亮的大眼睛，目光灼灼地盯着林萍带来的东西，趁人不注意便抢了一瓶饮料去喝；倒是女孩，比林音希还要小一点，躲在许阿姨背后，一身不吭，盯着她身上的裙子，又迅速地移开目光。

那时候林音希还小，不懂得对方眼中的恶意，只是莫名地不喜欢叶深深，往后林萍要来叶家，她便十分抗拒。

她只见过叶皓琛一次，已经想不起他的脸，印象里是个贪吃的脏兮兮的小男孩，眼睛很大。

再后来，林萍将江照带回家，她便觉得对方很是熟悉，却想不起在哪里见过，直到某一天林萍又提起许阿姨，她便脱口而出：“江照和那哥哥长得好像。”

“叶皓琛？”

“嗯，简直一模一样，就是他瘦了一些。”

林萍当时喝了一点酒，林音希正给她剥花生米，她心情似乎不错，认真回忆了一下，随即点了点头：“还真是，只是啊，不同命啊！”

的确，江照与叶皓琛长相相似，但是截然不同的两人，一个是懂礼貌、乖巧的江照，一个是贪吃、邋遢的叶皓琛，谁也不会将他们联想到一块。

林音希与江照相处将近一年，林萍怕引人怀疑极少回家，大多时间是林音希照顾江照，江照陪林音希解闷，告诉她天上星星的名字，给她讲各种各样的童话故事，两人几乎是相依为命。

林萍每一次回来，都会给江照喂一些水，以至于他总是昏昏沉沉，那时候林音希年纪小，不懂得长期服用安眠药的坏处，否则她不会遵循林萍的话。直到江照突然生病，高烧不退，任何药物都无效，林萍才咬咬牙抱着他去医院看病。

林音希在家等着他们回来，醒了又睡，睡了又醒，睡梦中，似乎听到林萍一声接一声的凄厉呼唤："江照，江照……江照，你醒醒啊！江照！"

然后，电闪雷鸣，将她从睡梦中吓醒，再睁开眼，便看到林萍满身泥渍和污秽披头散发地坐在椅子上喝酒。

"妈妈，江照呢？"

林萍没有回答。

外面雷声轰隆，林音希鼓起勇气又问了几句，直至林萍心烦意乱，狠狠地给她一巴掌："江照，江照，江照死了，我告诉你，他死了！这个世界上再也没有江照了！"林萍喝醉了，有些疯癫，边说边笑，她有些怕，后退了几步，却见林萍猛地扑过来抓住她的领子，似乎有些清醒，"什么江照，没有江照。我告诉你林音希，你嘴巴给我管好，没有江照这个人，他从来都不存在。"

这一巴掌，把林音希打蒙了，她记得清楚，那是林萍第一次打她，也是最后一次。她又疼又怕，江照去了哪里，是不是真的死了？即便心里有千万个疑问，也不敢再问出口。

又过了两日，林音希听见林萍给许阿姨打电话。

"小许，皓琛跟着你和那个赌鬼老公，指不定哪天就被卖掉了。你相信我，他以后一定有好日子过，你相信我……"

林音希懵懵懂懂，对林萍说的一知半解，偷偷跟着她出去，果然见她去了许家。林音希等了很久，林萍都没有出来，她只好回家。

她等了两日，林萍都没有回来，江照也没有。

再后来，便有警察上门，一遍一遍问她话，无论问什么，她都只是摇头。警察们都当她是个小孩，没有为难她，将她带走调查后，又联系了她舅舅。

似乎便是从那个时候开始，“江照”这个名字便时不时在她耳边响起，她和舅妈说起时，对方只当她被吓到，带她看了医生，又去庙里给她求了符，烧了化成水灌她喝下去，那味道让她头皮发麻，之后她便再也不敢提起这事。

那通奇怪的电话，突然消失的叶皓琛，以及那些林萍透露出细枝末节的信息，后来林音希去给外公外婆扫墓，他们坟墓旁边那个没有名字的新坟，都足以证明江照已死，现在站在林音希面前的人是叶皓琛。

“这么荒谬的故事，你觉得我会相信吗？”车已经下了高速，停在了路边，稀疏的光影里，江照并未看着林音希，而是直视着前方，“我失忆了，不记得以前的事情。但是，两个人就算长得再相似，血型和我肩上的疤做不了假吧，我肩上有个小小的月牙疤，我妈说是小时候和江北打闹弄出来的。”

二十年前，DNA技术还不算成熟，但血型做不了假，唯一的可能便是江照与叶皓琛血型一样。而林萍照顾了江照好几年，清楚他的每一个特征，他肩上有疤她不可能不清楚，她能找到叶皓琛代替他，想来也做好了准备。

孩子一天一个样，叶皓琛纵然与江照长得不是一模一样，但过了一年，血型一样，肩膀又有同样的疤痕，又与林萍在一起匆忙逃窜，谁会怀疑他不是江照呢?

而且，后来江照在逃跑中跌了跤，伤到脑袋，失忆，他成了一张白纸，更不会童言无忌暴露出他从前的身份，所以这二十年来，从来没有人怀疑过。

林音希看着他攥成一团的拳头，仍道：“我不知道为什么你身上有疤，但我可以肯定你是叶皓琛。叶皓琛对柠檬过敏，江照不会。我第一次去他家，他吃了一颗柠檬糖后全身起了红疹，而当时我和江照在一起，我给他吃了很多颗柠檬糖，他从来没有过敏现象。我一直在后悔，如果当年我好好照顾江照，或许他就不会死。如果当年我能够阻止，这一切就不会发生。”

她没有说下去，就怕自己克制不住情绪。她更不敢抬起头去看江照的表情，所以她也就不知道，江照看她的目光里，盛满了悲伤。

其实这一刻，江照已经相信了，他的确是对柠檬过敏，从前在无意间也听说叶深深曾经有个哥哥对柠檬过敏，但后来哥哥被人收养了。

世界上哪里有那么多巧合。

他想问林音希，与他在一起，是不是将他当成了另一个人，所有对他的好，是不是都属于另一个人，她看着他的时候，想的人到底是谁？但江照发现，自己竟然没有勇气问出口，就怕听到的不是自己想要的答案。

“我不信，林音希，你说的话，我一个字也不信。”

一个字，我也不愿意去相信。

他的秘密

第二章

Chapter 2

1

江照想起自己当时在车上对林音希说的那番话，不禁觉得当时的自己有些可笑。

那一刻，他甚至觉得林音希疯了。

可是冷静下来，他内心却一阵阵地发冷，因为从林音希开口的那一刻，他已经相信了她的话，却不愿意接受事实。见到了叶深深后，那种感觉愈发明显——他可能真的不是江照，而是叶皓琛。

将林音希送回家后，江照驱车回悠山郡。

他一直有不认路的毛病，也看过医生和心理咨询，众说纷纭，没有医生能给出确切的答案，最终只能归结在小时候受伤的经历上。他也不爱司机跟着，除了应酬和出差，大多时候自己开车，迷路是常事，走过无数次的路，还会走错的情况也不是没有，只有回悠山郡这条路，他从来没有走错，一次也没有。

即便如此，这些年他回家的时间也越来越少。

夜渐深，盘山公路空无一人，灌木摇曳的影子与路灯交错在一起，他的车开得很快，可到了悠山郡，看着零星亮着灯的别墅，他踟蹰了好一会儿，才慢悠悠地穿过花园，用指纹锁开了门。

客厅里亮着小灯，江照刚走近，沙发上的人便睁开眼，眸子不甚清明："阿照，怎么才回来？"

江照没料到母亲姚秋云还没睡，他这两周都没回家吃饭，面对母亲的关怀与姐姐的质问他含糊用工作忙掩盖过去。今天又接到母亲的电话，说煲了汤，又问什么时候回家，他便说晚上回，没想到一向早睡的母亲竟然等到了现在，他不禁有些内疚。

"你怎么还没睡？"

"我给你煲了汤，怕你回来忘记喝。"自江照被绑架后，江家便不再雇用保姆，钟点工和厨师都会在晚上八点前离开。姚秋云亲自给江照煲了汤，见他回来，便从沙发上起身，朝厨房走去，她的步伐很轻，很慢，一如她的性子一般温暾。江照犹豫了一下，跟在她后面。江家的厨房很大，摆满了各种现代化的厨具设施，好几种江照都认不全，这会儿炉上却摆了一个巨大的样式有些古朴的砂锅，姚秋云刚揭开锅盖，一股香浓的气息便扑面而来。他晚餐没有吃多少，闻到这香气，便觉得饿。

他看着姚秋云给他盛汤，也不打断她，她盛完了一碗，他便将另一个碗递过去："妈，我们一起吃。"

姚秋云愣了一下，笑着接过他手里的碗。她的手瘦弱苍白，指甲也是不健康的灰白色，江照看得心里一紧，又道："你指甲有些长了，等下我帮你剪。"

"我自己剪就可以。"

"江北又不在，你眼睛不好，可别像上次一样剪流血了，还是我来吧。"

姚秋云笑了笑，没有拒绝儿子的好意。

姚秋云话不多，江照心里有事，也没怎么说话。两人沉默地喝了汤，江照又调亮了灯光，细致地给母亲剪了指甲。

"以前，我也是这么给你剪指甲的，没想到一转眼，我们阿照也这么大了。"姚秋云温柔地看着儿子，"有时候我真希望，你永远都不要长大。但转念一想，又是我自私了。人怎么可能不长大，你会长大，我也会老。"

江照内心一动，那股不明的酸涩感又涌了上来，他不想在这个话题继续，只是道："我会一直陪着你。"

无论，你是不是我的母亲。

虽然姚秋云挽留，江照还是没有在悠山郡留宿。

他在母亲担忧的目光中上了车，开了一小段路，直到看不到后面的身影才将车停下来，把口袋里的东西掏了出来——被手帕包裹着的几块零碎的指甲。

须臾，他打开车的储物柜，从里面掏出一个透明的胶袋，将指甲放了进去，除此之外，里面还有另一个封口袋，装着几个小时前他从叶深深衣服上捡来的头发。

他将它们放到了一起。

这是得知自己并非江家之子的第十四天，江照终于做出了行动，他带走了叶深深的头发，又带走了姚秋云的指甲，分别送去做DNA比对。

亲子鉴定一般需要七天时间，最快也需要两天，但江照并没有采用加急服务，而是让鉴定中心按照程序给他递交报告，言下之意便是，他并不需要快。

这一周，江照休了假。

在入驻远洋的第四年，江照第一次休了假。

这几年来，他的年假一次也没有休过，反倒是加了不少的班，周末与节假日的时候他要么是在应酬，要么便是在外地出差，放不放假对他来说似乎并没有区别。

多数人都认为，他是江麒麟的儿子，就算他不努力，一辈子也是吃喝无忧。他无论做得多好，无论多优秀，全世界都会认为理所当然，因为他是江麒麟的儿子，远洋的太子爷。不会有人看见他的进步，但所有人都盯着他的错误。这几年，随着江麒麟退居二线，所有的眼睛都在盯着江照，他更不能有一步的行差踏错，他只能一步步往上爬，步步荆棘，步步为营。

近段时间江照没有与林音希联系，除去不想她干扰到自己的内心外，更因为远洋近期在对本市最大的传媒公司尚宇进行并购。尚宇传媒原本是南泽最大的传媒公司，但近几年经营不善，负责人更因为诈骗而入狱，现在就剩一个空壳子。但瘦死的骆驼比马大，还有无数双眼睛在盯着这个肉包子，要从虎口夺食不是容易事，并购之后的善后工作更是难上加难，江照为此已经好几天没有休息。

现在终于尘埃落定，他便提出了休假。

整个经理室一片哗然，其中以他的秘书为首。

“尚宇的裁员我交给人事部徐经理负责，我估计这几天会有人来闹，徐经理要是压不住，你就找保安部。SU下个季度的合作方案策划部会全权负责，如果到时候有问题，再让他们把方案发我邮箱……”他每说一句，李星的脸色便难看两分，最后几乎是哭丧着脸在听着老板吩咐。

江照被她看得发毛，顿住：“你有什么话就说，这样盯着我作甚？”

“江先生，你不回来了吗？”怎么像在交代后事一样？

冷不丁被这么一问，江照愣了一下，对啊，不过休个假，又不是不回来了。但，如果结果真如他想象的一般，他还会回到远洋吗？

“江先生……”李星见他发愣，忍不住又叫了他一声，虽然江魔头有时候很可怕，但他不是个无良老板，从不吩咐她做额外的工作，每次有应酬客户勉强她喝酒还会帮她拒绝，职场潜规则更是从来不会发生，这样的老板并非去到哪里都可以遇到，她可不想换老板。

江照笑了笑，没有给她正面回答，留下干着急的她，正式开启他的假期。

2

说是休假，其实不过是换个地点办公而已。

休假第一天，李星给他打了六个电话，发了八封邮件，皆是请示一些无关紧要的工作，最后他终于恼了：“李秘书，我请你是帮我分担工作，不是骚扰我睡眠。你再打来，回头我假期结束第一件事便是让人事部请你走人。”李星一听，觉得老板应该真的只是休假，没有离开的意思，忙不迭地道歉，挂了电话，没有再打来。

江照睡了醒，醒了睡，反复好几次，才终于熬到天黑，看了一眼时间，开车到傅见西公司找他，结果，毫无疑问在高楼林立中迷了路，只好给他打电话：“我找不到你们公司。”

“你在哪？”

江照将车停在路边，望了望不远处的巨大广告牌：“我从星海汇出来，过了三个红绿灯，左转了一次，现在停在一个广告牌下，是远洋的招聘广告。”远洋的广告牌布满了南泽，大街小巷随处可见，江照说得笼统，傅见西竟然也没多问，只说很快到，便挂了电话。

此时正值下班高峰，车水马龙，你来我往，互不相让，整个城市都笼上了一层淡淡的焦躁。

江照倒是很平静，他下了车，倚着车门点燃了烟。旁边是个公车站，好几个学生模样的女孩在等车，窸窸窣窣地说话，偶尔伴随着几声打闹。见他望来，女孩们的笑声更大了，有个胆子大的还朝他挥了挥手，引起了同伴的哄笑。

江照转过头，又吸了一口烟，扔烟头扔进垃圾箱，似是没有瞧见女孩的哗众取宠。

江照第二根烟刚抽完，傅见西便来了。

他不禁想起了在澳洲留学的时候，他也是这样，动不动就迷路街头，每每都要傅见西去接他。傅见西无论是在打游戏，还是在上课，只要江照一个电话，他总会溜出来。有时候江照也很奇怪，连他自己都搞不清自己究竟在哪里，傅见西怎么就能够很快将他找到。

“可能因为我们是兄弟，有心电感应？”傅见西说。

江照泼冷水：“我们只是表兄弟。”

“那也有血缘关系，血缘的力量真伟大。”

江照不听他满口胡扯，催促着他走人：“快点回去，饿死了。”

过去了好些年，他们已经从澳洲回到了南泽，见面时间远不及以前，傅见西依旧能够准确无误地找到他，且遵循着以前的习惯，没有开车。

江照从驾驶座换到了副驾驶，听见傅见西问自己：“要去哪里？”

“不知道。”的确，他完全没有目的地。

最后，傅见西将车开到了酒吧。

回到南泽后，两人一个忙着创业，一个努力在远洋的钩心斗角中生存，已经许久没有一起喝过酒。傅见西瞧着斯斯文文，偏生喜欢烈酒，伏特加与冰的组合也很难将他醉倒。江照与傅见西不同，酒精容易让他失去意识，喝醉是件可怕的事，只是半扎黑啤，他已经觉得有些晕，按住了傅见西给他倒酒的手。

两人都是话不多的人，进了酒吧也极少说话，兀自喝着杯中的酒，偶尔举起来碰杯。傅见西知道江照有心事，他们自孩提时便一起玩乐，对彼此性格十分了解，一颦一笑便能感知对方的情绪。

只是江照不说，他便不问。

“父亲总说我比不上你，其实，我觉得他说得并没错。你独自一人将童梦经营得有声有色，而我离开远洋，就什么也不是。”

傅见西听着他低声呓语，心里一惊，正想再追问，没想到他已经一头扎在了吧台上。

“阿照，你还好吗？”

不知是这酒吧的黑啤麦芽度太高，还是江照酒量退化，半扎黑啤已经醉倒了江照。他的酒量虽不好，醉了倒是好照顾，也不烦人，就乖乖地睡着。傅见西埋了单，扶着他出了酒吧，才想起自己也喝了酒，不能开车，正想叫了代驾，却看见一个小小的身影自黑暗中走出。

她的步伐很轻，带着一点小心翼翼。

傅见西还未看清她的脸，已经准确地叫出她的名字：“林音希。”

“你怎么在这里？”

傅见西已经有好长一段时间没见到她，关于她的消息，却没有断过。

她母亲出狱了。她母亲意外过世了。她又正常上下班。她工作完成得很好，才几个月，已经可以独当一面完成一个专题。

但他一直没有见过她。

她和江照在一起，她过得很好，他不应该去打扰她，但这会儿，她却在这个无星无月的夜里，忽然闯入。

虽然，她不是为了他。

林音希被这么一问，面上带了一丝窘迫，她想同傅见西说是偶遇，但她向来不会说谎，刚挤出一个字，便忍不住涨红了脸。

傅见西并没有看她，只是盯着她单薄的影子，听说她很好，但看起来并不像很好的样子，似乎瘦了一些。他在心底叹了一声，把那原本要说的刻薄的话都压了回去，又套上了温润的面具："还好遇到你，不然，我还要叫代驾。阿照喝醉了，我又喝了酒，只能麻烦你送我们回去。我记得，你会开车。"

林音希没有犹豫，说"好"，随即从他手里接过钥匙。

这一次，林音希并非刻意跟着江照。

就在几天前，她收到了一份来自海塘的快递，发件人是林萍。

这样说其实也不算对，其实快递在很多天前已经寄到南泽树园，寄放在小区楼下的快递柜，快递员给她发了短信，但那时她正在海塘，母亲过世，哪有心思理会。若不是上周她收到快递去取，这个快递还不知道要被遗漏多久。

她到网上查了快递寄出的时间，正是林萍过世的前一天。

林音希怎么也没想到，自己收到的是一张银行卡，她试了两次密码，第三次输入自己的生日，就发现卡里有二十万元。

二十年前，林萍是个小保姆，绑架江照的赎金也不曾到手，她在监狱里待了二十年，怎么可能会有这么多钱？这张银行卡，仿佛一锤定音，证明了她所有的猜测，也将所有的线索都串联在一起——当年林萍绑架江照，是有人给了林萍钱，在背后指引。

林萍过世后，她总是觉得不安，觉得这件事是有人刻意为之。如果当年的绑架案是有人指使，那么林萍并非意外死亡的可能性便更大。这些天，林音希又回了几次海塘，回到了已经化成废墟的租屋群，但并未查出什么蛛丝马迹，房东也说那段时间林萍没有与谁联系过。她又问了林萍原先的邻居，都说林萍总是一个人待在屋里，不过有个中年妇女说曾经听到林萍在打电话，像是愤怒，又像是惊慌，想听个究竟，林萍就挂了电话。林音希再追问，对方却是说不出什么了，虽然林音希给她塞了钱，但她不知道林音希到底想知道什么，又编了几句，似乎不是林音希想知道的，只能放弃编故事，摇头坦陈自己不知道。

林音希几乎已经要放弃，可就在昨天，她忽然听见那个熟悉的女声。

——江照没有怀疑吧？

当时她正坐在李星车里，准备去上班，这个声音飞快地穿过她的耳畔，她猛地喊了“停车”，将李星吓了一跳，忙将车靠边。可她再侧耳倾听，却是什么也没有，只有汽车的鸣笛和后面司机絮絮叨叨的骂人声。

只是这么没头没尾的一句，完全没有多余的信息，但林音希知道自己的猜测并没有错误。

因为，那个高傲的、冷漠的声音，源自江亚男。

江亚男到底要做什么，林音希不知道，她和对方毫无交集，也无从下手。林音希原本是想要偷偷跟着傅见西，他们是母子，终归会碰面，跟着他，或许就能够接近江亚男。却没想，这几天，她一下班就小心翼翼地跟着，从未见到他与江亚男会面，倒是碰见了他和江照吃饭。

她原本已经准备离开了，可是江照喝醉了，她终究还是忍不住露脸。

好在，傅见西没有追问，否则她还真不知道怎么回答。

3

夜已褪去了喧嚣，车厢里只有江照沉重的呼吸，傅见西闭着眼假寐，安静得像不存在。

林音希面对傅见西仍是有些不安与内疚，他不说话，她便也没有搭腔，沉默地将车开到了星海汇。这里安保严密，好在保安认得江照的车，也记得林音希是江照的女朋友，没有多问，直接放她进门了。

指纹锁还有她的资料，她开了门，傅见西将江照扶到床上休息，她则转身去了洗手间。结果她刚拿着热水毛巾走进房间，江照已经醒了，坐在床上，目光有些迷茫，衬衫则扯开了一半，皱巴巴地挂在身上，手还在解扣。

林音希对着这香艳的场景，进也不是，退也不是。

“你是谁？怎么在我家？”

看样子，他还没醒，林音希放心地进了房间，拿着毛巾给他擦脸，手刚触碰到他的皮肤，就被挡开：“林音希，我问你是谁，为什么来我家，干吗不回答我？”

知道她的名字，却还问她是谁。林音希觉得好笑，抿着唇低头按住他，他仍旧喋喋不休：“林音希，我问你是谁，你为什么不敢告诉我？你来我家做什么？”

“你喝醉了。”她耐心地和醉鬼解释，“我偶遇你了，和傅见西送你回家。”

他瞪大着眼睛盯着她，也不阻挠她的动作，任由她给自己擦脸，眼睛却眨也不眨，盯得她发毛，伸手将他的眼睛盖住。

他长长的睫毛扫过她的手心，有些发痒，她听见他道：“你撒谎，明明就是偷偷跟着我。你总是这样，什么都不说，不告诉我，永远都是默默地跟在我身后。我不喜欢你这样，一点也不喜欢，因为我不可能时时刻刻都回头望。你为什么不走在我前面？”

林音希心里一颤，他冰凉的手已经将她的手拉下，或许是喝醉了，他的眸子覆了一层薄薄的水汽。林音希还没反应过来，他已经吻了上来。

门口忽然传来响动，林音希才想起傅见西还在，吓了一跳。

同时，她也想起了。他不能吻她，吻了她，她便不能听到那些有关他名字的声音。

但到了这一刻，已经来不及了，他滚烫的柔软的唇贴着她，整个身体朝她压了过来。

林音希瞬间清醒，却被他压制，用力地推了好几下才推开他。没想到江照顺势倒在床上，她定睛一看，才发现他睡着了。

林音希又气又恼，恨不得踹他一脚，可看着他安然的睡颜，终究舍不得。

始作俑者安然入梦，林音希望着地上被打翻的水，又想起外面的傅见西，内心如这地板，凌乱又狼藉。

收拾好了地板，又帮江照盖好被子，林音希正准备离开，转过身他又将被子踢掉了。

时间已入秋，虽然房间只是开了一小扇窗，但星海汇临江，江照公寓外正是江景，夜里风大，他又喝了酒，一不小心便容易感冒。

林音希只好折返给他将被子盖好，将被角掖好，他长腿一抬，被子又有一半掉到了地上。

若不是他面容安详，呼吸沉稳，林音希真以为他在装睡。

她好不容易安置好了江照，出了房间，却不见傅见西。

她还在疑惑，阳台的门却忽然被推开，傅见西从外面走了进来，身上还带着一丝若有若无的烟味。

原来，他是抽烟的。

江照也抽烟，只是烟瘾并不重，只在有烦心事和无聊时抽一抽。她却从来没见过傅见西抽烟，也未在他身上闻到过一丝烟味。

“走吧。”他说。

自开始怀疑江亚男后，自开始猜测江亚男或许与当年的绑架案有关后，林音希便无法坦然地面对傅见西，她不敢看他的眼睛，总怕自己会一不小心泄露出什么情绪来。

虽然，她知道，这样对傅见西并不公平。

两人都没有开车，星海汇地处江边，能买得起星海汇的房子都是身价不菲的成功人士，基本都有车，这边出租车稀少，需要走一段路才能打到车。树园与傅见西的公寓分别在不同方向，在星海汇门口，林音希与他告别：“我往这边走，你应该走那边吧。”

“很晚了，我送你。”

“不用了，我一个人可以。”林音希认真道，“南泽治安很好的，你放心！我到家发个短信给你报平安就好。”

若是往常，傅见西一定会坚持，但这一天他的内心纷扰，压根没有注意到时间，只想快一点和她分开，便同意了，看着她背着包往远处走。

林音希对这一片并不熟，但可以确定的是，这里的治安很好，随处可见监控探头，即便夜深，应该也不会有什么伺机作案的人。

她走了很长一段路，却半辆出租车都没见着，手机也没电，想叫车都不方便。她有些后悔和傅见西分开走，让他送送又如何，说不定这会儿已经打到车了。可若是和他一起走，她怕自己又忍不住要提起江亚男。

林音希翻来覆去地胡思乱想，内心其实还是恐惧，路上基本没什么行人，只有来去匆匆的车辆。她走了一段，忽然发现脚步声不只是自己的，细细一听，还有另一个沉重的脚步声。她不敢回头，只能加快脚步，后面的人也加快了脚步。随即她闻到了一股浓烈的酒味，她内心一凛，也顾不上打草惊蛇，急忙跑了起来。

若是遇到抢劫或尾随的其实她并没有那么害怕，毕竟这是大马路，只要她不往暗处走，一直走在监控范围中，至少不会那么危险。但，后面的人似乎是喝了酒，隔着这么远还闻到呛人的酒味，对于酒鬼来说，压根没有任何理智可言。

林音希背着包飞快地往前跑，可没走几步，便被人扯住了头发，那是又高又壮的中年男人，猩红着眼，一张口便是一股恶臭：“臭娘们，你要跑去哪？”

“你是谁？我不认识你，快放开我。”

但那男人似乎没听见似的，将另一只手的酒瓶子扔了，玻璃在地上摔成碎片，他喘着粗气自言自语：“你这个臭娘们，让你瞧不起老子，你们都瞧不起老子。我让你瞧不起老子，看我不划花你的脸。”他说着，扯着林音希的头发，要去捡地上的玻璃碎片。

林音希学过拳击，她记得，第一课老师讲的是：当遇到危险时，首先做的并不是惊声尖叫，而是抓住最好的时机，袭击对方的要害。

趁着男人低头捡玻璃，她抬起膝盖，狠狠地朝他的要害撞去，随即拳头狠狠地撞击在他的肚子上。

男人应声而倒，林音希拔腿便跑，可没走几步，又被扯住脚踝，她整个人重心不稳摔到了地面。

喝醉的人力气是很大的，且是喝醉了又受到袭击的男人，这会儿，他就像一头疯狂的野兽。林音希感觉到他踢在自己身上的拳脚并没有动，她忍着疼痛，正准备趁他不注意时反抗，却听到了男人的一声闷哼，随即是拳头与骨骼撞击的声音。

林音希回过头，便看见了与醉汉扭打在一起的傅见西。

夜已深，林音希与傅见西仍坐在警局。

那袭击林音希的醉汉被傅见西制服后，便报了警，他们也要到警局录口供。醉汉遭到林音希的重击，又被傅见西打了一顿，身上多处骨折，酒也醒了大半。

最后证实，那是个刚离婚的酒鬼，伤人没有别的原因，只是因为喝醉。被警察带往医院救治时，人已经陷入了昏迷。

“我们是正当防卫。”傅见西说。

警察做着笔录：“傅先生，这已经是防卫过当了。”

最后的结果是，傅见西叫来了自己的律师。

离开警局的时候，已经是深夜两点，林音希内心仍是抑制不住的愤怒：“太过分了，为什么说我们防卫过当，难道我们就要任由他伤害自己不能反抗吗？”

傅见西看她因愤怒涨红的脸，没有告诉她，当时与醉汉扭打在一起时，他是下了狠手的，恨不得给对方一个了结。

“对了，你怎么回来了？”

“我走了一段，想起有封信要给你，打你电话不通，所以就折返了。”他没有说的是，当时他打不通她的电话，脑子一片空白，拼命地往回跑，谁知道便看见了这一幕。

“信，什么信？”

“方桃从美国寄来的信，我前些天去福利院，院长说你好久没有去了，让我转交给你。”

林音希不禁有些内疚，的确，她已经很久没去福利院了，答应孩子们说会带玩具去看他们也忘记了，若不是傅见西提起，她都忘记方桃出国之前同她讲，会给她写信。

“信呢？”

傅见西是带在身上的，可是他却说：“我放在办公室了。”

他还在担心林音希会追问不休，却听到她一声尖叫：“天啊，你的手怎么了，怎么那么多血？”

原先只是觉得手有点疼，他也没有注意，一摸，果然满手的红。

4

因为傅见西受伤，原本准备送他们回家的律师又将车开到了医院，挂了急诊。

傅见西的手臂是与醉汉扭打在一起时，碰到了旁边的栏杆划破的，因为栏杆是铁的，且带了锈，所以要细致清理，还要打破伤风，以防感染。

林音希身上也有几处轻伤，一并做了处理。

她在医院的走廊等傅见西，律师不知道去了哪里，她的精神有些疲倦，正想着还好李星晚上回了家，不然她这个点没回去，不知道李星有多着急。

就在这时，她听到高跟鞋敲击地板的声音，在寂静的夜里，显得诡异又清晰。

林音希抬起头，便看到江亚男从走廊那端走来。

她下意识地起身，挺直了脊梁，握紧了拳头，可她的心却仍在颤抖，说不清楚是愤怒，还是害怕。

江亚男一步步朝她走近，带着一点蔑视，居高临下地望着她。她还来不及开口，江亚男一个巴掌已经甩在她的脸上。

“我说了，让你离傅见西远一点。吃着碗里的瞧着锅里的，和你那恶心的妈学的吗……”

“啪——”她的话未说完，林音希已经反手一巴掌打了回去。

“她死了！我妈已经死了！”林音希在她的震惊和愤怒中后退了两步，防止她袭击自己，“还有，我不欠你什么，你凭什么打我？我们不是蝼蚁，可以任你侮辱欺凌。”

这一巴掌不仅是为自己，更为林萍。林萍纵然不是什么好人，她已经为她犯过的错付出了代价，不应该被这么一次次侮辱。

江亚男估计一辈子都没被人打过，被这么一打，愣了，手颤抖着指着林音希：“你什么东西，你竟敢打我！”她还想追上去，却被身后的人按住。

傅见西不知什么时候从病房出来，手上还带着输液的针头。他沉着脸，不知道是因为江亚男，还是林音希。

“她打我，你瞧见了吗？她打我……”

傅见西说：“你……你先回去吧。”

他没有说称谓，林音希却知道他是在和自己说，低声说了句“对不起”便转身后，走了几步又顿住，补充道：“今晚真的谢谢你。”

傅见西望向她，无可奈何地摇头。

离开医院时，她仍旧能听到江亚男絮絮叨叨的骂声，而傅见西，仍是一如既往的沉默。

天已经微微亮，这座城市还未从沉睡中苏醒。

但医院门口从来不乏出租车。

这里二十四小时都会有人匆匆赶来，又满脸愁容地离去，一张张表情悲痛的脸，在常年守在医院门口的司机们看来，并不会引起什么情绪，见得多了，也就变得冷漠了。

林音希面无表情地看着招揽顾客的出租车，正准备上车，却看见对面驶来一辆熟悉的车。

她微微一怔，连司机的催促也没听见，直直地朝马路对面跑去。

这里没有人行道，过马路要走天桥，但林音希却毫不犹豫地朝对面冲去。好在此时是破晓时分，马路上几乎没什么人，可当她翻越隔离栏突然来到江照的车前时，仍是将他吓了一跳。

他铁青着脸下了车，看着她像小学生一样蹦蹦跳跳跑到自己面前，心惊胆战，劈头盖脸就是一遍骂。

“林音希，你是不要活了吗？你知道横穿马路有多危险吗？虽然现在是早上，但是忽然有车怎么办？我要是看不到你怎么办？还有，翻越隔离栏，要是摔伤划伤怎么办？你是活太久了，嫌命长吗？你看你，把自己搞成什么样子？受伤很好玩吗？”

他极少对她发脾气，更别说是责骂，此时却是抑制不住自己的怒气。但林音希却没有生气，在他的数落中仍是笑着的。江照借着晨光，发现她身上有好几处伤痕，脸上也有些肿，笑嘻嘻地看着他的模样有些蠢。

他骂不下去了，但心里的怒气仍未消散，挣脱她抓着自己的手，转身便要走，丝毫没有想到自己现在的举动很像十几岁和男友闹别扭的小姑娘。见江照转身走，林音希似乎也急了，快走了两步，蹿到他面前，小心翼翼地打量他。

江照心软了，却仍是努力地板着脸："你这么看着我做什么？"

她却忽然伸出手抱住了他，带着一股消毒水的气息："阿照，看见你真开心。"

他僵着身体任由她抱着，好一会儿才放下手，轻轻将她拥入怀中。

江照接到傅见西的电话时还在沉睡，宿醉让他头疼欲裂，迷迷糊糊接起电话只想将那边的人千刀万剐，傅见西的一句"你来医院接一下林音希"便将他惊醒。

"发生什么事了？"

"她遇到了醉汉，不过人没大碍，我受了点伤。"傅见西说得婉转，在他挂掉电话前补充，"刚刚我妈来了，给了她一巴掌。"

原来刚刚并不是做梦，她是真的来了。

医院离星海汇不远，他甚至没有洗漱，脚上还穿着居家拖鞋，仅用了五分钟便赶到医院。

她的电话关机，他还担心找不到她，却不想，她就这样冲过来了。

这会儿，他却是舍不得再骂她，只是前因后果还是要了解清楚。

"到底是怎么回事？"

林音希见他一脸严肃，只好和盘托出。

"你是不是又偷偷跟着我？"

林音希下意识便要否认，但若她说出事实，江照或许会更担心，她只好说是："你不来找我，我担心你。"

"我有什么好担心，我一个大男人。你知道不知道这样很危险？"

林音希说："我学过拳击，我不怕。"

江照忍不住冷笑："学过拳击，还很得意？那怎么会受伤？如果不是见西赶到，还真不知道会发生什么事。"

"今天的事情是意外，那个男人很高大，又喝了酒，喝酒的人力气会比较大。否则，他不一定打得过我。”林音希认真地反省，“也是我轻敌，下次，我有经验了，就不会有这样的意外。”

“下次，没有下次了。”林音希正要辩驳，却听见江照叹了一口气，声音很轻，“你不怕，我怕。我是个男人，应该是我来保护你，而不是你来保护我。林音希，我说了很多遍，我希望以后你记着。”

他身上穿着她为他换上的家居服，头发还有些乱，在晨曦金色的光辉中整个人都显得柔软，像此刻她的心一样。

“好。”

“你学拳击做什么？一个女孩子，为什么学这种东西？”

那句“我想守护你”哽在喉咙，怎么也挤不出来，她想要守护他，但到头来，都是他为自己收拾烂摊子。

见她忽然沉默，江照也没逼问，伸出手抚上她的脸庞：“还疼吗？”

“疼。”

“以后我会为你讨回来的。”

江照的声音很轻，以至于，林音希怀疑那是自己的错觉。

5

一夜的奔波，让林音希疲倦不堪。

上了车，知道这是个安全地带，她和江照不过才说了两句话，困意便席卷了她，江照正想问她是回家还是去他家，她已经睡着了，呼吸声均匀却沉重。

江照毫无目的地开车绕了一圈，路过树园，扭头一看，她仍在沉睡，便也没有停下来。天已经大亮，行人和车马逐渐变多，阳光懒懒地打在车窗，他看着她的睡颜，竟也觉得困，索性将车开回了星海汇。

所以，林音希是在江照的床上醒来的。

这一觉，她睡得很熟，只记得自己是在江照车上，还在和他说着话，下一秒已经失去意识，再睁开眼，发现周遭的景物已经变了样，简洁宽敞的房，灰白相间的条纹床单，窗帘温柔地闭合着，只有未关紧的房门露出一点点的光。

她睡得太久，头昏脑涨，好一会儿才辨认出这是江照的房间。

她为什么会在这里？

现在是什么时间？

林音希忙从床上起身，出了房间，看到玻璃落地窗投映出的江景夜色才知道这会儿已经是华灯初上。她看不到江照，正匆匆忙忙准备穿鞋离去却听到他的声音诧异地从背后响起：“你去哪里？”

林音希回头，发现江照围着她之前买的卡通围巾，手里还拿着勺子，他站在灯光里，头发泛着毛茸茸的金黄色，一瞬间，她有些恍惚。

“你愣什么，我问你去哪里？”

“我……我以为你不在，所以要走。”

“走？走去哪里？”

“上班。”说完，她觉得不对，又道，“我不知道怎么会睡到这个时候，我今天要上班没请假，我要回报社一趟。”

江照嗤笑：“现在几点了，大家都下班了，你还回去干吗？难道要加班吗？早上你在车里睡着了，我叫不醒你，只好把你抱上来。我说林音希，你看着个子小，怎么那么沉？”

林音希被这么一说，微微窘迫，站在玄关走也不是，留也不是，低头摸摸自己肚子上的肉，最近明明没怎么吃饭，难道还胖了？

江照逗够了林音希，又道：“早晨好像你同事打电话来，我接了，说你不舒服，麻烦她帮你请假。”林音希去看手机，果然，有来自办公室固话的已接来电，心稍稍放了下来。

“你在做什么？不是在做饭吧？”

她不问还好，一问，江照的脸色蓦地变得阴沉，气势汹汹地进了厨房，又将门关上，不忘叮嘱：“别进来。”

林音希觉得好笑，猜出他应该是在做饭，但闻不到香气，只听到叮叮当当的锅碗瓢盆碰撞声，想一探究竟，又觉得他爱面子，要是闯进去，他指不定会恼羞成怒，她便坐在沙发上等着。

过了半个多小时，厨房的动静终于停止，依旧闻不到食物的香气，林音希耐着性子等了好一会儿，也没见江照出来。她终于按捺不住，蹑手蹑脚走向厨房，轻轻地推开了门，只是一眼，她便愣住了。

之前那个干净简洁的现代化厨房此时完全变了样，地板上、案板上都扔满了食材，没错，就是扔，各种肉类、海鲜，还有配菜被随手乱扔，简直堪比菜市场，更恐怖的是水槽堆满了碗筷，还有几只缺角的碗，江照正按着炉子上锅的锅盖，面目狰狞，里面时不时有“咚咚”声传出。

“你在干什么？”林音希盯着看了半晌，忍不住出声问，“星球大战？”

听到林音希的声音，江照简直如临大敌：“你来做什么？不是让你不要进来吗？”

“厨房闹出这么大的动静，我来看你在做什么。”

“没什么，你快出去吧！”说着，他腾出手来推林音希，却没想到就这么一个动作，他扣着锅盖的手一松，里面的东西像是找到突破口，从缝隙中探出了头。

林音希与那只遍体鳞伤、脚上还缠着绳子的螃蟹大眼对小眼，大概明白了厨房的动静为什么这么大。

江照一看，心如死灰，生无可恋地将林音希推出了厨房，自己也跟着出来，随手将门一关，也不管那一屋子狼藉，眼不见为净：“走吧，我们出去吃饭。”

“那厨房怎么办？”厨房简直是灾难大片现场既视感。

“明早会有阿姨来收拾。”

最终，还是林音希收拾了脏乱差的厨房——将被江照重击受伤潜逃的螃蟹抓回来，将满地的新鲜食材洗干净，一一归类装进保鲜盒，放到冰箱，将碗碟放进洗碗机，又将打碎的部分扔掉，将锅碗瓢盆重新刷洗干净。江照家里没有砂锅，做不成他最爱的海鲜砂锅粥，她倒是发现了意面，便用他特意让人送来的海鲜做了意面。

几只螃蟹没有用上，那只与江照上演了人蟹大战空运而来的螃蟹，被林音希关在了水池。

江照心心念念想吃海鲜砂锅粥，原本打算自己做，没想到林音希做起来简单得不得了的事情，在他手上变得如此困难。他坐在客厅看邮件，听见厨房里传来的水声，还以为林音希煮了粥，没想到，端出来的却是意面，面上不觉带了嫌弃："粥呢？"

"没有砂锅，做不成。"

"我可以让人送来。"江照一脸理所当然。

"可是我一天一夜没吃饭，饿了。"林音希问，"你呢？我睡了一天，你吃饭了吗？"

话音刚落，江照的肚子便传出一声可耻的抗议声。林音希想笑，但见江照板着脸也不敢笑，拉着他坐到了餐桌边，将叉子递到他手中。江大少爷勉勉强强地应付了两口，估计是觉得味道不错，又吃了几口，餐盘很快见底，吃完十分吝啬地给了评价："比不上砂锅粥，但还成，下次再做。"

林音希憋着笑，她餐盘里的面还剩一大半。

江照吃饱喝足，溜达去厨房看战场，估计是心情好，拎着一只无精打采的螃蟹从厨房里出来："这是刚刚那只螃蟹，怎样，把它养起来？"

他让人送来六只螃蟹，也难为他能从里面挑出这一只。从来不喜欢小动物，也不喜欢小孩子的江先生善心大发要养螃蟹，不禁让林音希有些为难："养在哪里？我不会养。你会养吗？"

"之前见西让人送来了个鱼缸，好像放在储物室里。"

待他将鱼缸搬出来，林音希彻底无语了，那是个将近一米五长的生态景观鱼缸，是傅见西送给他的，连带了一缸深海鱼珊瑚海葵，不到两个月都死了个精光，钟点工阿姨便将鱼缸搬到了储物室。用这么大的鱼缸来养螃蟹，实在不明智，但见江照兴致勃勃，她便和他下楼去超市买了个小鱼缸，网上搜索了一番，知道螃蟹爱吃鱼虾，又去买了小鱼和虾米。

林音希见他兴致盎然，不忍心告诉他，螃蟹其实很难圈养，离开海水，无论给它营造多么相似的环境，它都无法生存太久。

接下来几天，江照兴致勃勃地养着这只差点将他咬伤的螃蟹，甚至还给它取了名字，只是过了四天，它便死了。

林音希下班，江照的车已经开到了报社楼下。

这几天，江照休假，却成了她的专属司机，接她下班，与她一起回到星海汇做饭，看电影，又将她送回树园。不是没有提过让她留宿，在她拒绝后，江照也没有勉强，他尊重她，只是低下头吻她。

“不要。”

“我说了，我不需要你来守护我。”江照知道，每次他吻她，她都会失去听见他名字的“异能”，她害怕他遭遇什么危险。但他想靠近她，想吻她，想与她在一起，无论是以任何条件为代价。

这些天，他们就这样腻在一起。

江照不曾提起林萍，林音希也不曾提起叶家，那些禁忌的话题，谁也没有去提起，好像这样，所有的过往和伤害都是不复存在的。

直到这一天，江照照常接林音希下班。

下了车，他的第一句话是：“小蟹死了。”没错，小蟹便是江照给那只螃蟹起的昵称，和他一起漂洋过海而来的螃蟹都进了他们的肚子，它却因为顽强抗争而留在了他家的鱼缸，但它的生命仍旧短暂，今日他给它喂食，发现它已经死了。

林音希有些难过，虽然只是一只螃蟹，但她与江照很用心地饲养，寄托了希望，可它的生命仍旧短暂。

早已知道结果，早已做好准备，可当悲剧降临的那一刻，她仍旧无法抑制悲伤。

就像这些天，他们刻意回避了一些话题，但无论怎么粉饰太平，存在的，依旧存在。

“我前些天去做了亲子鉴定，明天可以拿报告。”

这是这天江照对她说的第二句话。

她的疑问

第三章

Chapter 3

1

“如果我不是江照，你还会和我在一起吗？”

他不是江照，林音希从一开始便知道，他不是江照，不是江麒麟与姚秋云的儿子，不是远洋的总经理，不是江家的唯一继承人，而是叶皓琛，叶深深的哥哥。

因为她总是听到江照的名字，因为她对江照有很深的执念，一开始接近他，守护他，的确只是因为他带着“江照”的标签，幼年对江照懵懂的感情，母亲所犯下的错误带来的伤害使她心怀内疚，一切的一切，似乎都与“江照”有关。

但她爱上他，却不是因为他是江照，而是因为他是他。

他不是江照，她早就知道。

他想知道的是，如果他不是江照，他总有一天会离开江家，离开远洋，到时候，他不再是现在的他，没有豪车与豪宅，不再是天之骄子，他什么都不是，她还会在他身边吗？

林音希没有回答，江照却从她坚定的眼眸中，读出了答案。

秋天的夜色降临得早，路灯早早便亮了起来，街上都是密密麻麻的车马，正如蜗牛般缓缓地前行。因为塞车，行人多少都带着焦躁，汽笛声此起彼伏，偶尔还伴随着一两声咒骂。

江照并没有焦虑或烦闷。

他开着车，林音希安静地坐在他身边看稿子，时不时和他交流几句最近的新闻，有时他会回答，有时他顾着看交通指示没出声，她也不介意，只是低声嘱咐：“不用急，开慢些，反正我们不赶时间。”

江照忽然想起很多年前上学时，他曾翻阅过班里女生们看的言情小说，他只看了几行便看不下去，其中的一句对白却记得清晰——我希望，时间可以走得慢些，再慢一些，最好就在这一刻静止。

当时他嗤笑着将书扔还给女同学，这一刻，他却清楚地体会到这句话中所蕴含的期许。

我希望时间慢一些，最好静止，把这最美好的时光定格住，所有的一切都无法干扰我们。

只是，从十几岁的时候开始，江照便知道，这是违背自然规律的，是不可能实现的天方夜谭。

假期的最后一天，江照拿到了鉴定机构送来的报告。

那是他预想中的结果，但当他打开那个牛皮纸袋，看到上面的文字时，所有的力气如同被抽丝剥茧一般带走，他虚软无力地瘫倒在座椅上，浑身都是冷汗。

林音希没有骗他。

江照在车上坐了很久很久，直到天变得灰蒙蒙，才发动引擎，将车开向半山的悠山郡。

鉴定中心离悠山郡并不远，江照却觉得这条路无比的漫长，似乎怎么走都走不完。

到了悠山郡，他才想起这一天是周六，家庭的聚餐日，不仅是几个姐姐姐夫，连姑姑江亚男也回来了，她陪着老爷子在花园浇花，见到他，便笑了："我们阿照最近假期可愉快？你不知道，自从收购尚宇之后，远洋江照名声可是大振，无人不知，无人不晓。"她是笑着的，脸上却没什么表情。

并购尚宇，江照是用了一些手段，这在商界里并不少见，但江麒麟为人正直，向来不屑那些阴暗的手段，江亚男话音刚落，他便冷哼了一声，也不理会儿子，转身往书房走。

江照跟着父亲的脚步进了屋子，朝江亚男点头以示问好，并未理会她的调侃，但眼睛的余光，却是明明白白地看见她沉下了脸。

江亚男虽只是远洋股东，在总部并没有实质职位，却掌控着旗下最大的子公司西尚传媒，江照并购的尚宇传媒却直接略过了她，半句意见都没有问，她私底下也给他下了不大不小的几个绊子，但都被他一一化解。

这几年，姑侄面上关系虽不错，但明枪暗箭还是不少。江照初出茅庐，江亚男老奸巨猾，抓不住证据，面子当然不能撕破，还要伪装出不知情，韬光养晦，免得打草惊蛇，以后的路更是难走。

不过最近，江照可是一点面子都不给她留，不仅将西尚几个大项目都打了回来，连去莲花山度假村培训这种活动都给驳回。整个远洋谁人不知莲花山度假村有她的股份，这些年远洋大大小小的活动都在那儿举行，江照此举，无疑是公开与她翻脸。

他这边动作不停，表面上却和睦，即便江亚男已经翻脸，几次失控，他还能端着笑问一句："姑姑要不要一起吃饭？"江亚男看到他，便恨得牙痒痒。

只是这一天，江照心里有事，连与江亚男虚与委蛇都懒。

一屋子的人闹哄哄，大姐江东正襟危坐在看时事新闻，见老爷子进门，给挪了个位置；江北和几个外甥在游戏间打电玩，时不时传来诸如"姨妈输了""小姨妈你又要赖""我不和你玩了"的嚷嚷，还有江北底气不足的辩驳；三姐夫与四姐夫正在玩斯诺克，见江照走近，便招呼他："阿照，一起来玩？"

江照摇摇头，姐夫也不勉强，继续酣战。

他站在干净宽敞的家中，一屋子的喧嚣，好像都与他无关。他在江家二十年，从未有一个时刻，像现在这样孤独。

直到姚秋云从厨房探出头喊了他一声："阿照，你来帮妈妈一下。"

江家没有保姆，却有好几个钟点工阿姨轮流上岗，姚秋云虽身体不好，仍旧喜欢自己下厨，为子女做一顿家常晚餐。

此时，阿姨已经将所有的食材洗净分类好，基本没有什么下手的活儿，江照到了厨房，也是站在那里，干站着，看着母亲手脚不停地忙活。姚秋云本身也没准备让江照帮忙，只是见他回来后闷闷不乐，便让他进来厨房陪自己说说话。

“最近发生了什么事吗？”她将药材与走地鸡倒进砂锅，并不看江照，只是问，“有什么不开心，可以和妈妈说。”

“没有呀。”

他不说，姚秋云也不勉强，自顾自地忙着。江照站在母亲身后，无所事事地空着手，他原本是想找颗蒜来剥，发现他从不进家里的厨房，连蒜放在哪里都不知道，且这些下手的活儿早有阿姨干好。

最后，姚秋云给他盛了一碗汤：“你帮妈妈尝尝味道。”

江照喜欢吃姚秋云做的饭，并非因为她的厨艺有多好，反之，她的手艺很一般，在与江麒麟结婚之前，她是个只会读书画画的大小姐，后来才学会做一些简单的家常小菜，偶尔发挥不稳，他们还会吃到一些堪称惊奇的味道，连她自己都放下了筷子，但江照和几个姐姐包括江麒麟都会默不作声将盘子清扫干净。

只是，姚秋云不常做饭，除了江麒麟不让她下厨外，更因为孩子们都长大了，回来的时间不多，她也懒得花力气在这上面。近日，远洋股价节节攀升，江麒麟也难得夸了儿子一回，加上女儿女婿和外孙都回来，姚秋云的心情着实不错。

江照端着碗看着母亲在一旁忙碌，忽然问道：“妈，如果二十年前我找不回来了你会很难过吗？”

姚秋云猛地一顿，差点被热油溅到，好在躲闪得快：“为什么这么问？”

“没什么，就是突然想起。”

“不会难过。”江照听她缓缓道，“难过只是一阵，痛苦却是一辈子的，你当时丢了那么久，如果不是你三姐四姐还小需要我照顾，说不定我早已经死了。无论是你，还是你任何一个姐姐，都是我的骨血，丢了哪一个我都没办法好好地活着。”

江照心里一跳，又听她舒了口气：“好在，你们现在都健健康康地待在我身边。”

2

这一餐饭，江照吃得如鲠在喉，食之无味。

江家向来秉承食不言寝不语的原则，当然，这条规则只是用来约束小辈。江老爷子和姑姑江亚男从来都是言语自由。

江北是个性子活泼的，以往还好，最近怀了孕，脾气越发急躁，见众人都沉默地吃饭，老公也不搭理自己，像饿死鬼投胎一样埋头吃饭，不禁望向姐姐。江东比她爹江麒麟还要严肃，冷冷地瞥了她一眼，没理会，她只好捅了捅弟弟，希望他能够和自己说说话。

江照是家里的镇宅宠物，见人说人话，见鬼说鬼话，又会卖乖取巧，除了老爷子永远一副恨铁不成钢的模样，没有人不喜欢他，任何时候大姐和妈妈都会向着他，在饭桌上说笑话这事他不知道做过多少次。

但这会儿，江北用手肘捅了捅弟弟，他毫无反应。她只好伸出脚去踩，柔软的家居鞋碾过他的脚面，他仍旧没反应，倒是正喝汤的三姐呛了一下，低头去看桌底。

发现踩错人的江北急忙收回脚，正打算对弟弟再出手，江照忽然放下碗筷起身：“我吃饱了，你们慢用。”说着，起身出了饭厅，半步没有停留，像是有人追赶一样。

江北觉得江照有些不对劲，胡乱地吃了几口饭，又被逼着喝了一碗汤，不管老公在身后叫她慢些，火急火燎地追弟弟去了，在大宅子绕了一圈没有找到，出了花园也没有看到弟弟的人，绕到车库一看，果然，那小子的车已不见踪迹。她一问，保安便道：“江先生好像有急事，车开得飞快。”

这小子有猫腻。江北还打算问个究竟，但因为怀孕了，记忆越来越差，不到几秒钟便被外甥叫去打游戏而分散了注意力。

江照的确是跑了，落荒而逃。

虽然他早就猜到鉴定结果，做好了十足的准备，但真正面对，远比想象中更难。

在前往悠山郡的路上，江照想了很多。

他不是江照，而是叶念琛又有什么关系，反正他还是他自己。他要告诉江家这一个秘密，若家人能够接受他，那便好，若不能接受，他也不怕，最坏的结局不过是离开江家，离开远洋。或许路会比以前难走一些，但他有手有脚，还怕活不下来吗?

但当他踏进那所大房子，看到满屋子的人，他试了很多次，好几次鼓起勇气，还是没把真相说出来。

他并非害怕失去现在所拥有的物质条件，更多的是，怕伤害到姚秋云，如果此时告诉她，她的儿子已经死了，这些年陪伴在她身边的是个毫无血缘关系的人，她估计会承受不住吧。还有几个姐姐，她们也会难过吧，连老爷子那张苍老严肃的脸，在这一刻都变得可爱可亲起来。

他与家人的相处，向来简单随意，享受着他们对自己的疼爱，却极少为之付出。年少叛逆的时候，他也放过狠话扬言不需要这个家的一切，但从未真真正正想过，自己不是这个家庭的一员，也未曾幻想过，离开这个家会是什么模样。

比起现在所拥有的优越生活，他更在意的是，失去亲人，失去这看起来细微平淡实则已经渗透他生命的感情。

若是不知道真相，他可以像从前一样肆意地挥霍着亲情，毫无内疚。但现在，他却无法心安理得地接受这并不完全属于自己的好。

所以，江照逃了。

他离开了悠山郡，又不想回星海汇，漫无目的地开着车，最后却停在了树园。他几乎不会认路，这一路心不在焉，竟然也能开到林音希楼下，没有迷失方向。

他看了一眼时间，正是泡沫剧热播的点，小区散步的行人并不多，只有一两个遛狗的业主，见他的车大剌剌停在路中央，忍不住探头探脑，与他眼神对上，或尴尬或羞涩地移开视线，骂自己的狗："走走走，跑什么跑。"眼光还依依不舍地留在车上，暗自羡慕。

江照停车的位置恰好可以看见林音希的家，客厅正亮着灯，他没打算上去，准备抽两根烟就走。车载音乐闹哄哄，他索性都关了，万籁寂静。

没想到一根烟还没抽完，便有人"咚咚咚"地敲了副驾驶的车窗，他扭过头去，并未看到人，再回过头，林音希的头蓦地从他开了一半的车窗探进来，吓了他一跳。

"你干吗？"

"我以为你听不见，就绕到这边来了。"

江照熄灭了烟，见她仍旧维持那个姿势，惊讶道："你准备让我给你拍张照吗？"

林音希的头发被入秋的风吹得有点乱，鼻尖还有细微的汗，闻言又转了转头，半晌后才闷闷道："你把车窗打开一点，我好像卡住了。"

江照微怔，随即大笑出声，一整天的阴郁心情被林音希这可笑的举动驱散了大半，笑了好一会儿才在她的催促声中将她的头从车窗上解救下来。他开了车门，发现她穿着小黄人的睡衣，手中还拎着满满两袋垃圾，带着一点臭气，嫌弃溢于言表："这东西是干吗的？给我的见面礼。"

"我下楼倒垃圾，看见车好像是你的，一激动，连垃圾也忘记扔了。"她问道，"你怎么来了？"

"开车迷路了，就开到这里来了。"他说。

"既然来了，要不要上去坐坐？"

“不，我要走了。”

江照还在等着林音希的挽留和关心，没想到她看了他一眼，耸耸肩：“那我也走了。”她穿着卡通睡衣，提着垃圾，一晃一晃的，果真没有一点留恋。

她没走几步，便被江照一把拉了回来，牢牢地桎梏在怀里，她手里还提着垃圾，不敢乱动，就怕弄脏他昂贵的衣物。

江照忍受着垃圾的臭味，勉勉强强地抱着林音希，正准备开口嫌弃她，便感觉她轻轻地朝他靠近了一点，用肩膀蹭了蹭他，声音与夜色一样轻：“阿照，不用担心。你什么都不知道，你永远都是江照，这是永远不会改变的事情。至于这个秘密，就让它烂在你我心底。你不要有负担，你就当作什么都没有发生，从前怎么过，以后还是怎么过，一切都和以前没有不同。”

江照一愣，心里又酸又软，她总是能够一眼就看穿他的心，他的不安，他的犹豫，在她这里从来无处躲藏。

但她却从来不会令她难堪。

她像一阵夏日的穿堂风，轻轻地吹过，宛如一个清凉又温柔的怀抱。

3

假期结束，江照准时在上班时间抵达办公室，将正絮絮叨叨同小助理交代工作的李星吓了一大跳。

“江总，江先生，你……真的回来了？”李星大着舌头，步伐一乱，差点没摔倒，好在及时稳住。

“你不希望我回来吗？”江照冷眼看着自己的秘书将自己的西装抓出褶皱，恨不得将她一脚踹到大西洋，直到她讪讪地放开，才大步走向办公室。

他一周没上班，办公室依旧干净敞亮，没有半点灰尘，看得出是精心打扫过，连桌面上的盆栽都浇过水，叶子还带着水滴。

江照正在心里表示了满意，笑容刚爬上脸，李秘书及时地敲响了门，给休假回来的老板送来了咖啡，以及一大堆待审阅签字的文件，放下东西后，她还没准备走。

江照被那灼灼的目光盯得寒毛竖立，忍不住道："你还有什么事？"

"江先生，你这次回来不会走了吧？"

"走去哪里？我不过是休假，还是你想换老板了？"

这语气，这态度，的确是自家老板没错，李星像是听到了什么承诺，站直了身子，后退了好几步出了总经理室，不忘随手关上门。

李星是江照的秘书，若是换到古代，就是"大内总管"的职位，大小事都需要她经手。每天与江照相处的时间比和男朋友还多，虽不知道他内心是什么想法，但他休假前的工作交接，总给她"交代后事"的错觉，她差点以为他要甩手不干，专心致志地去当一个只会吃喝玩乐的纨绔富二代，她对林音希严刑拷打也问不出究竟。好在，江魔头还是回来了，且暂时没有撂担子不干的念头，她不用失业换老板，实在值得庆祝，工作效率节节攀升。

江照休假了一周，堆积了不少工作。李星也跟着忙得焦头烂额，但她却情绪高涨，自告奋勇跟着老板加班，反常的积极几乎要让江照以为她做了什么对不起自己的大事。

李星加班，自然不能与林音希一起回家，但她在下班前一定会打一通很长的电话同林音希抱怨，但这一天，她并没有。

起初，林音希还以为是李星忙，结果等到将近九点，李星也没回来，她一紧张，忙给李星打电话，却没想到电话响了许久也没人接。她犹豫了一下，又将电话拨到江照的私人手机上，令她讶异的是，江照电话是关机的。

她想了想，换了衣服打了个车前往远洋。

已经入夜，远洋大厦却灯火通明，热闹得不同寻常。

她现在已经不是远洋的员工，没有门禁卡，没想到保安还记得她，却怎么也不让她上去。

“我来找个人，马上就走。”林音希道，“您就通融一下。”

林音希记得，保安大叔姓刘，之前在远洋上班时他曾经被人为难过，林音希曾经帮过他，因此对林音希特别有好感，每每遇见都会主动打招呼，今天却有些为难：“林小姐，不是我不让你进，而是今天出了事儿了。”

林音希眼皮一跳，直觉事情与江照有关。

她还想问个究竟，却听到一个熟悉的带着疑惑的声音：“林音希，你怎么来了？”

林音希回过头，看到江照的那一刻，她双腿一软，差点站不稳，也不知道是什么力量支撑着她一步步走向他。

那一天的江照，大概是她所见过的最狼狈恐怖的江照。

他的头发凌乱，眼角也带着淡淡的倦意，西裤与衬衫都是皱巴巴的，布满了深浅不一的暗红色，散发着一股难闻血腥的味道。

她的脑袋嗡嗡作响，想问他怎么一身血，到底是哪里受了伤，疼不疼，怎么没去医院。可她还没出声，眼泪却不停地往下掉，她走了几步便走不动了，蹲在地上，捂住了脸无声地哭了起来。

江照一身的血，没有走近她是怕吓到她，这会儿见她蹲坐在地上哭得浑身发颤也顾不得了，三步并作两步朝她走近，在她面前蹲下来：“你哭什么哭，不是我的血。”

可她仍是哭，他只好抓住她的手，往自己身上摸：“你摸摸，我没有伤口，也没有流血。要不你闻闻，这是鸡血，不是我的血。”

林音希哪知道鸡血和人血的区别，见他一身血，胆都吓破了，这会他抓着她的手是热的，他的身体也是热的，没有冒血的伤口，柔软的布料也因为血迹干涸而变得硬邦邦，她确认他是平安的、健康的，却没有因此而停止哭泣，反而哇地大哭出声：“你到底是怎么了？怎么弄成这样？”

江照接触的异性并不多，除了年少谈过的恋爱，剩下的便是家里的姐姐和下属，知道女孩子都是水做的，特别爱哭。但林音希却是特例，和他认识这么长时间，哭过的次数一只手可以数得过来，她坚强、理智，任何时候都挺直脊梁，像小学语文课本上骄傲的孔雀。这会儿见她像个小孩子崩溃大哭，又新鲜又心疼，他将她从地上拉起来，与自己保持一点距离："我脏，你站远些。"顿了顿，又道，"有人看着呢，你别哭了。"

林音希抬起头，这才发现他身后站了一干下属，有部门经理，有助理，李星也在内，可她原先却谁也看不见，只看到满身血的他，冷静下来忽然觉得窘迫，手足无措起来，但还是忍不住问："你到底怎么了？"

他说得云淡风轻："出了点小事，解决了。"

她知道他在撒谎，因为他身后站着的人她认识，是远洋的法律顾问宋景，若不是出了什么大事，大半夜宋景怎么会出现在远洋？

但她没有追问，任由江照嘱咐助理找司机送她和李星回家，离开时，江照对李星使了个眼色。林音希看得清楚，却仍是当作什么都没发生。

李星走近了，林音希才发现她的裙子上也都是血，因为是深色的西装料所以难以察觉。

她的表情很严肃，抓着自己的手也是冷冰冰的。

林音希将一肚子的疑问都咽回肚子里，沉默地遵循江照的安排。

4

这一天对李星来说，无疑是惊心动魄的。

从警局回集团的路上，江照已经嘱咐过她，回到家什么也不许对林音希说起。若是林音希没有出现还好，编个故事骗她似乎不是难事，但她已经目睹了江照一身恐怖的血迹，再要瞒天过海可不是简单的事，李星只好含糊地简略地将事情说了一遍。

原本今天，他们是要到尚宇去开会的。

虽然尚宇并购已尘埃落定，但是经历了一番大动荡，虽裁员大换血，但内部仍旧是一盘散沙，混乱不堪。因为并购尚宇远洋内部本身也有反对的声音，等着看笑话的人比比皆是，江照头疼不已。

下午江照要去尚宇参加股东会议，结果出了高管电梯就出事了。

远洋安保严密，谁也不知道那个提着保温桶的女人是怎么混过门禁的，江照与她擦肩而过时觉得对方有些熟悉，还在想似乎在哪里见过，对方却忽然叫住他："姓江的。"他回头，滚烫的腥臭的浓稠的液体已朝自己迎面泼来，女人的骂声也是凄厉，"姓江的，你不得好死……"

江照在一片混乱中，总算想起这女人是谁，尚宇传媒前总裁姜宇的糟糠之妻。

尚宇传媒的并购最初并不顺利，虽然尚宇岌岌可危，但姜宇仍想趁着最后的机会狮子大开口。江照最后用了一点手段，查到姜宇之所以狮子大开口是因为亏空太多，又欠了巨额赌债，想要趁着这机会捞回一把。做生意的，黑白两道总要有一些关系，当追债的上门了，这边亏空便瞒不住了。远洋成功并购尚宇后，姜宇也因为贪污而入狱，姜夫人因此对江照恨之入骨，伺机报复。

李星没说的是，泼了江照一身鸡血，姜夫人被保安带了出去，江照让人送来了新衣服还未换上，警察就来了。姜夫人在离开远洋不到一个小时后，车祸身亡，肇事是辆无牌货车，已逃之夭夭。

江照被带到警局，说是协助调查，但情况并不乐观。这场车祸看似是意外，但其中的千丝万缕，细思极恐，像是有只无形的大手，一步步将事情推到难以掌控的局面。

后面的事情李星并没有同林音希讲，仅过一天，她便从报纸上看到了各种恶意满满的揣测。

肇事车辆尚未找到，舆论已将江照和远洋推到了风口浪尖。

不良媒体最擅长的便是捕风捉影，断章取义用各种博人眼球的标题来制造新闻。

这事很快便被描绘成了，富二代强行并购不成，官商勾结，甚至杀人妻女。又有八卦新闻指出，远洋继承人爱上对手之女，上演了一出强取豪夺的戏码。天知道，江照连姜宇有个女儿都不知道。

一时间，网络也掀起了巨大的浪潮，所有人都将关注点放在姜妻之死，一个个恨不得替天行道，将江照绳之以法。好像姜宇贪污是不存在的，好像已经找到了肇事车辆，证据确凿是江照指使的，警察还未查出来的案子，网民们已经推理出结果。

很快，有人在远洋大厦前拉起了横幅，白底红字，触目惊心，让远洋杀人偿命。

仅在几天之内，远洋股价便跌破历史，几十年经营起来的企业名声，一瞬间轰然倒塌。

江照知道，这场风波是针对他的。

并购已经过去大半个月，尚宇那边并未有什么大动静，他休假期间偶尔也听到一些风言风语，但都是稍纵即逝。他刚回来上班，立马有人闹上了门，像是排练过无数遍的剧本，按部就班，循序渐进。

江照若天真地相信是凑巧、偶然，那活该他任人宰割。

江照开完紧急会议已将近凌晨。

他开着车离开时，公司依旧灯火通明，停车场保安放行时，并没有像往常一样和他打招呼，目光闪躲不敢与他对视，好像他真的是买凶杀人丧心病狂的罪犯。

他已经超过四十八个小时没有休息好，先是配合警方调查，再者要应付接踵而来的股东会议和媒体采访，还有员工的安抚和动员也是必要的。这几天他奔波不停，连家都没有回，他已经很疲倦，但司机跟着他跑了几天，他让司机先回家，自己开车回星海汇。

到了公寓，他没有马上下车，而是闭着眼休息，想恢复精力再上楼，没想到这一闭眼便睡了过去，还是停车场保安见他许久没有下车，过来敲窗，否则，真不知道他要睡到什么时候。

有人。

江照刚打开大门便得出这个结论，但星海汇安保严密，有多道门禁，连电梯都需要指纹验证，他并不担心会有陌生人进来。果然，他刚走到玄关，便看见客厅的电视开着，正无声地放着歇斯底里的广告，沙发上的林音希蜷成一团，睡得正香。

落地窗开了一半，纱帘被风轻轻地拂动，也不知道她等了多久，睡得很熟，连他进门也毫无察觉。

江照原想将她抱到床上，手刚触碰到她，却顿住，轻轻地将她推醒。

林音希睡得正香，被这么一叫醒还有些蒙，睡眼迷蒙地看了他许久，又转头四处张望，像是在确认自己身处何处。江照觉得她又好笑又可爱，面上却仍然紧绷着："你怎么在这？"

"你回来了？"

"嗯。"

"这几天，我都在你家过夜的。"

江照愣了，以为她只是等自己回家，没想到她已经来了几天。

"远洋出了那么大的事，你不让李星告诉我，但我在报社上班，怎么可能什么都不知道。我也帮不了你什么，也不敢随便去找你，怕给你带来困扰，索性就在你家等你。前两晚都给你煮了砂锅粥，但你没回来，被我当早餐吃了。我今晚没煮粥，你又回来了。"

或许是刚睡醒，她的声音有些沙，带着微微的懊恼。客厅里仅开着一盏暖光小灯，照着她的脸，泛着一层毛茸茸的光晕。

江照没再看她，起身转向厨房，果然看见一个熟悉的砂锅。

“你来做什么？”

江照深吸了一口气，冷冷道：“来看我笑话吗？”

5

林音希还带着混沌的睡意，有那么一瞬间以为自己听力串线。

因为这句话不像是江照会说出口的，它是那么陌生，带着一点嘲讽。

她看着江照冷峻漠然的眉眼，确认那句话的的确确是出自他的口中，而非自己的错觉。

最初认识的时候，江照对她是不耐烦的，是厌恶的，他不相信她，一遍遍问她有何阴谋诡计，也一次次拒绝她的温暖，让她离自己远一些。但从前无论他说什么，她都不觉得难过伤心，因为那个时候她只是一个来历不明的女人，若换成是她自己，对别有用心的靠近，也会产生抵触心理。

只是现在，他们已经在一起了，就在几天前，他们还一起坐在这沙发上看电影，她不小心睡着了，口水滴在他的裤子上，他捏着她的鼻子将她唤醒，嘲笑了她整整三分钟，却没想到自己站起来时脚一软，摔倒在地毯上。林音希狠狠地嘲笑回来，江照板着脸：“还有脸笑，如果不是你枕得我的腿发麻，我会摔倒？还不扶我起来！”

不过几天时间，江照却换了另外的面孔。

这几天发生了什么，林音希只从报纸的只言片语得知，她问过他，那些关于他的声音她听不到，李星也忙得晕头转向，她不忍心去追问，因为担心他，便每天在他家等着他回来。看到他披着月光站在自己面前，林音希是欣喜的，但仅是这么一会儿，她的心已经跌入谷底。

“阿照，你怎么了？”这样的江照是冷漠的、陌生的，令她觉得畏惧，可她仍是朝他迈进，“发生了什么事吗？”

客厅里仍是只有她开的那盏小灯，她伸出手想要触碰他的脸，却被轻轻地挡开，他的手是冷的，但她的心更冷。

“我知道这些天发生了很多事，知道你现在的处境很艰难。但是阿照，我知道你会处理好的对吗？一切都会好起来，我相信你可以。你不是那种会害怕，会临阵逃脱的人。”

“那你觉得我应该是怎样的人？林音希，不要把你对江照的妄想强加在我身上，我不是江照，不是你想象中的那个江照。”在林音希的错愕中，江照却显得尤为冷静，“是，这些事换作是以前，我不会觉得烦恼，但现在我会。因为以前我是江照，我是江麒麟的儿子，我要努力站起来，让别人瞧得起我。现在呢？只有我知道，我没有底气，我坐在这个位子上，我做什么，都无法改变我不是江照的事实。我想到这，连与别人抗衡的底气都没有。”

“不，你就是江照，在我心中，你永远都是江照。你不说，我不说，不会有人知道。”林音希打断他。

江照却笑了：“你希望我是江照，你把我当成了江照，但我永远都不会是江照。”他在笑，但他的目光却是冷的，比稀疏的月光还要冰凉，直直地照进她的心中，“你爱的是江照，那个在你最孤独的时候带给你温暖的江照，而不是现在站在你面前这个自私的、懦弱的赝品，我不过是替代品而已。”

林音希想说不是，只是她望向江照的那一瞬却犹豫了，她爱的到底是他，还是记忆中的江照，就连她也无法清晰地分辨。

就是这一秒的犹豫，让江照心中仅剩的那盏灯，熄灭了。

他背过身，疲倦地瘫倒在沙发。

“阿照。”

“你走吧，我现在不想看到你。”

他的话音落下，身后的动静戛然而止。

“我喜欢你是因为你是你，从不因为你是谁。”

江照心里一动，用了极大的力气才按捺住自己没有回头。林音希站在他身后，所以看不见他苍白的面色，更看不到他握紧的拳头和发白的指关节，只看见他沉默的、不动声色的背影。

林音希忽然觉得恼怒，第一次对他呛声：“你又叫我走，你总是让我走，从认识的第一天开始你就让我走。你是不是觉得我不会走？觉得我永远会像个小跟班一样跟在你身后？”

林音希知道江照压力过大，这些话并非他的真心，她原本是计划同他大吵一架后冲上去抱住他，李星说的，那一刻他会平静。但江照并不接她的话茬，她的发怒像一拳砸进了棉花里，无声无息，只余下零星的可怜的回音，这下她不走也不行。

所以林音希狠狠地跺了跺脚。

半晌后，江照听到大门关上的声音。

他松了一口气，蓦地又想起了什么，忙拿起车钥匙，追了出去。

又是深秋的夜，月明星稀。

江照开着车追了出去，原本还想着给林音希打电话，但车刚出星海汇，便看到不远处花坛边那个小小的身影。

她上一次在这边遇到了醉鬼，大半夜竟不打车回去，在这里晃荡，仗着自己学过一点拳击，竟毫无安全意识。

江照想起是自己将林音希赶了出来，不觉有些懊恼，但他没有后悔。

从他进入远洋的第一天开始，他便知道，这条路不好走。他每走一步，都有千万双眼睛在背后盯着，多少人在等着看他笑话，拉他下马。往常他是不在意，无所谓，但自江麒麟退居二线后，躲在暗处的人更是肆无忌惮，最近一段时间，更是稍显急切，动作频频。

这次姜宇妻子之死，更像是一记警告。

江照这些年虽经历了不少事，知道商场残酷，但这一次的事情还是给了他极大的震撼。他配合着警方的调查，私底下自己也没有放松警惕，找了不少人偷偷地调查，只是过了这么多天依旧毫无进展，可见对方手段。

已经有人将手伸到了他身边，他说不紧张是不可能的，更怕的是，被抓住软肋。

姚秋云深居简出，几个姐姐也有姐夫照顾，他并不担心，现在唯一担心的便是林音希，她与自己如此亲密，很容易被他所连累。

如果江照对她如实说起，结果一定会是她更紧密地陪伴他，她一定会说："我不怕，你也不用怕，我会在你身边保护你。"他不用说，也知道会得到这样的答案。这是她一直以来的处事方式，不是吗？她好像从来没有意识到自己只是个女孩，永远都不会害怕、恐惧，好像守护他，就是她全部的责任。

只是她从来没有问过他，需不需要她的守护。

这一次，便让他来保护她吧。

离他远一些，她会更安全。

或许是刚与江照争吵，林音希的警惕性没有往常高，她在花坛边坐了一小会儿，十分没有环保意识地揪着路边不知名的花，等到把人家的花揪到光秃秃，她才似乎猛然醒悟，伸手摸了摸枝干，嘴里念叨着什么，然后像是落荒而逃一般，起身往树园的方向走，边走还边回头。

她没有打车，就这样踩着夜色一步步往家的方向走，背影在夜色下显得十分渺小。

江照没有现身，他将车开得很慢，与她保持着一个难以察觉又可以兼顾她安全的距离，一直将她送到了树园。

这段路很长，又很短，他始终望着她的背影，不知道从前，她一次次跟在他身后，是不是就像这一刻一样，孤独又甘之如饴。

看着林音希上楼，江照并没有立即离去，他倚靠着车门，平静地抽了一根烟，看着她房间的灯亮起了又熄灭。

等到天边已经微微泛起了白，江照才上了车，离开了树园。

他的徘徊

第四章

Chapter 4

1

两天后，撞到姜夫人的货车司机终于落网，他对自己肇事逃逸的事情供认不讳，声称自己撞人后没有报警而是逃之夭夭是因为害怕，此次事情完全是意外。

肇事司机落网，江照清白清洗，原本是件好事，但姜家人却不那么容易妥协，接连几天都到远洋闹事，声称远洋江氏买凶杀人，闹得远洋人心惶惶。后面警察出面干涉，并申请禁令，远洋才得以恢复平静。

网络舆论并未因此休止，反而越演越烈，好像江照买凶杀人之事已有了板上钉钉的证据，还有人好像亲眼所见一般，做了一个流程表，从江照并购尚宇到货车司机落网坐牢都是他一手策划的局。甚至有人扒出货车司机儿子的学校，说他的生活条件得到了极大的改善，这便是江照买凶杀人的证据。

虽结案，但树欲静而风不止。

对于外界的各种猜测和诋毁，江照采取了不回应、不辩解的态度，因为他清楚地明白，有些事情只会越抹越黑，对于谣言，给予时间，自会不攻自破。

他依旧按时上下班，对每一个人给予客气礼貌的微笑，在外界看来，他仍是那个骄傲的强大的江照，远洋集团的未来继承人。

只有江照自己知道，这条路，有多么难走。

自知道自己的身份后，他更是步步为难，步步荆棘。

连续一周，江照都在加班，每日都是早早抵达办公室，直到深夜才离开。有时候太晚，他索性就在办公室的休息室过夜，反正助理会为他准备换洗的衣服。

只是一到了晚上，他便会想起林音希，想起那日她安静离开的背影，好几次拿出了手机，刚按下她的号码，又被自己迅速掐断。

现在，还不是时候。

白天有工作环绕不觉难熬，到了夜晚，他便辗转反侧，恰好傅见西打电话来约他喝酒，他便换了一身衣服赴约。

仍是他们常去的小酒吧，上次喝醉的事情历历在目，这一次两人十分默契各点了一杯酒，听音乐，聊工作，偶尔碰杯，并不打算不醉不归。

末了，傅见西问他："林音希出院了吗？"

"什么？"江照微怔，"她怎么了？"

"难道你不知道她住院了吗？"傅见西抿了一口酒，似笑非笑，"阿照，别告诉我你们分手了，怪不得那日她是一个人去医院，一个人做手术。"

"没有分手……"

"她是个好女孩，如果你不喜欢她，就不要耽误她。"那是傅见西第一次这样对他说话，"阿照，你不懂珍惜她。"

江照忽然觉得恼怒，为林音希住院而自己不知情，更为傅见西语气里的愤愤不平："这是我和她的事情，与你何关？"

"自小我从未和你争抢过什么？你和她在一起后，我也克制着自己，祝福你们。是不是得到太容易，你不懂得珍惜？如果是这样，那就不要怪我了。"

"你知道什么？你什么都不知道。林音希是人，不是物品，她不是属于我，也不会属于你。但是，她喜欢的是我。"他说得斩钉截铁，心里却没有底气，沉默地干了杯中的酒，没有和傅见西道别。

两人不欢而散。

林音希的确住院了。

那些天江照忙于烦琐的工作，林音希担心江照，亦是寝食不安。那夜从星海汇回家后，她又气又恼，偏生江照一直不打电话来。她在沙发上坐了一个多小时，忽然觉得不舒服，原以为洗漱后休息一下便好，谁知肚子越来越疼，一直到清晨都没有好转。她吃了药，同报社请了假，又让担心她的李星上班去："我休息一下就好。你最近不是很忙吗？快点去上班。我要是不舒服就去看医生，你别当我小孩子，我自己可以。”

李星连日来也是焦头烂额，自己也没休息好，脸色苍白，眼下青黑，见林音希坚持，她便叮嘱了几句，匆匆上班去。

林音希又吃了一次药，抱着热水袋躺在床上，疼痛并没有好转，反倒越来越严重。她没有耽搁，忙换了衣服下楼。打车去医院的路上，她不知道是怎么熬过来的，司机见她一脸苍白还不停冒冷汗，也怕她在自己车上出事，将车开得飞快，到了医院，见她已经疼得几乎失去意识，忙为她推来轮椅，叫医生。

小护士听着病人躺在病床上念念叨叨，还以为她说什么，结果凑近去听，却听到她反反复复地低声念叨着一句：“江照你这个大浑蛋。”

林音希很快便被诊断出阑尾炎，要做手术，要通知家属。但她已经没有亲人，唯一的朋友便是李星，她不想李星担心，想要自己签手术同意书，却被拒绝。

她正输着液，坐在轮椅上被推往电梯，还在与医生胶着，却听见傅见西的声音：“你怎么在这里？”

疼痛因为输液而缓解，林音希见到他，还有心思寒暄：“你怎么也在医院？”

傅见西朝她挥了挥手臂：“来换药。”

林音希这才想起，傅见西上次为了救自己而受伤，自己因为江亚男一巴掌而离开医院，甚至忘记和他道谢和告别，后来一忙起来，也将这事抛之脑后，不觉有些内疚。傅见西似乎看出了她的心思，并不想提之前的事情，又问了一遍：“你生什么病，怎么脸色这么难看？”

“阑尾炎，要做手术。”她顿了顿，“我没有家人，你可以帮我签手术同意书吗？”

傅见西微微皱眉：“阿照呢，他还不知道吗？我给他打电话……”

林音希却制止他：“他最近焦头烂额的，这会儿估计还在开会。阑尾手术只是个小手术，很快就好。”说到这里，她不禁又在心里将江照骂了一遍：你这么讨厌，我还要帮你圆谎。

傅见西不疑有他，咨询了医生，得知是小手术，便为林音希签了手术同意书。待她做完手术出来，发现傅见西并未离去，还在手术室门口等她。麻醉还未完全过去，她半睡半醒又听见李星咋咋呼呼的声音，终于安心睡去。

她再醒来的时候，傅见西已经离开，李星正抱着电脑在工作。

李星是想过通知江照的，却被林音希制止，说他工作忙，只是小手术，不必让他分心。若是往常李星或许不会就此罢休，但这一次，想到江照近日的处境，她也没有固执己见。

林音希住院一周，傅见西来探望过她三次，但每次都是来去匆匆，就好像如他所说的一样，只是来换药，顺便看看她。李星倒是每天都会来，说是要来陪床。林音希见她累得眼睛都睁不开心疼得很，让她回去休息她也不肯，好在医院病床不紧张，便在隔壁给她开多了一张床，好让她休息。

说要陪床的人每天都睡得打鼾，倒是林音希自己，辗转反侧，始终睡不好。

除了伤口疼，更因为胸口的空落落。

江照让林音希走，她便真的走了，头也没回。

她从来不是轻言放弃的人。

从第一天见面开始，他就叫她走，但每一次她走了，还是会回去。这一次，她却没有再回去。或许是因为从前她留在他身边是因为内疚，因为执念，他拒绝的言语只会让她难堪，不会让她难过。而现在，她爱他，会因为他一句话而伤心失落，彻夜不得好眠。

手机拿起又放下，没有江照一通来电和信息，林音希最后是抱着手机睡着的。

阑尾病变疼痛可以切除，人的心生病了却不能摒弃，唯独忍受。

2

江照最近怎样，过得好不好？

好几次，林音希都想问，往常总是将自家老板挂在嘴边的李星同学这一次倒是半点没有提江照，好几次见林音希欲言又止，以为她不舒服："伤口痛吗？还是怎样？要不要我去叫医生？"

林音希咬咬牙，没好意思提，将"江照"二字嚼得稀巴烂咽下去。

说起来，李星除了抱怨几句工作太忙太累，老板没人性外，连江照的名字都没有提。林音希的说辞她半点不相信，但她没有再掺和他们之间的事情，明白感情终归是两个人你情我愿，自己一个旁观者，要是插手，只会将局面搅得更乱。

所以，当江照气势汹汹打电话问她林音希是不是住院时，她忍不住对他冷笑道："她是你女朋友，你不应该知道得比我多吗？为什么要我告诉你？而且，你也没问。"说完挂了电话，一扫这几日被工作狂虐的阴霾。

挂了自家老板的电话，李星气爽神清回到病房，虽然害怕被报复，但咸鱼翻身的快感还是盖过了一切。她犹豫了一番，没有将这件事告诉林音希。结果不到十分钟，工作手机又收到江照的短信，要她将本周几个重要会议的文件明早放到他办公桌上。

李星蒙了，会议文件和记录向来是她在整理，但江照从来不看，她也就没那么上心，做得七零八落。这会儿来这么一下，简直是当头棒喝，她匆匆忙忙收拾东西对林音希说："江魔头大半夜给我分配工作，我要回一趟公司，晚点再来。"

林音希见她慌慌张张，忙道："你忙你的，注意安全。你忙完就回家休息，不用过来了，反正明天就要出院，我也不用输液，熄灯了就睡觉。你跑来跑去太辛苦了。"

李星想了想，知道林音希没有大碍，江照摆明公报私仇，自己都自身难保，也就没有坚持。

住院部熄灯早，李星又不在，林音希一个人待在空荡荡的病房，听着自己的呼吸声，又一夜失了眠。

第二天天刚蒙蒙亮，医生尚未上班查房，林音希便起了床，独自下楼散步。

她吃了早餐回病房，便听护士小姐说有个又高又帅的年轻男人来探视自己，可她一大清早就不知道跑哪儿去了。护士都是年轻的姑娘，有的年纪比她还要小一些，闻言凑在一起叽叽喳喳，问她那人是谁，是不是男朋友。

听到这三个字，林音希脑海里便浮现那张熟悉的脸。

“肯定不是男朋友啦，住院这么多天，都没有来过。”

“那到底是谁？”

“哈哈，会不会是哪个爱慕者？”

“噢，对，他说晚些时间再来。”

林音希压根没和对方碰头，怎么可能知道对方是谁，但护士小姐们不在乎这些细节。她们满足自己的八卦心后，又一哄而散，分别去查房。

医生查过房，批准了林音希的出院申请，她正准备去办手续，却听见敲门声。她正蹲着埋头收拾东西，听见声音猛地起身时有些晕，又是逆着光，一时看不清来人的脸，只看见他很高。

林音希有一瞬间的恍惚，以为江照来了，心刚刚提起，下一秒又重重坠地。不是江照，而是傅见西，那么刚刚也是他来找自己了。

林音希也不知道自己在失落什么。

“你怎么来了？这么早。”她看了一眼他的手，换药似乎有些频繁，且这个点门诊部的医生还没上班。

傅见西毫不避忌她地打量，抬起头晃了晃：“已经好了，不用换药。我今天是来接你出院。”

她不记得有同他说过要出院的事。

“前天来刚好遇到你的主治医师，问了他你几时可以出院，就自作主张来接你。”

明明是他一片好心，还要顾及着她不要有心理负担，她也不是不识好歹的人，收拾了东西又与医生道别后便跟着他走。或许是江亚男那一巴掌，她现在面对着傅见西总有些许不自在。他却未曾察觉，上了车，从置物箱翻出一个信封，上面是歪歪斜斜的字体：“方桃寄给你的信，早就应该拿给你，却总忘记。”

林音希读完了方桃的信，有些怅然。说是信，其实就是几幅简笔画，画了她和养父母，画了她住的房子，还有一群白色的黑色的卷毛小朋友，林音希猜测是她学校的同学。想想也是，方桃才几岁，原本福利院的孩子识字就晚，去了国外更没有教中国字的，一切又要从头开始，估计信封上的字，也是别人写了她誊上去的。

林音希看完，又认真地看了两遍，才将信叠得整整齐齐放进包里。

“院长说你很久没去院里看小孩了，下周童梦要送一批玩具过去，能不能劳烦你来当义工？”

“当然没问题。”

林音希觉得傅见西有些不一样，却又说不出是哪里变了。

他们前脚刚离开医院，江照后脚便到了林音希的病房。

他依旧没看到林音希人，只有护工在整理床铺，见他进门便道：“这屋病人出院了。”

“出院了？”

“对，刚走。”护工想了想说，“是个年轻男人来接走她的，很帅气，看模样好像是男朋友。”

江照猛地顿住：“年轻男人？男朋友？”

原本他是不想来的，但想到李星还在公司忙碌，她一个人出院估计有些困难，便忍不住过来看看。他已经想好了，只是看看，她要是自己可以他就轻轻地来轻轻地走，她要是不行，他再露个脸。

江照计划好了一切，结果却没看到人。他板着脸往外走，又遇到值班护士，对方看到他有些兴奋："你是早上来过的，77号床的朋友？她已经出院了，是个年轻的帅哥接走的。"

小护士原本还想大着胆子编个借口和他要个联系方式，却不想她话音刚落，对方并不是很好看的脸色完全沉了下来，早上的温和已经全然变成了冷峻。护士姑娘不敢再乱说话，埋头翻值班日记。

江照一走，小护士已经脑补了一出轰轰烈烈的爱恨情仇。

3

江照离了普外科，出了电梯，在大堂看见了熟人。

并非节假日，南泽大大小小有那么多医院，但就是这么巧，他认识的人今天都凑到这里了。

叶深深穿着休闲衬衫与牛仔裤，外套了件黑色长衫，是时下女孩常见的装扮，耳朵上还挂了个医用口罩，与前几次见面的精致优雅判若两人，显得有些瘦弱。

江照认人并不敏感，这不敏感与他认路有得一拼，好几次他与人擦肩而过了，对方叫出他的名字他还想不起到底是什么时候与人见过。与叶深深见面次数也不算多，还算不上熟悉，这会儿他却不知怎么就看见了站在人群中的她——那个和他来自同一母体有着血缘关系的妹妹。

可能这就是血缘的力量。

就像林音希所说，这应该成为一个秘密，谁也不要再提起。

但看到叶深深边咳嗽边往外走，江照不知自己怎么想的，忽然就喊了她的名字：“叶深深。”

以前，他都是称呼她叶小姐，礼貌又绅士，这会儿连名带姓，她不禁一愣，但很快调整好状态，摘下口罩：“江先生，你不舒服？”

他摇摇头，反问：“你生病了？”

“流感肆虐，中招了。”说话间，叶深深又咳嗽了两声。

“看完医生了吗？我送你回去。”

“不用了，汽车空间小，免得传染你。”

叶深深这样说，江照却不容拒绝直接往停车场走，她也只好跟在他身后，心里摸不清他是什么想法。

最初，她以为江照对她有意思，她的的确确对江照动了心思，说是喜欢他，更多的是喜欢他的身份。情爱这种东西，伤人伤己，早在许多年前便被她摈弃，比起感情，她更信任金钱与权力，她希望江照能成为一块跳板，带她进入那个她一直在努力想要企及的上流社会。

但最后，她仍是失败了。

陈登喜欢林音希，即便她在他最痛苦无助的时候陪在身边不离不弃，他喜欢的仍是那个永远都比不上她的林音希。她没有想到，最后与江照走到一起的，同样是她所厌恶的嗤之以鼻的林音希。虽然她输了，但是她仍是骄傲的，不屑于背后搞小动作，自动远离江照。

叶深深的世界观里，任何事情都是可以用于交易的，哥哥叶皓琛被母亲用于换取了金钱与更好的生活，她的感情和婚姻都是她未来的筹码。江照突如其来的走近，叶深深第一反应便是，自己身上有他需要的东西。

叶深深一路胡思乱想，江照已经兜兜转转将车开到她住的地方楼下，路途并不长，他却走错了几次，整整用了往常两倍的时间。她下了车，礼貌性邀请：“江先生要不要上来坐坐，喝杯茶？”

没想到江照点头，将车停好，竟跟着她上楼了。

这下叶深深傻了，虽然他不用打卡上班，但最近远洋不是大动荡吗？他不忙吗？难道他听不懂这只是礼貌，他怎么就那么有兴致要到她那乱糟糟的租屋去看看？

可话是自己说的，收不回，叶深深只好拿钥匙开门。

叶深深收入并不低，穿着时尚，妆容精致，却住在与她及其不般配的老城区小区，外面看还好，就是有些旧。走了进去，江照才知道什么叫作脏乱差，大白天，楼道里一片漆黑，堆满了垃圾，也不知道放了多久，散发着一股味儿。叶深深住在七楼，没有电梯，楼道不仅有股奇怪的味道，且又闷又热，江照爬上去鼻翼已经有了细汗。

她开了门，地方不大，堆满了东西，倒是要比外面干净许多。叶深深原先还有些窘迫，这会儿他进了门，她倒是不觉得有啥，坦然进了厨房给他倒水："江先生喝茶还是饮料？"

"水就好。"

叶深深给江照拿了瓶装水，自己又倒了杯水润喉，见他盯着自己看，怕他误会，忙道："我比较爱喝柠檬水。"而江照偏生柠檬过敏。

他点头："我记得你哥哥也是对柠檬过敏。"

江照忽然提起叶皓琛，让叶深深措手不及，他似乎对那个人特别好奇。她还在思考，又听江照道："你一个人住吗？"

"嗯。"

"父母呢？"

叶深深心神一晃，手中的水差点洒了，好在她及时稳住："他们……他们都在海塘。"她极力克制，想让自己的表情看起来平静一些，却不知自己脸上的排斥之意格外明显。

叶深深从未和别人提及自己的身世。偶尔看选秀节目，选手们总会提起自己悲惨的原生家庭，想要收获一些同情分。但于叶深深来说，她在海塘那个家，是她一辈子都不愿提及的。她对于那个家庭，避之不及。逢年过节同事们都开开心心回老家，她却宁愿窝在南泽这狭隘的房子里孤独地度过。

她拼命考上大学，拼了命地工作，为的就是有一天脱离那个家庭。但直到她来到南泽之后，她才明白，无论她离得多远，那终究是她的家，给她带来的影响，一辈子都无法磨灭。

这些年，她极少回去，只按时打钱，偶尔回去也是来去匆匆。那个她称为父亲的男人越来越老之后，似乎开始内疚，不再动不动就对她母亲拳打脚踢，面对她时会小心翼翼地讨好。叶深深看着他佝偻的背影觉得有些心酸，心里的恨意慢慢减少，却仍旧无法坦然面对他，连叫他一句都显得艰难。她想过将母亲接到南泽，母亲却说："你爸他也老了，身体不大好，需要人照顾，我……"叶深深听着，只觉得悲哀又无奈，仍旧极少回家，但每月打回去的生活费又加了五百。

人不能决定出身，却可以决定未来，悲惨改变不了现状，能做的，是拼命往上爬，才不会永远被踩在脚底。

叶深深弄不清江照的来意，对他突如其来的关心有些不知所措，借着倒水躲开了他的继续追问。

江照似乎也才意识到自己的失礼，没有将话题继续下去，而是谈到了工作："远洋刚并购尚宇传媒，后面所有的活动都会与新的工作室合作，叶小姐有没有什么特别的想法？"

他又用回了原来的称呼，谈到工作，叶深深的眼睛便亮了："99%和远洋也合作了不少活动，江先生如果放心，我回头递交一份新的计划书。"

"不急，你好好养病，等你好了再说。"

江照叮嘱了几句，便告别。但他并没有马上离开，他站在门口，听着叶深深压抑的咳嗽声慢慢平复，他才迈开了步伐。

她不想在他面前显得脆弱，一直忍着咳嗽，他若不走，还不知道她要忍到什么时候。

江照轻轻叹了口气，那个女孩，原来是他的妹妹。

他不想承认，却无法忽略这个事实。

4

林音希是在出院的第五天，发现有人跟踪自己。

起初，她还以为是自己的错觉。

她做了江照许久的背后灵，跟踪尾随这么猥琐的事情她也能做得神不知鬼不觉。她第一次同李星说有人跟踪自己，对方朝自己翻了白眼："你这谍战片、警匪片还演个没完是吧，你一小姑娘一不是明星二不是网红谁愿意跟踪你？这买卖不划算。"

但她第三次看到那辆黑色的飞度时，多留了个心眼，记下了车牌。飞度这种小排量的车，最适合买菜、逛超市、上下班、接送小孩，南泽比比皆是，林音希本是不会去注意，但那辆车车灯玻璃破了，她也就多看了两眼。没想到不看还好，这一看不得了，她发现连续三天好像都遇见了这车。

难得李星不用加班，两人一起回家，她坐在副驾驶，眼睛却盯着后方，果不其然，那辆黑色的小车又跟在自己身后，车牌和她记忆中的一样，车灯玻璃倒是修好了，不再引人注目。

林音希也不敢告诉李星，就怕吓到她："你在路口放我下来。"

"干吗？"

"我去趟超市。"

"我陪你一起。"

"不用，这会儿下班车多得很，又没停车位。你赶紧回去，就一小段路，我等下买完东西走回去还更快。堵车还不知道要堵到什么时候。"

李星想想也是，在路口放下林音希，自己走了。

她没有马上进超市，站在路口等了一会儿。那小车窗玻璃贴了深色膜，她看不清车里的人，对方似乎是知道自己暴露了，没有跟着李星，也没再跟着她，在路口掉了个头，走了。

林音希在超市逛了半晌，什么东西也没买，给李星打了个电话，让她先吃饭，自己还有事。李星在那边絮絮叨叨，林音希心里有事，也没哄，打了个车去星海汇。

林音希想，自己来找他并不算妥协，只是情况突然，冷战的事情就先放一放。

星海汇临江而建，是本市最贵的小区之一，保安也颇有眼色，她才来几次保安已经知道她是江照的女朋友，直接放行。林音希有门禁密码和指纹，却没进去，只坐在大厅里等他。

这一等，便是两个多小时。

江照这日心情不大愉快。

远洋股价连续一周跌停，紧急会议不知道召开了多少次，连江麒麟都回公司亲自坐镇。公司几个老古板接连在老爷子面前告状，连姑姑江亚男都按捺不住给他上眼药，他原本已经下班走人，走到大门口又被召回去，老爷子觉得他办事不力，想将尚宇和西尚合并，交由江亚男打理。

江照没有反对的权利，内心是无法言语的憋屈。

下了楼，电话又响了，他心情不佳，语气也谈不上好。

那头听见他杀气腾腾的问句，愣了半晌，才在他不耐烦的催促声中道：“江先生，被林小姐发现了。”

江照眼皮一跳，又听那头支支吾吾道：“这几日我们很小心，没有打草惊蛇，暗中跟着林小姐，我们隐匿得很好，也不知道她怎么发现的。”言下之意是不是我军不给力，而是敌军太强大。

江照听那边解释了半晌，也不说话，直截了当挂了电话。

林音希坐在大厅的沙发上看文件，听见一阵急促的脚步声，抬起头，那个疑似江照的背影已经进了电梯。她合上文件，正想着是给他打电话，还是直接上去，电梯又发出“叮”的声音。

江照估计也没想到她直挺挺地站在电梯门口，两人都被对方吓了一跳，一时间谁也没先开口。

江照看着面前的人，自那天让她走后，他就没见过她。听说她生了病，他去医院扑了个空后就没再找过她，这会儿一看，人瘦了一圈，脸颊往里凹陷，再瘦下去，估计可以和林黛玉媲美。

“你找我有事？”他听见自己喑哑的声音，很是平静。

“我今天被人跟踪了。”林音希如是说。

江照当然知道她被人跟踪，因为那些人便是他找来的。商场如战场，此次的风波来势汹汹，别有用心，江照估摸对方不敢对自己轻举妄动，动林音希却不是难事。江照故意与她起争执，便是不想她在这个危险时期与自己走得太近，一日未消停，他一日不放心，又花了些许力气找人偷偷保护她。只是那伙人，打打杀杀做得多，暗中保护倒是第一次，以为都像港剧演的那般容易，没想到才几天就被林音希发现。

他站在电梯口，挡住了头顶的光，林音希这会儿的脸色晦暗不明，他以为她是害怕了，正想着要如何安慰她，却听见她叫自己的名字：“阿照，我知道你不想看见我，但我觉得有些话还是要来和你说。我最近总觉得有人跟着我，好几天了，我不知道对方是什么人。但我从来没有得罪过谁，不会有人要对我这个无名小卒不利。我想来想去，可能还是和二十年前的事情有关，我一直不相信我妈是意外死亡，但我没有证据。如果跟踪我的人，真的是和那件事有关，对方可能也会对你不利，你要小心些。”顿了顿，她又道，“你放心，我来的时候，没人跟着我。”

她的声音又轻又低，像是在防止别人偷听，说完便和他匆匆告别：“我先走了。”

她来去匆匆，江照压根来不及反应，直到她跑到自动门边，才想起叫住她：“林音希。”林音希听见他叫自己，停顿了一小会儿，但后面的人又一下子没有动静，她便同他摆摆手，走了。

江照看着那个小小的模糊的影子，心里又酸又涩，忙追了上去。

她见他追上来，有些欣喜，他却默默地注视着她，似乎在思考要和她说什么。林音希等了许久，却只等到一句：“我送你回家。”说完，他大步走在前头。

林音希感觉自己在坐云霄飞车，心被提起，又重重地摔下去。

江照看着她灰败的脸色，很难说清楚内心的感受，他很想抱抱她，但手刚抬起，便被自己狠狠地制止。

现在，还不是时候。

路还是原来的路，人还是原来的人，双方却都是不同的心境。

5

林音希从一开始就不相信林萍是意外死亡。

这事，她只同江照说过一次，他估计当她正沉浸在丧母之痛中胡言乱语，也没有当回事。有次做梦时喊过一次，吓到了李星，林音希醒来却不记得，但看李星一脸惊吓过度，也猜出了自己的梦话有些危言耸听，任凭李星怎么追问，她也咬紧牙关不再提。

她向来沉得住气，跟着江照那么长时间，也没暴露自己，这就是证明。

想到江照，她忍不住在心底叹了口气。

当事人可没听到她的内心活动，大摇大摆地将车开到公寓楼下，放下她，掉了个头，连告别也没有就走了。

林音希站着没动，看着他的车慢慢消失在夜色中。

距离林萍出狱不过四五个月的事，她却感觉过去好久，有小半生那么漫长，耗尽了她所有的热情与精力，人瘦了一圈，站在光亮的楼道口，好像风一吹就要倒。

好在这个晚上没风。

林音希站了一会儿，兀自上了楼，洗漱睡觉，明天要上班，还要投入战斗。

结果第二天她一到办公室，主任就丢给她一个任务："小林，你采访稿写得不错，今天杨芸孩子发烧临时请假，约了个采访，你去一下。"顿了顿又道，"这采访约了好几日才预约上，你可得好好做。"

林音希负责的是财经版块，采访的不是房地产商，便是知名企业家，大多是中年男人，这会儿她拿到资料一看，这人不仅年轻有为，还是个熟人。

从前在做时尚杂志的时候，林音希采访过傅见西，现在到报社上班了，工作依旧能和他搭上关系。她忙收拾了东西，打了个车前往约定地点，路途不长，一路还在背稿子，好在她和傅见西算熟悉，也采访过几次，否则照这稿子磕磕绊绊地念，可不得闹出笑话。

到了咖啡厅，才进门，她就发现傅见西已经等在那里了，见到自己没有半分诧异，只是问："我还以为来的会是你同事。"

"原本是我同事，但她今天临时请假了。"他太过镇定，反倒林音希大惊小怪，"好像你对我出现有种理所当然的感觉？"

傅见西也不否认："我助理收到你们报社的采访邀请，我看了一下是财经板块，还以为会是你来采访，所以才应了下来。没想到会是你们同事和我联系，当时还有点失落，现在你又来了。我的心情真的是跌宕起伏，一波三折。"

傅见西少见地嘴贫，手顺势按在胸口上，将林音希逗乐："以前怎么不知道你这么好玩。"

“你不知道的事情还多着呢。”傅见西半真半假道。

采访远比预想中要顺利，也没有往常那般模式化。她将问题一一摆出了，傅见西没有与她打太极，偶尔还会教她调整问题：“你这个问题不够专业，你应该问，现在基本所有的行业都在构建自己的生态体系，那么童梦有没有自己的一个完整的链条……”

林音希按下录音笔的暂停键，在iPad上写写画画，末了有些抱歉：“来，我们继续。”

傅见西也不恼，耐心十足。

原本约定采访时间只有一个半小时，不知不觉已过了两小时，快到饭点，餐厅的人跟着多了起来。傅见西便道：“要不，一起吃个饭？”

这里消费不便宜，和傅见西吃饭他肯定不会让她埋单，她还在犹豫，那边他似乎看穿了她的念头，可怜兮兮道：“我们公司餐厅大厨这几日请假，我已经接连吃了好几日便当，你不忍心让我继续回去叫外卖吧？就当陪着我改善生活。”

林音希抬眼看傅见西，总觉得有什么变得不一样了。

在她和江照在一起之后，她与傅见西的接触便少了很多，他似乎也与她疏远了一些。现在，两人似乎又回到了最初在福利院相识的时候，没有身份的羁绊，更没有家庭的差距。即便这会儿她提起江亚男仍旧觉得愤怒，对方打在脸上的巴掌早就毫无踪迹，留在她心里的怨恨，却仍旧存在。

但这会儿，她可以坦荡地面对傅见西，一如江照从来不因她是林萍的女儿而怨恨歧视她，她也不能因为傅见西是江亚男的儿子而对他带上偏见，这不公平。

两人愉快地吃了午餐，美食咖啡音乐加上柔软的沙发让人犯懒，林音希时不时看一眼时间，惦记着上班，吃饱喝足又太舒服不想动弹。末了傅见西给她出主意：“你请我喝下午茶，我可以腾出时间给你来个超长独家专访，工作休闲两不误。末了，还可以报销，公费吃喝多好的事儿。”

“我们报社可是个清水衙门，我们交通费都只给报个起步价。”林音希感叹着万恶的资本主义，慢腾腾地起身，走了几步又猛地顿住。

傅见西走在她身后，也跟着顿住，望着她僵硬的身体，想起医院那巴掌，不自觉上前一步，将她护在身后。

这动作做完，不仅林音希和江亚男，连傅见西自己都是一愣。

傅见西与江亚男从小就不算亲密，明明是母子，但江亚男却极少做抱他、亲他这一类亲密的举动，他基本都是保姆在带。江亚男与傅家成每日都在争吵，歇斯底里地吵，吵完了看他一眼都是嫌弃，因为他像极了傅家成，无论是身材还是长相，与傅家成如出一辙。后来她与傅家成离婚，傅见西以为她会放弃自己的抚养权，却没想到她打了好几场官司，又给傅家成一大笔钱，争取到了自己的抚养权。

他那时和江照失踪时差不多大小，已经清楚明白父母要离婚的事实，心里也没多大难过，反倒早熟得很，觉得早点分开挺好的，不会每天都在家上演全武行，对于跟谁他也没多大意见，反正谁对他来说都一样。

他记得出了法院，江亚男便问他：“回头找个时间，我给你改姓。”傅见西懵懵懂懂，不大明白为什么要改姓，却固执得很：“不改，不要改。”其实他心底只是觉得，傅见西比江见西更好听。江亚男却失望得很，冷冷看了他一眼，没再勉强。

父母离婚后，傅见西和江亚男一起生活，她总是很忙，时常半夜都在开会应酬，对他却从不放松，自小学起就请了家教，各种补习班排得满满的，还要抽空学小提琴和绘画，他对什么都上手得快，但没一样有兴趣，都是应付式地学。他的生活每一步都是由江亚男安排好的，上什么学校，学什么专业，按部就班，基本都在她的掌控中。

这些年，失控的大概只有两次。

一次是在他十八岁的时候，和他的家教老师，一个比他还大几岁正上大学的女孩子谈了恋爱，偷偷摸摸地瞒着江亚男，却还是被发现了。江亚男大发雷霆，怒不可遏，勒令他与对方分手。那个时候，他是想过放弃家里这一切，同那个女孩子离开的，可惜，还没等他做出决定，江亚男已经闹到人家学校，说女孩子德行败坏，最后闹得很大，女孩受不了舆论压力，退学了，连句话都没给他留下就走了。

第二次是他从澳洲回来，江亚男已经安排他进远洋，路都给他铺好了，但他却不，闷声不响出来自己创业。江亚男一生气，断了他的财路。他也不怕，四处拉投资、拉赞助，跌跌撞撞，磕磕绊绊，总算是把童梦做起来了。

江亚男是南泽知名企业家，远洋走到今日她功不可没，她的一生成功令人称道，她强势骄傲，觉得嫁给傅家成是她唯一的败笔。傅见西是她的儿子，她必须牢牢地掌控住，以保证他走在自己所设定的轨道上，他一旦偏离方向，她便要将他拉回来。

但江亚男始终没明白，他是人，不是工具，她的掌控欲越强，越是将他推离自己身边。

她的无助

第五章

Chapter 5

1

林音希看见江亚男，好一会儿没动作。

这是在餐厅，人来人往，她倒是不怕江亚男冲上前来给自己一巴掌，江亚男要面子，动手这种事肯定不屑在公众场合做。她射过来的目光，却含着冰碴，自上而下，将自己冻了个透心凉。

傅见西不动声色将她挡在身后，将目光挡了大半。

江亚男也是和客户出来吃饭，后面还跟着助理和秘书，大多都认识傅见西，已经有人喊了他的名字。江亚男与儿子打了招呼，又多问了几句工作。她不理会林音希这个小喽啰，别人也只当是傅见西的助理或下属，绝不多嘴过问。

出了餐厅，林音希与傅见西在门口分别："我自己打车就好。"

"你们不是只报销个起步价吗？我送你。"

"不用了，你这送我回去还要绕一大圈。"童梦和报社一东一西，要绕大半个南泽，林音希想了想，"奔驰的起步价是多少，我估计付不起。"

傅见西也不勉强，陪着她在门口打车。

她上了车，正要关门，却忽然听见他说："对不起。"

傅见西没头没脑的一句，林音希却知道他是在为那日江亚男在医院给自己一巴掌而道歉，笑了笑："对不起什么？哦，对不起没有送我回报社吗？没关系，回头你送我几个玩具，顺便签个名，我们报社微博正好要做转发抽奖活动。"

傅见西见她装傻，也没揭穿，将车门关上，同她挥了挥手。

车门一关上，车刚开了出去，林音希的笑脸便冷了下来。正想和她聊天的司机从后视镜一看她严肃冷漠的表情，也不敢说话了，将车开得飞快，愣是在这中午的高峰在车流中闯出一片天地。

林音希承认，自己的道行还是不够，每每见到江亚男，她几乎都能听见自己牙齿在打架的声音，不是恐惧，而是打心底生出的愤怒，与厌恶。

江亚男总是高高在上，对着林音希总带着一股傲慢和鄙夷，林萍与林音希在她看来还不如草芥与蝼蚁。江亚男不知道，她的声音，早就刻入了林音希的脑海里，林音希一直在等待一个契机，能够将她一举掀翻。

她在这一刻，和江照送她回家时想的是同一个念头——现在，还不是时候。

林音希是这样想的，江亚男可不一定，她还没下车，手机蓦地响起，是个陌生的号码，她怎么也没想到，这才碰了个面，人还没走远，江亚男已经将电话打到她手机上，张口就是："看来，上次那个巴掌，还没让你学聪明。"

林音希知道她厌恶自己，无论说什么对方都不会听，也没想解释，听着她冷冽的声音像风一样打在自己耳畔："林音希，我和你说过，离傅见西远点。"

"我们清清白白地交往，我为什么要离他远些？他是成年人，不是襁褓里的孩童，你这样干预他的交友，他知道吗？"

江亚男估计对她的厌恶已达到极点，除了她是林萍的女儿，更因为她一次次地挑衅："你是什么东西？也值得和他成为朋友？"

"值得不值得，应该由傅见西来说，而不是你。"

"果然，和林萍那个贱货一样，贪得无厌。"这已经不是她第一次在林音希面前提到林萍，毫无掩饰她对林萍的鄙夷。

"你没资格评论她。"林音希努力克制着自己，仍旧没能忍住，"你会有报应的。"

"报应，我有什么报应？贪慕虚荣的人，认不清自己位置的人，才会有报应。"

江亚男一定不敢相信，林音希会听见她给别人打电话，她自以为的秘密，已经一点点暴露在阳光下。江亚男若是知道林音希曾经清楚地听到她在打电话谈论二十年前的绑架案，知道林音希发现了她对江照的厌恶和恨，那么一定不会这么肆无忌惮。

总有一天，林音希会抓住她的马脚。

可惜目前，林音希毫无证据，林萍寄来的那张银行卡并不能说明什么，否则，她早已经报警了。

她们从前在山脚下的家早在多年前就被当成违规搭建而拆迁，林萍寥寥可数的遗物也早就随着那场大火化为灰烬，仅剩的便是她在狱中递出来给林音希的卡片画。

这些年来积攒了厚厚的一沓，林音希为了保存更长时间，拿去照相馆冷裱，这些天来，她已经拿出来翻了无数遍。李星看她经常拿着卡片捣鼓还以为是什么明信片，结果一看却是小学生水平的简笔画："你念书时候的作品吗，画的都是什么？鸟笼？乌龟？这个我看出来来了，是假山。你是准备拿出来玩你画我猜吗？"

你画我猜是李星最近喜欢玩的一个小游戏，她已经玩到排行榜冠军的水平。林音希按照时间排列整理，希望李星能从中读出什么信息，她坐在木地板上抓耳挠腮，同样猜不出林萍所要表白的心情，最后得出结论："我觉得你妈妈压根没想要表达什么，只是把自己见到的画出来而已。"

林音希想想也是。这些年，林萍对她避而不见，显然是怕自己不小心说漏嘴，或将她牵连进这个事件，林萍出事前一天，要和她一起离开肯定是受到了什么威胁，即便那一刻林萍都没想过将秘密告诉她，怎么可能会给她留下什么线索呢？

她和林萍的感情并不深，更在各自的人生缺席了二十年，那张薄薄的银行卡，除了证明林萍是她的母亲，林萍爱着她，让她痛哭了一场外，无法成为证据。

那些藏匿在生活里的细枝末节，那些随手拈来的证据，大约只有在侦探剧中才能实现。

林音希即便知道江亚男是二十年前绑架案的主谋，甚至可能是林萍死亡的幕后推手，但没有证据在手，一切的主观推断都只是可笑的胡言乱语，甚至可以称为诽谤。

所以出事至今半年，林音希只能将这事深埋于心，暗自调查。

她倒是想过从傅见西身上入手。但二十年前傅见西与自己一样还是个小孩子，与江亚男虽是母子也不是非常亲密，并且他与自己的相处从容自然，估计对江亚男做过的事情他亦是不知情。

再者，他们是朋友，她对江亚男再厌恶，再痛恨，也不能将对她的情感转接到傅见西身上，就像江照从未因她是林萍的女儿而排斥厌恶她。

2

林音希不愿利用傅见西，与他的接触，却在这日之后逐渐多了起来，有如南泽的秋天，一点一点侵袭，毫无知觉，待你回头时恍然发现，已经是深秋。

傅见西先是如约送来了林音希随口说要微博转发送读者的玩具，再是代表童梦到福利院探视做活动。林音希答应了做义工，自然不可能不去。

童梦是南泽有名的慈善机构，除了时常到福利院探视送温暖，也经常在各大商业点搞活动义卖，将募捐得来的善款捐献给灾区儿童。许是见老板傅见西事事亲力亲为，公司上至设计师下至助理都出动，林音希参加了几次，许是因为她是傅见西的朋友，加之她性格好，大家都挺喜欢她，活动结束后的聚餐也不忘叫上她。林音希推了几次不好再推，便也跟着蹭吃蹭喝。

傅见西是老板，在公司却没什么架子，对下属也大方，被起哄着老板请客也不小气，当即便让助理在南泽有名的五星酒店的海鲜自助餐订了位，打完电话，一伙人瞠目结舌，欢呼雀跃："老板太大方了！""我想去好久了，就是太贵没舍得……”“哎呀呀，也不看看谁在这里，平时Boss不小气也没这么大手笔啊！”

林音希解释的声音很快被掩埋，她看向傅见西，他似乎并不在意被调侃，没有解释的意思，看着她求助的眼神他会错了意：“你应该可以吃海鲜吧？我记得我们一起吃过。”

“可以，没有海鲜过敏。”

傅见西捏了捏钥匙，说：“走吧，坐我的车。”

林音希上了车后发现，这辆车上只有他们两人，另外三辆车都挤得满满当当，有个女孩，没记错的话是新来的设计师，年纪不大，朝林音希做了个嘴型，大概说的是：不打扰你们。

一行人极有眼色，搞得林音希与傅见西都无可奈何。

时间已是傍晚，南泽最堵的时间，忙碌了一天，林音希有些累，上了车便闭眼补眠。她的眼睛刚闭上，便猛地睁开，四处张望。

傅见西似乎被她吓了一跳，也跟着张望：“怎么了？”

林音希说：“没什么。”她不会告诉他，她刚刚闭上眼的那一刻，听到了江照的名字，夹着细碎的汽笛声，她听不清楚内容，只听到这两个字。

车水马龙，她并未看到江照的车或人，应该是自己的错觉。

远远就望见酒店璀璨的灯火，他们刚踏进大门，就传来叮叮咚咚的钢琴声，傅见西车开得快，后面的同事还没赶上来，他们等人的间隙，林音希察觉到似乎有人在看自己。

她在这一方面，总是特别的敏感。

果然，她回过头，那个名字刚从她耳畔穿过的男人就站在不远处，一身高定西装，与两个同样衣冠楚楚的中年男人正往电梯的方向走来。

林音希蓦地对上他的目光，有种莫名的心虚，很快又挺直脊梁。

她为什么要心虚？她和傅见西吃饭而已，为什么要心虚？他又不找她吃饭，她和谁吃饭与他有什么关系？

严格意义上，她与江照算不上分手，在不久前，他还送她回家。同时她也清楚地明白，他们的感情已经很危险了，任何一对正常的情侣，都不会这么长时间不见面也不联系。

虽然她和傅见西清清白白，是普通的朋友关系，但江照并不喜欢她和傅见西过多接触，还没在一起的时候，她就知道。

但她为什么要听他的话，他不是叫她走吗？林音希这样想着，又朝傅见西靠近了一点点，挤出一点甜美的笑容："我们吃什么？"

傅见西有点疑惑："不是吃自助餐吗？"

"是哦，我一时忘记了。"林音希点头，目光却不自觉瞟向江照，他的脸色与夜色差不多黑，她心里有点小得意。

傅见西顺着她的目光看到了江照，主动和他打了招呼："阿照，你也来吃饭。"

"是的，和客户一起来，三楼的日料不错。"江照目光直接掠过林音希，只与傅见西寒暄，"你呢？"

"我们去顶楼吃自助，还有公司的同事，喏，他们来了。"

正巧，电梯也来了，他们便在电梯口分别。

自始至终，江照都没有看林音希一眼。即便她故意和傅见西走得很近，即便她将手搭在了傅见西手上，即便她笑的声音很好听，他都没有看她一眼。但进电梯的时候，他与傅见西告别，林音希明显看到他瞪了自己一眼。

她心里有些小得意，电梯关上了，才想起自己的手还拉着傅见西的衣服，忙松开。傅见西垂头看了她一眼，没说话。林音希朝他挤出讨好的笑，又是内疚又是感激，他一定发现了她和江照的异常，却没有点破，明知道她做戏，还是配合完成。

他们两人无声地交流，有女同事追问着"老板，那个男人是谁，好帅啊"的时候，傅见西只是轻描淡写地带过："哦，我表弟。"

"好帅啊……"

林音希面无表情地听着，原先的得意一点点消散。他明明是她的男朋友，她却只能听着别人夸他，不能宣告自主权。

最初她与江照在一起，是为了破坏他与叶深深，唯恐他们之间酿成大错。后来，她爱上了他，他们也在一起了，每一步都走得特别顺遂。可好像总是她在朝他靠近，她在朝他走去，如果她这一次真的走了，不再回头，他会来找她吗？

林音希不确定。

那是她第一次，对她与江照的关系，产生了怀疑。向来无畏的她，第一次产生了退却的念头。

她的脑袋一片混沌，面对鲜美的刺身都食之无味，一餐下来，连自己吃了什么东西都记不起。

不得不说，童梦的员工精力十分旺盛，自助餐结束后仍说要去唱K，林音希不想去，却实在开不了口拒绝，还是傅见西看出了她的想法，婉拒："林小姐明天还要上班，今天忙了一天应该也累了，你们玩吧，我送她回家，回头你们把账单送到财务部报销。"在欢呼和起哄声中，林音希终于可以提前退场。

回家的路上，她心不在焉，傅见西问了好几次话都没得到答案，等红灯的间隙忍不住转过头看，她明明正襟危坐，眼神却是迷茫的，不知道在想些什么。车窗半敞，她的头发被吹得凌乱，傅见西正想伸出手去拨开她唇边的发，绿灯却亮了。

他收回手，松开了刹车。

送林音希回树园后，傅见西拒绝了她上楼坐坐的邀请，他离开时，明显看到她在后视镜里松了一口气，只觉又好气又好笑。她什么情绪都摆在脸上，从与江照碰面那一刻，她就开始走神，这会儿邀请他上楼喝茶完全是出于礼貌，他若是看不出来，真该去配眼镜了。

车刚出了树园，傅见西的脸色已完全沉了下来，他想要忽略心底那点不知名的烦躁，点了根烟。他不怎么抽烟，身上的烟也多是为应酬而备，刚抽了几口，却发现车有些异常的震动，他还没来得及将之熄灭，车子突然停了下来。

傅见西愣了三秒，烟烧到了手指头，才明白过来是车抛锚了。

他开车向来平稳，也爱护，这车开了两年也如新的一般，从未出过毛病，抛锚还是头一次。他有些郁闷地下了车，给助理打了电话让4S来处理，正准备打车走，却听到一声鸣笛，回过头，那辆黑色越野中坐着的人很是熟悉。

“阿照，真巧。”

江照说：“车坏了？我送你。”

“你怎么会在这？”

“回家，经过。”

这是个拙劣的谎言，星海汇与悠山郡一东一西，树园则位于南边，无论他回哪个家，都不可能经过树园，但傅见西没有拆穿，直接上了车。

上一次的不欢而散两人似乎都已经遗忘，谁也没有提起。江照好像真的只是路过了，看到傅见西车抛锚发挥兄弟友爱送他回家，在南泽市中心兜兜转转，好一会儿也没开到傅见西家。

傅见西问：“你不是迷路了吧？”

江照的确不记得路怎么走，被傅见西揭穿也没有显得难堪，倒是把车在路边停下：“我晚上喝了一点酒。”

话音刚落，傅见西已经皱起眉头：“阿照，你太任性了，喝酒还开车。”他的语气自然娴熟，好像回到了他们还在澳洲念书的时候。

江照恍恍惚惚，酒精的作用忽然上头，然后他问：“见西，你是什么意思？”

没头没脑的一句，傅见西却听懂了：“阿照，我和你说过，如果你不好好珍惜她，不好好对待她，就不该把她强留在身边。”

“我们还没分手。”

傅见西隐忍而克制：“我看不出来，在我看来，你们和分手了没什么区别，你们就像两个陌生人。你在伤害她，阿照，她和你在一起，你只会伤害她，一次又一次。”

“可是这和你有什么关系？我伤害她，所以我不能和她在一起？那你呢？你以为你和她在一起，就不会伤害她吗？别说别人，就说姑姑那一关，你过得去吗？而且，她喜欢的人是我。”江照其实喝得不多，也就两杯红酒，风一吹，酒气散了大半，他却克制不住自己的怒气，“见西，你是以什么身份和我说这句话？”

风冷冷地从窗口灌进来，打在傅见西的脸上。他忽然就笑了：“阿照，你说这句话的时候，一点底气都没有。我从来没有想过与你争抢什么，但林音希，我不可否认，她吸引了我。如果你们好好地在一起，我会祝福你们，但明显，你不懂得珍惜，所以，我不会看着你毁了她。”

车里连音乐都没开，一片静寂，江照听见自己的冷笑声。他想狠狠地朝傅见西怒吼，说傅见西什么也不懂，可他没有，他的拳头握紧了又松开，最终什么也没做，开了车门走出去。

“车你开回家吧，停车场还有一辆。”

傅见西抬起头，才发现远洋大厦就在对面。江照迈着大步伐走在人行道，他的背脊挺得很直，路灯下的剪影如同一棵挺拔的松。

江照的确是气昏了头，否则不会将车丢给傅见西，自己转身走。

他换了辆车回家，走到半路才想起自己车里放了什么东西，忙匆匆地掉头回远洋。好在傅见西并未回去，站在花坛边抽烟，神情看不出异样，倒是见江照回头，微微诧异。

江照下了车，将钥匙丢给他，又与他换了车：“你开这辆吧，回临江路正修路，越野底盘高。”

傅见西没说什么，点了点头。

江照将车开出老远，才又在路边停下，打开置物柜，牛皮纸袋安静地躺在里面，不像有人动过。

3

林音希并不知道，傅见西与江照为了自己起了争执。

第二天，她回到报社，便被社长叫到了办公室。

社长是个中年男人，微微有些秃顶，说话喜欢大喘气，这一次却没像平时早会一样絮絮叨叨地念经，但仍是啰唆了许久没进入正题。他先是让林音希坐下，又让助理上了茶，对林音希进入报社这将近一年的工作进行了肯定，而后表示她以后会有更好的机会和发展。

林音希云里雾里听了半晌，才后知后觉明白过来自己是被炒了鱿鱼，且是有人在社里施了威压，社长无可奈何胳膊拧不过大腿，只能让她走人。

林音希不用猜，也知道是谁。

她进入报社不久，便知道自己这份工作是傅见西随手帮了一把，她从江亚男嘴里得知后，并没有贸然辞职。除了她需要生存外，同时她认为自己喜欢并且能胜任这份工作，绝不会给引荐人丢脸。这大半年来，她的工作得到了前辈的认可，主编与社长都不止一次表示过喜欢她的文章。

但现在，她仍是要离开，社长十分宽容地表示，希望她可以自己辞职，这样无论是履历还是面子，都会好看一些。

她刚递交了辞职报告，社长马上就批了，并表示无须工作交接，这一天下班之后，她就不用出现了。

得知她要辞职，整个办公室都沸腾了，最震惊的莫过于高莉。高莉是社里的老编辑，也是林音希所在的小组组长，不苟言笑，面冷心热，平时从不与林音希闲聊，在工作上却给了她不少的帮助，知道她要走，高莉少不得追问原因，见她沉默不言，当即上楼去了社长室。

半个小时后，高莉沉着脸下来，眼眶都红了，看着林音希微微摇了摇头。

之前离职远洋是她自己做出的决定，这次被逼着离开说没有不舍得、不甘心都是假的，但也仅是情绪失落罢了，这会儿看着高莉为了自己找社长理论，鼻子微酸。她不擅长表达自己的情绪，只是讷讷地叫了一声姐，便再也说不出话。

“我明天再去找他一次。”高莉安慰她。

林音希摇了摇头，没忍心告诉高莉，无论她去找社长多少次，他都不会改变主意，且离职申请已批，这事已尘埃落定。报社每年的广告收入百分之七十是源自西尚传媒，且报社隶属的出版社江亚男还有股份，她不是与社长抗衡，而是和江亚男对抗，无疑是以卵击石，毫无胜算可言。

林音希失业这事，她没有告诉任何人，包括李星。林音希前些天才在她面前说起喜欢报社的工作，与同事相处愉快，若是这时候谈离职，她一定会刨根问底，林音希不能保证自己能想到一个糊弄住她的答案。林音希不想李星知道这些事，并非不信任她或是不把她当朋友，反之，林音希是不愿意她卷入这混乱中，因为危险。

所以接连几日，林音希虽然不用上班，仍旧每日踩着点出门，由李星送到报社楼下，然后她再自己坐车回去，或者去她想要去的地方。晚上倒没有那么麻烦，李星最近时常加班，两人并不一起回家。只有一个晚上，李星准点下班回到家看到坐在电脑前的林音希愣了一下：“你怎么那么早，我刚刚给你打电话你没接，我就先回来了。”林音希看手机，果然有个未接电话，支支吾吾道：“今天出任务，做完没回去，直接回家。”

李星不疑有他。

夜晚李星对着电脑骂骂咧咧地工作，或者抱着手机和许硕开视频，林音希便坐在电脑前一份又一份地投简历，并且要在李星偶尔走到她身后前迅速地切换页面，将招聘网站换成文档。

可惜，她投了几天简历，面试了几份工作，仍旧没有满意的。

这事有点像相亲，你看上的看不上你，看上你的你不中意。

时间一下子变得多起来，林音希每日除了假装上班，找工作，一遍遍研究林萍留下的卡片画外，没事就去福利院。

院里的小孩到了上小学的年纪会去南泽光爱学校上学，幼儿的教学基本都是在院里，但这些年师资匮乏，常常一个老师要教好几个班，语言数学加美术全手抓，院长也十分头痛。最近刚好有个老师生病请假，有好几个班的小孩便没老师教，林音希正好有空，做了几节代课老师。

院长得知她刚失业，犹犹豫豫提出了请求："小音你没找到工作前能不能来代一下课，幼儿教学很简单，你是大学生，又在报社上过班，我对你很放心。"末了又补充，"代课费虽然比不上你平时的工资，但政府还会有补贴……"

林音希想了想，便应下来。

这边她还在考虑要如何同李星说，那边傅见西已经得知她丢了工作。

原来是傅见西周末去了一趟福利院，有几个孩子已经和傅见西熟悉起来，知道小音姐姐和傅哥哥是朋友，七嘴八舌地将这件事讲了。

"等等，一个个来，你们说小音姐姐怎么了？"傅见西脑袋被几个小萝卜头吵得生疼，指了其中一个，"饼饼，你说。"

叫饼饼的光头小男孩闻言咧着豁了牙的嘴有些得意："院长说，小音姐姐以后就是我们的老师了，因为小音姐姐工作没有了，要来给我们上课。"

傅见西又问了几句，大致已经知道是怎么回事。

他没有立即打电话向林音希求证，他只是想起自己那个夜里对江照说过的话，不禁觉得有些可笑——江照在伤害林音希，自己又何尝不是在不知不觉中将她带到一个难堪又危险的境地？

出了福利院，傅见西没有马上回家，而是开向了相反的方向，他和江亚男共同的家。

他已经很久很久没有回去了。

4

也就是在那个晚上，林音希又接到了江亚男的电话。

她见是陌生号码，原本不想接，但那边锲而不舍地打来，一遍又一遍。李星不在家，林音希仍旧走到了阳台，秋风吹走她最后的睡意，江亚男的声音在南泽的夜色中响起。这一次，她远不及上次高高在上、骄傲和优雅，林音希还没说话，她已经叫出林音希的名字："林音希，你真行。"

林音希并不知道发生了什么事，会让这个即便和她说话都带着"你不配站在我面前"的态度的江亚男如此失控："你到底是什么魔鬼，对他施了什么魔法？"他，自然指的是傅见西。

自傅见西创立童梦，搬出家里后，他极少回去，偶尔两人一起吃饭也是在外面餐厅。这天他却罕见地回了家，更加罕见地给江亚男煮了一碗面，两人吃完饭后，他忽然对江亚男说，"妈，她没有做错什么，你就不要再为难她了。你再这样下去，你可能会失去我。"当时江亚男正在喝水，当即抬起头，将水杯扔了出去："傅见西，你说什么？为了一个绑架犯的女儿，你和我这样说话？"那水杯没有砸到傅见西，倒是溅了他一脚的水，他深深地看了自己的母亲一眼，转身离开，没理会她在身后的歇斯底里与咆哮。

林音希自然不知道发生的这些，她接到江亚男的电话，想到自己失去的工作，又想到林萍，听到魔鬼二字，连日来的压抑喷薄而出，让她忍不住冷笑："如果我是魔鬼，那么你是什么？你是万鬼之王吗？你总觉得你有能力掌控别人的人生，江照的，我的，傅见西的，只要不顺着你的想法走，你就要把它摧毁吗？"

江亚男没想到，向来唯唯诺诺的林音希，竟然如此与自己说话："你在说什么？你怎么敢这样和我说话？"

"我为什么不敢？你以为你是什么人，你才是真正的绑架犯，杀人犯。"

她的声音慷锵有力，电话那边的江亚男一时怔住：“你说什么？”

“我说什么，你心里清楚。二十年前绑架江照的幕后主谋难道不是你吗？你让林萍绑架江照，她坐了二十年牢，你仍旧怕她泄露秘密，不肯放过她，最后将她残忍杀害。难道不是你吗？我有证据。”这番话，林音希已经在心里练习了好几次，对着江亚男说出来的同时，她按下了电话的录音键。

但江亚男是什么人，她并没有上当。电话那边传来她僵硬的笑声：“你不仅是个虚荣的心机女，还是个臆想症患者。林音希，有病早点看医生。”随即，她挂了电话。

林音希便是在这一刻，肯定江亚男是凶手，自己的猜测都是正确的。

若她与这些事情无关，听到时肯定会激动、愤怒，追问不休，而不是现在这般云淡风轻，用镇定来掩饰内心的慌乱，反倒不寻常。

林音希扶着阳台的护栏，她的后背冷汗津津，脚亦是虚软无力，用了很大的气力才稳住自己不下滑。从林萍出事后，从猜测江亚男与这事有关开始，她就无数次想过揭开江亚男的面具，但肯定不是在现在，而是在某天自己有了确凿的证据之时。但现在，她因愤怒、激动而打草惊蛇，江亚男也并未上当，以后的路，或许会更难走。

但她从未感到恐惧。

夜晚能把一个人的情绪无限放大，那些在白天不足以撩动你的话语到了夜晚，都会变成压死骆驼的最后一根稻草，轻而易举地挑起你的愤怒，让你愤怒和崩溃。

在夜晚做决定是件很可怕的事。

林音希骂完江亚男后，觉得自己太过冲动了，第二天醒来，冷静下来想想江亚男的手段，不禁有些后悔。但事情已发生，没有挽回的余地。

接下来几天，林音希显得小心翼翼，时不时留意有没有人在跟踪自己，走路也只敢往人多的地方走。

距离上次跟踪事件已经过去好些天，许是被她发现，那些人没有再来过，江照那边也不曾听李星说有发生什么危险，她觉得这事估计过去了，精神刚放松几天，马上又绷紧。

自答应院长给孩子们代课后，林音希便放弃了找工作的念头。福利院给出的待遇并不低，与孩子们相处远比和大人相处简单些，且频繁地换老师对孩子们来说不是件好事。唯一的缺点是，福利院太过偏僻，每日上下班有些麻烦。

这也是李星听到林音希离职要到福利院工作后的顾虑："太偏远了，那边距最近的公车站和地铁站都有一定距离。"但林音希已经应承了院长，让她再次拒绝是不可能，李星只能给她出主意："要不你办个自行车卡。"公共自行车租赁是南泽这几年兴起的一项惠民服务，只需办个自行车卡，便可以使用公共自行车。这些自行车点多是设在公交站附近，方便快捷。

林音希也觉得可行，便办了自行车卡，每日坐车到公交站，再骑自行车到福利院。

她的警惕心很强，无论是在公交车上，或是骑车的路程，她都小心翼翼，眼观四面，耳听八方。

但并未有异样的事情发生，每日公交车依旧那么拥挤，去福利院的路依旧那么冷清。

江亚男自那日之后，也未曾联系过她。

想想也是，江亚男是远洋的创始人之一，这些年什么大风大浪没有见过，怎么可能因为她三言两语就轻举妄动，自己说的话，说不定江亚男一个字也不相信，或者相信了，也不把自己这样的小虾米放在心上。

连续两周，什么事也没发生。

不，倒是发生了一些事。

报社社长上一周给她来了电话，问她愿意不愿意回去上班，被她婉拒后似是有些怅然。

傅见西和她吃了一餐饭，自始至终没有提及江亚男，好像这些事情从未发生过，却在送她回家的时候，和她说了对不起。

没头没尾的一句话，林音希却听懂了他话语中的抱歉和无奈，她假装听不懂：“说好我请客，你又偷偷买单，是挺对不起我的。”

人没有权利选择拥有怎样的父母，却可以选择和什么样的人做朋友。

5

对于林音希的近况，江照并非全然不知情。

他休息室的落地窗对着报社所在楼的大门，有时候下班晚些走，可以看到她站在大厦门口等待李星，背着鼓囊囊的单肩包，手里还抱着一摞资料，也不知道一个报社的小编辑哪来那么大的工作量。

李星是个大嗓门，午休时会在茶水间或走廊咋咋呼呼地打电话，江照路过时，能听到她低声吐槽：“哎呀，你为什么离职？肯定是有人欺负你，不然你这种性格肯定一份工作干到退休。不过离职也好啦，反正不怕找不到工作，最多我养你……”没有称谓，没头没尾，但江照知道电话那头是她，甚至可以猜到她唯唯诺诺的语气，估计还在为别人开脱。

先前委托的暗中保护她的人被发现后已经悄悄撤下，她警惕性高，江照纵然担心她受自己牵连，却也不想让她不安。所以，她离职的事情，江照过了许多天才知道，却不知原因。

并非漠不关心，而是他分身乏术。同时，想起那天她在餐厅刻意与傅见西亲密，他便觉得怒火中烧，恨不得将她拎过来揍一顿。

当然，只是想想而已。

尚宇传媒之事已经结案，远洋洗清嫌疑，舆论却并未因此停止，下跌的股票也尚未回温。尚宇已交给姑姑江亚男全权负责，但江照的能力遭到质疑，近期启动的几个大项目基本都受到了不小的波及，江照几乎每日都在奔波，一个月里有半个月在出差，力挽狂澜。

一波未平一波又起，远洋集团是南泽有名的慈善企业，网络上不知怎么有人发起了帖子质疑，远洋与慈善机构联合洗黑钱，慈善只是幌子，挂羊头卖狗肉。远洋做了好几次危机公关，仍旧止不住网上的流言蜚语。

商业竞争从来不乏恶意诽谤，远洋遭到了历史上最重大的一击，江照身为远洋总经理，又是江麒麟之子，无疑是众矢之的，包括他的私生活都被无限放大在众目睽睽之下。

好在，林音希被他摘了出去，没有搅入这趟浑水中。

接到林音希电话的时候，江照仍在公司开会。南泽已经入夜，远洋大厦仍旧一片灯火通明，会议室坐满了远洋的高层，正在对重点项目的规划进行修订，江照面色严肃地听着下属打报告，时不时提出几个关键性的问题。

林音希的电话便是在这个时候打进，他开了静音，手机在桌子上发出沉闷的声响。有那么一瞬间，江照以为是自己的错觉，看着满屋子疲惫的神色，他打了个休息的手势，走到阳台接电话。

“喂——”

林音希没有说话，电话那边只有她艰难的喘息，像静夜中忽然划破夜空的惊雷，重重地撞击着他的耳膜。

“你怎么了？林音希。”

在杂乱的背景音中，江照终于听见她断断续续的声音：“救我，救……”

“你怎么了？你在哪里？”

回答他的是一片嘈杂的电流声，他挂了电话回拨回去，却已无人接听。

手机定位最快需要十分钟。

在这短暂又漫长的十分钟里，助理来敲门，问江照会议是否要继续，可并未得到江照的回答。当定位信息发到手机上的那一刻，江照头也没回往外走，留下一会议室的人面面相觑，谁也不知道发生了什么事。

地址是在小星星福利院附近的云江流域。

虽入夜，南泽依旧车水马龙，江照看着手机定位，将车开得飞快，连闯了好几个红灯。但即便这样，他距离目的地的距离仍旧未曾拉近多少，他不认路，越是着急，越是兜兜转转，错拐了好几个弯。

最后，他索性将车丢在路边，拦下了出租，在司机不明所以的目光中，将手机递过去："到这个地方。"

司机看着江照从跑车中下来，坐上了他的车，目的地又是偏僻的云江水库，又惊又奇，原本想多问几句，但见对方一脸沉重，也不敢多问，顶着一脑袋的问号，踩下了油门。

越接近目的地，周遭越是偏僻，江照看着那个细小的红点，心一点点地往下沉。待到了云江边，他直接将钱包丢给了司机，大步朝堤上跑去，不停地喊着林音希的名字。

云江边地势偏僻，除了云江水库再无其他建筑物，路灯也零星地亮着，时隐时现，忽明忽暗。北风伴随着江涛声，几乎要将他的声音覆盖。

"林音希，林音希你在哪里？"

"林音希，我和你说话，你听见了吗？"

"你回答我啊，林音希……"

江面波涛汹涌，一片漆黑，分辨不出本来的颜色，江照顺着堤岸走，在水库入口处看见了一辆翻倒的自行车，地面沙尘纹路凌乱，像是打斗翻滚过的痕迹。江照望着滚滚江流，林音希的求救声仿佛就在耳畔。

路灯微弱的光在风中摇曳着，蓦地熄灭，周遭猛然陷入黑暗。

人的听力会在黑暗中变得更加灵敏，江照这才发现，原先的声音不是自己的错觉，他明明白白、清清楚楚地听见了林音希的声音，她气喘吁吁的，有气无力地呼叫："阿照，是你吗……阿照……救我。"

江照下意识地屏住呼吸，他生怕自己的声音会惊扰到她微弱的求救，他打开了手机的手电筒，循着声音一点点往江边走。看到林音希的那一刻，他清楚地听见自己的心跳声，剧烈而急促。

那是一面陡直的江崖，林音希几乎是悬挂在上面，一只手攀着石壁上的杂草，另一只手嵌在石头的缝隙里，脚下是一块很小很小只容得下她单脚站立的石碑，她就这样悬挂着，也不知道坚持了多久。

手机的光清楚地照着她灰白的脸色，她不自觉地动了动身子，江照几乎听到碎石从她脚下滚走，坠落入江的声音。

“你不要动，不要动。”他迅速地熄灭了灯，声音很低，唯恐吓到她。

江照匍匐在地上，碎石沙砾透过他柔软的衬衫，在他的皮肤留下深刻的烙印，但他无暇他顾。他伸出手，小心翼翼地朝江崖探去，轻轻地一点点往前蹭。

当他终于触碰到她冰凉的手时，他的半个身子已经悬空。

“你不要动，让我来，你不会有事的。”

他的愤怒

第六章

Chapter 6

1

林音希不知道自己坚持了多久，她深深嵌入石壁中的手已经疼到麻木，几乎要失去知觉，用不了多久她就攀不住了。脚下的垫脚石很小很小，上面还有细碎的沙石，她不能动，一动便会从这陡峭的江崖滑落，跌入深不见底的云江中。

在这漫长又煎熬的等待里，好几次，林音希都觉得自己要坚持不下去了。

她太疼，指甲中布满了沙砾，磨得她鲜血淋漓。

她太累，长时间维持一个动作使她的骨骼和肌肉都僵硬到极点。

她太冷，猎猎的江风像刀子一样往她身上打，割碎她单薄的衣衫，摩挲着她的皮肤。

她太怕，还有好多的事未做，还有好多的话未说，唯恐今天过后再也来不及完成。

无论是身体还是精神，她都已经达到了临界点，只要再多一点时间，或者波涛再汹涌些，风在猛烈一点，她就会在麻木中坠入滚滚江流。

可就在这个时候，江照来了，他带着一点似是她无法企及的光亮，轻轻地推开了这厚重的江雾，将手伸到了她的面前，抓住了她。

“不要怕，林音希，你不要怕。”

我不怕，因为你来了。

事实上，这一天发生的事情到现在她还未能搞得清状况。

距离她与江亚男叫嚣已经过去半个多月，至今未曾发生什么奇怪的事情，每日她上下班都会留意是否有人跟着自己，但从未发觉有异常，她慢慢也就放松了警惕。

往常，她在福利院代完课便回家，因为地处偏僻，她又住得远，院长开了后门基本都是给她安排早课。但这天有个老师家里有事临时先走了，林音希便多代了两节课，离开时天已经完全黑了。

虽然有路灯，但这一片天一黑就人迹罕至，林音希并不胆小，江照还曾说过她对未知有种无所畏惧的热情。但这一天，她的的确确感觉到害怕，刚骑着车离开福利院，独自一人走在荒芜空荡的大道，她总觉得身后有人在跟着自己。

她没有回头，故作镇定地将车越骑越快，身后匆忙的脚步声终于跟不上了，但还未等她松口气，一束强光伴随着汽笛声从拐弯的路口照了过来。她明明是靠在路沿，对方却步步逼近，直到车开到了她的身边她才明白，他们和刚刚跟在她后面的人是一伙的。

距离公车站还有一定距离，这段路没有住宅商户，照这个情形，无论她骑得多块，被追上也不过是分分钟的事。于是，林音希做了一个不知是对是错的决定，她骑着车拐进了路边的小道，后面的车进不来，要追她，他们只能弃车徒步。

她将车骑得飞快，沿着小路的方向是云江水库，她记得，沿着堤岸往右骑一段有住宅区，只要她到了那里，就安全了。

堤岸很窄，侧面是灌木与江崖，后面的人穷追不舍，云江水库的路灯忽明忽灭，许是灯光昏暗，许是心里焦急，她并未看清地上的石块，没注意，整辆车从大石块上轧过，她猛地一震，整个人被掀翻，她从江崖滚了下去。

在慌乱间，林音希抓住了崖边的石块，她摇摇欲坠，就在她快要坚持不下去的时候，她的双脚踢到了一块坚硬的东西，她踮着脚，艰难地踩住了。

那些人或许没有追来，或许追错了方向，更或许是看到她翻在路边的自行车又看不到人觉得她跌入云江里，总之她没有听到他们的声音。

她的耳边灌满了风声与浪声，她小心地喘息，好一会儿才腾出一只手，慢慢在口袋里摸索。她的手机放在口袋里，但她没办法将它掏出来，只能凭着记忆和感觉解了锁，胡乱在屏幕上点着。混乱中，她似乎听到了电话接通的“嘟嘟”声，忙求救。

“救救我……救我……”她不敢大声，怕那些人还没走引起对方的注意，“我在云江边……”

可是电话似乎被挂掉了，又被拨通，手机在口袋里振动，她努力了很久，也没办法接听。

那一刻，林音希几乎要绝望。

然而，在她精疲力竭之际，江照将她拉了上来。

两人都消耗了不少的体力，上来后也没说话，黑暗中只听见此起彼伏的喘息声。

云江边的路灯有些傲娇和任性，在这时忽然亮起，林音希总算看清了江照，他的衣服又脏又皱，要是设计师看见了肯定得哭晕过去。他的脸也是脏兮兮的，有灰尘，还有不知哪里的水迹。

江照全然不知自己的狼狈，也在打量林音希。两人面面相觑了许久，没想到生死劫难后的他的第一句话是：“你为什么这么重？”

林音希闻言差点被自己的口水呛到，以为自己听错了：“你说什么？”

“我说，林音希，你为什么这么重？是不是该减肥了？如果我没记错，我们最近是在冷战期对不？你难道不应该是为伊消得人憔悴吗？为什么还这么重？你知道差一点我就没办法将你拉起来吗？”

林音希连抬起胳膊的力气都没有，但她知道，自己一定没有发胖，就在前几天，李星还问她是不是偷偷吃减肥药了。倒是江照，似是瘦了，面部轮廓显得更凌厉，她小声地嘟囔：“你该加强锻炼了。”

声音虽小，江照却听清了，瞪了她一眼，见她一动不动地站在原地，忍不住道：“你过来。”

他的手微微抬起，林音希以为他要打自己，作势抱住了头，等了好一会儿也没动静，睁开眼，发现他一脸尴尬：“你干什么？”

“你不是要打我？”

江照："我刚刚用力过猛，有些脱力。你过来，过来让我抱一下。"他面不红气不喘，好像这是一件无比自然的事，全然忘记了今天之前他们还在冷战。

林音希站不起来，在江照嫌弃的目光中，用屁股蹭到了他身边。

然后，他抱住了她。

"林音希，差一点，差一点点你就掉下去了。"

差一点，我以为自己要失去你了。

2

那个夜晚，江照才明白，爱一个人并非是在危险时小心翼翼地将她推出去，而是在任何时候都义无反顾地将她护在怀里。

如果说最危险的地方是他的身畔，那么最安全的地方一定是他的怀抱。

林音希在他怀里喘着气，灼热的呼吸打在他的脖子上，让他微微不自在地扭了扭头。他在脑海中演了一万字的霸道总裁，对上林音希热烈的目光却成了初出茅庐的愣头青小子，竟然有些不好意思。

"你为什么这样看我？"

"我在想，如果你没有来，我会不会就这样……"

江照白了她一眼："别乱说话。"

林音希也听话地没有再出声，靠在他怀中，他抱着她的手臂酸涩僵硬，他忍了半晌，怀里的人没有起来的自觉，忍不住问："你不准备起来吗，要压着我到什么时候？"

"不是你叫我过来给你抱一下吗？"

她故意的，一定是故意的。

江照从她嘴边看到了一丝狡黠的笑。

江照忽然想起她在餐厅挽着傅见西的时候，嘴边也是挂着这样的笑，忽然就伸出手，在她脸上狠狠地掐了一把。

“疼！”

“不疼掐你干吗？”他早就想这么做了。

她的脸颊脏兮兮的，微弱的月光下泛着一点点绿，江照细看才发现那是堤边岩石上的青苔。他这才想起低下头去查看她的身体，好在秋天穿了长针织衫和牛仔裤，并未受太大的伤，只是脚崴了，肿了好大一块。见她一直攥着拳头，江照察觉不对劲，用力掰开她紧握的手。

果然，掌心是大片凌乱的纹路，皮蹭破了一大片，看起来血腥恐怖。

江照没有处理外伤的经验，他不问，她也不吭声，一时间又气又急，又瞪了她一眼。

“你以前可没这么凶。”林音希小声地抱怨，“老瞪我做什么？”

“可你以前也没有受伤。”

“这也不是我愿意的……”林音希小声地抱怨，其实内心还有一点对他的埋怨和这些天被忽视的委屈，但当他对着她受伤的手轻轻地吹气，那温热的气息仿佛跟着吹进她的心里，让她的心也跟着颤抖起来。

林音希缩了缩手，却被江照按住：“不要乱动，走，去医院。”

夜不算深，两人在江边逗留了好一阵，那些尾随她的人却没有再出现。江照听完林音希讲完她这一夜的惊险奇遇，面色不大好看：“你和姑……江亚男说了什么？”

“我说，我手上有她当年绑架你的证据。”那是她第一次对江照坦言，“我可以确定，指使我母亲绑架你的是她，或许母亲的死亡也是她动的手。你知道，我可以听到一些声音，关于你的，但是我一直没有证据，所以没有告诉你。她从来不把我放在眼里，将人当成玩物一样捉弄，我那天忍不下去，挑衅了她，说我手中有证据。”

林音希说完小心翼翼地看了江照一眼，江亚男毕竟是他的姑姑，她这样当着他的面讲人坏话实在不是君子所为，且这些话已不是“坏话”那么简单。但除了刚开始听到江亚男名字时他变了脸，她后面的话反倒让他逐渐平静下来，收起了惊讶，一双眼沉静地看着她。

最初得知藏在背后的手是江亚男时，他也愤怒、失控，但事情接踵而来，他慢慢变得麻木，那确实是她会做的事，愤怒改变不了什么，除非他有能力撼动她在远洋的地位。

“走吧。”

他微微蹲下身，对林音希说。

“什么？”

“你脚崴了，我背你，走吧，车停得有些远。”他半蹲着，双手撑着膝盖，这个姿势一点也不好看，他做来却也不显得难看，她一时间愣在那里，又听到他催促，“上来吧。”

他明明很瘦，后背却很宽厚。

路灯忽明忽暗，林音希匍匐在江照的背上，周遭安静得很，只有风声呼应着浪潮，慢慢也变得远了，开始听到马路的喧嚣。

江照背着她，并不吃力，走了一段路后也微微喘着气。

直到走到江照停车的地方，她才听到他说：“今晚的事情，可能是她想要给你一个警告。我想，她应该不敢那么明目张胆对你做什么，今晚只是一个警告，这样的事情，她做得多。”

江亚男是远洋的创始人之一，比起江麒麟的圆滑，江亚男给人的印象是手段冷厉，如果她要对林音希做些什么，现在的结果一定不是这么简单。

“你相信我？”林音希的关注点却在这里。

马路上车来车往，汽笛声此起彼伏，林音希脏兮兮的脸这一刻在江照看来有些恍惚。他点点头，答非所问：“还记得尚宇收购后发生的一系列事情吗？我知道是有人在针对远洋，针对我，那些人，人命对他们而言远不及利益重要，我当时害怕你和我走得太近牵连到你，所以才让你走。我没想到，你早就和我绑在了一起，从你最初忽然闯入，我就该意识到，我们已经绑到一起了。”

“你是说，那些事，也是江……”

江照点点头，又摇头：“不只是她，她背后有更大的利益集团。”

他靠在她耳边，小声地说了一个名字。林音希愣住：“可是远洋是江家的企业，她和别人合作，有什么好处？”

江照耸了耸肩：“人心不足蛇吞象，或许，她觉得江家、远洋给她的远远不够吧。”他没有再说下去，关于江亚男所做之事他也只是有了星点的眉目，原本并不想打草惊蛇，两人在公司还维持着表面的和谐，现在事情发展到如此地步，似乎再想像之前一样装作什么都没有发生很难了。

毕竟，她已经不止一次将手伸到林音希这里来。

不知不觉中，她已经成了他的软肋，他的底线。

“你以后小心一些。”上车前，他又忍不住叮嘱。

林音希说：“我不是和你说过吗？我学过拳击，我可以保护好自己，保护好你，你放心。”

他没说话，只冷眼瞧着她肿成包子的脚踝。林音希心虚地缩了缩，又忍不住提议：“要不你还是把我放下来吗？我打个车去医院，你不是怕被人看到我们俩在一起吗？”

江照握着方向盘的手一顿，瞥了她一眼，迅速发动引擎。

不知是不是错觉，林音希总觉得他这一眼带着一点控诉，又带着一点委屈，待车子开出了好几百米，才觉得自己刚刚的语气好似抱怨和讽刺，天知道，她没有，她只是发出一个正常的提议而已。

去了趟医院处理伤口，再次坐上回家的车，林音希已经疲倦到极点，上车就开始瞌睡。江照将车开到了树园，她仍是没有醒的趋势，他轻声叫了两句，她小声地嘟囔着什么，眼睛仍未张开。

江照以为她在叫自己，忙应着，凑近了才听明白她念叨的是："自行车。"他刚好俯下身要去抱她，闻言手差点脱力，好在他平时勤于锻炼，终是稳住了。

所以，当李星听到门铃声打开门时，看到的是沉着脸抱着一身狼藉的林音希的江照。

"江先生……"

她刚开了个口，江照已经侧身抱着林音希熟门熟路地进了屋，且压低声音吩咐她："你打盆水来。"

李星一时忘记自己已下班，听到命令手脚比大脑更先行动，待她回来时，江照正俯下身给林音希脱仅剩的一只鞋，全然没有平时的高高在上，更不是她所常见的礼貌绅士，而是细致温柔。

若不是她手中还端着水，她一定会捂住眼睛免得被闪瞎。

前天她还在想要不要做点什么缓解他们最近的冷战，这会儿，她发誓，不会再管他们之间的事了，反正她算是看明白了，来来去去不过是耍花枪，没几天就和好了。

3

林音希脚崴了，却不严重，倒是手掌的擦伤看着恐怖一些，有好几天做事都不方便，江照索性让她请了假。

"不行，院里没老师，我这一请假，孩子们要停课了。"

江照没想到她一代课老师，责任竟然如此重大，与她拗了半天，还是敌不过她伟大的责任心，只好妥协，便说每日让司机接送她上下班。林音希再一次拒绝："这不好吧，公车私用是大忌啊江总，而且这个时候不该低调些吗？"

江照闻言阴恻恻地看了她一眼，她当即沉默。林音希还在想他最近怎么越发玻璃心，第二天早上下楼却看见熟悉的车、熟悉的人。

她一蹦一跳地跳到副驾驶：“不是说不用来接我吗？”

“你只是说不用司机，没说不用我来，而且你说了我也没答应。”

林音希仔细一想，好像是这样，只好让他送，嘴上说着不用，但心里却是甜蜜蜜的。

江照送完林音希再折返远洋，已经过了上班时间。

近来远洋形势严峻，江照虽似往常那般每日面带笑容，但强大的气场还是让人察觉出他的不平静，所到之处，鸦雀无声。

进了高管专用电梯，他恰好遇见江亚男，对方正准备前往28楼。

江照同她点点头，叫了一声姑姑，也没再多加寒暄。倒是江亚男瞧着江照一脸冷漠，越发不顺眼：“我说阿照，你现在好歹也是总经理，远洋的希望，怎么在这个当口，到这个点才上班？听说昨晚的品牌会议你还提前走了？”

“姑姑的消息可真灵通，昨晚半夜的事，今早您就收到消息了。”言下之意是她在他身边安插了眼线，却一点不提及自己的过失。

从前江照韬光养晦，现在形式不同，他锋芒外露，江亚男被这么冷冷的一噎，无言以对，冷哼了一声，末了又道：“关于尚宇并入西尚，我听说江总你不同意？”

“尚宇是老企业，有不可小觑的市场影响力，当初并购尚宇我也是同他们的员工承诺保留原来的品牌名称和团队，他们才愿意留下来，我不认为并入西尚是明智之举。”

“已经被远洋收购，就是远洋的一员，保留品牌名称，难道不是给那些吃里爬外的人东山再起的机会？”

话音刚落，江照便笑了，笑容很淡，笑得江亚男有些背脊发凉。

“姑姑，你的顾虑是对的，现在吃里爬外的多的是，比起那些个豺狼虎豹，尚宇的管理层算什么，不过是小虾米。”

电梯正好在这个时候“叮咚”一响，江照没再多言，大步走出电梯，留下江亚男一脸阴郁。原本她是找江照有事，这会儿他下了电梯她却没走，只看着他施施然的背影消失在门缝里。

她觉得，江照似乎知道些什么事。

而后几天的股东会议，江照先是带着几个大股东打下了她的两个投资计划，又提议减少西尚的注册资本，也不知道他什么时候同那几个不管事只拿分红偶尔连股东会议都缺席的老古董那般好，他这刚一表决，下面响起无数响应。

江亚男一口银牙都快咬碎，却还要保持形象。表决刚一结束，她看着一边倒的形势，高跟鞋踩得咚咚咚响，头也没回地离开会议室，险些撞到斟茶水的小姑娘。

江照应付完一屋子的人精，筋疲力尽。

这些老古董看似慈眉善目，可不是那么好糊弄，不爱灯红酒绿的应酬，明明身在红尘，却偏要学习隐士高人，高尔夫不知道陪着打了几趟，也砸了不少钱去登山滑雪。他们不爱吃五星酒店的料理，便带着去饕客麻烦老郭好几趟，把他们侍候得服服帖帖了，酒足饭饱后他们不免夸几句：“现在的人啊，都被金钱权势蒙蔽双眼，也就是你，出淤泥而不染。”

江照在内心冷笑，面上还要带着受教的表情，忍了忍也没说出来，这饕客看似不起眼的食材，基本都是从世界各地空运过来的，就那一盘最不起眼的野菜，都是专门有人进深山里寻觅，一根一根地采来，也不知道走多远的路，才能采到这小小一盘。

有人喜欢掩耳盗铃，他便要舍命作陪，谁叫他有求于人。但与这样的人相交也有好处，说好了会站在他这边，他伸手去拉江亚男，没有调兵遣将，他们也会为他呐喊摇旗助威。

江照与江亚男势如水火，江麒麟不是不知晓，将他骂了一顿。江照仍是一声不吭，直接摆上了她这几年的财务状况，气得老爷子掀桌，然而没掀起，倒是放在上面的明代歙砚掉下来，缺了一个角，免不得他还要再去搜罗一块。

这些天，江照的睡眠时间约等于零，他铆足劲要拉江亚男下马，又要接送林音希上下班，等她下楼的间隙，才闭了闭眼，结果就睡着了。但车门一响，他立马醒来，像上了发条的玩具。

“我脚只是崴了，快好了，可以自己上下班。”

“哦。”

“前些天赔了钱，自行车卡又解锁了，脚骑车也没问题。”林音希想了想，“院长说院里有宿舍，要是我愿意收拾下就可以入住，所以……”

“所以，林小姐，你要是心疼每天接送你的男朋友就亲他一下安慰他，别的就不要做了，会让他更担心。”江照只是随口撩拨，她脸皮薄，肯定不会在车上做这种事，他正准备转弯，她却忽然解了安全带凑过来在他脸颊匆匆一吻，惊得他手一抖，差点撞上旁边的车。

在窗外“开豪车了不起啊”的骂声中，江照抽空瞥了她一眼。林音希正专注地盯着手中的教案，好像刚刚的轻佻行径不是她所为，但她发红的脸和耳朵已经出卖了她。

江照送完林音希，春风得意回到公司，正准备进办公室，就被李星欲言又止地拦住：“江先生，对不起，江董她……”

远洋是江家企业，总裁、总经理都是江总，江麒麟被称为大江总，江照便是当之无愧的小江总，那么江亚男的称呼便有些尴尬，平时大家也含糊地叫着江总，这会江照来了，她便成了江董。

话没说话，门已被拉开，江亚男铁青着脸站在门后，盯着江照，像是要将他千刀万剐。

“哦，姑姑来了，李星怎么没将江董请到会客室？我那办公室沙发太硬，姑姑坐着会不舒服。”

江亚男哪听不出他的指桑骂槐，冷哼了一声：“硬的好，太软的，我怕我还受不起。”

门一关，她的脸色完全绷不住，少见的失控：“江照，我可真是小瞧了你。”

“如果姑姑说的是尚宇并入西尚之事，我并未觉得自己做错了。”

江亚男咬着牙，微微仰着头，阴沉地盯着江照，他再也不是那个可以任她拿捏的小孩。她已与兄长说好，就等他拍板，他也承诺会在傅见西结婚后将他手中的股份赠予傅见西10%，作为给外甥的新婚礼物以及对她这些年对远洋的付出的报答。但就在昨天，她又一次去找江麒麟，却没想到得到了反对的回答，他之前说过的话，似乎也全然不记得。江亚男不敢逼得太紧，只是随口说了一句傅见西也到年龄结婚了，江麒麟却只字不提股份的事，反而说他累了，将她请了出去。

江亚男怎么可能看错，他眼中有对她的失望。见她气冲冲出门，他叫了她一声，她回头，他却是什么都没说，长长地叹了一口气。

她知道，一定是江照说了什么，做了什么。

4

总经办的隔音良好，窗帘一拉，江亚男也没有别的顾忌，不再端着。

“你要怎么样？你到底想怎么样？”

“我想问姑姑，是你想要怎么样？你以为你做的那些事情，没有人知道吗？姑姑，若要人不知，除非己莫为。”

江亚男眼皮一跳：“哦，我做了什么？”

“你做了什么我也不用说，你心里有数，我手上有证据，有银行记录。”

江照老神在在，声音并不高，却像针一样狠狠地戳破了江亚男的面具。江亚男这些天来被林音希的话搅得坐立不安，若说她说完之后会有什么行动江亚男倒不怕，偏生她毫无动静。不仅如此，她的决策和项目一个个被挤掉，江照像是瞄准了她一般，毫不顾忌她的身份，不留情面，狠狠地打压，就连她培养出来的营销部经理，也因为一个极其微小的错误被开除。从前江照就与她不对盘，但向来都是各走各的路，井水不犯河水，如今不得不令她怀疑，他是冲冠一怒为红颜。

一个林音希将江亚男的生活搅得翻天覆地，傅见西也好，江照也好，完全被这狐媚子迷了眼，真不知道她用了什么把戏。

江亚男嘴唇微微哆嗦，极力控制自己的情绪：“证据？你说的是小姑娘说我绑架你的证据？阿照，你想多了吧，事情过去这么多年，现在一个小姑娘跑出来和你说有当年我绑架你的证据，有我害死林萍的证据你就相信吗？别和我说有电话录音，那个时候电话还没有录音功能。什么银行记录压根也不可能有，我没给林萍转过账，根本不可能有银行记录，都是伪造的。你可不要听信谗言……林萍见钱眼开绑架你已经坐牢二十年，现在也死了，她女儿想要怎么说都可以！没想到你如此天真，就相信了。”

江亚男盯着江照的眼睛，没有放过他脸上的一丝表情，却不想他微微露出诧异：“姑姑，林音希什么也没有和我说，我说的证据，是你账户上那莫名其妙多出来的账目，是和你万盛集团盛总签的协议。至于你说的二十年前绑架的事，林音希什么也没和我说过，什么电话录音、银行记录更是提也没提。姑姑，你这么紧张，这么急于撇清，倒是让我怀疑，二十年前到底是谁绑架的我。听说那会儿远洋正要上市，也是你极力阻止我爸爸报警，说是会对远洋有很大影响。”

江亚男险些站不住，她盯着江照，像一条毒蛇：“你在诈我？”

江照耸耸肩，看似漫不经心，嘴角却带上了一丝冷厉：“你要这么理解也可以。就算我诈你又如何？难道你没有和万盛，和远洋的死对头签那种协议？难道你没有联合外人一起来坑自家企业？难道当年绑架我的不是你？如果你没有做，你何须心虚？我之前总想不明白，为什么你能够只手遮天，现在我懂了，你联合万盛，那就没有什么不可能了。你以为你就可以瞒天过海吗？你以为真的不会有栽倒的一天吗？江亚男，人在做，天在看。”他连姑姑也不叫了，直呼其名，瞪着她，几乎要将她磨牙吮血。

“对，是我，又怎样！我这些年为远洋付出的一切，难道还不够多吗？为了远洋，我付出的又何尝比江麒麟少？我甚至为了远洋操劳过度流了两次产，但江麒麟呢？傅家成是江麒麟安插在我身边的，把我当成傻子一般骗，我要与他结婚就必须离开远洋，放弃远洋的所有权。这些年，江麒麟把我骗得好惨，我绑架他儿子又怎样？也怪林萍那个没用的，我让她弄死你，她不敢，否则，怎么会有这一切后顾之忧！”江亚男看着江照，恨不得将他撕碎，“现在老了，江麒麟后悔当年手足相残，想要挽回我们的感情。他以为他给我一点股份，承诺一点好处，我就会感激涕零地给他卖命吗？他错了，这些都是属于我的，我要拿回属于我的一切。这些年，我在江家卑躬屈膝你以为我为的是什么？我为的是有一天让他后悔，后悔当年对我做的一切。”

听到最后，江照不寒而栗，因为他想起江麒麟听到江亚男斑斑劣迹时的冷静，好像是意料之中，他想起这些年来江麒麟对江亚男那种补偿，他以为是他们兄妹情深，却没想到，从最开始，便是江麒麟亏欠了江亚男。

但，这些事情，却与他无关，江亚男一次次对他下手，从未客气过。

“但是，这些事情与我无关，对我，你可从来没手软。”

“谁叫你是江麒麟的儿子。”

她的眼中闪着疯狂的光芒：“就算都是我做的，你能够怎样？你以为我会让你们抓住把柄吗？经营了二十年，我不可能会输给你这个毛头小子。这点证据，你以为能拿我如何？”

“那么，这个呢？”江照从口袋掏出一支录音笔。江亚男身子一僵，待她看清江照手中的东西时，面色已经不能用难看来形容，几乎是苍白一片，嘴唇仍无法自控地哆嗦。

“你……”

“姑姑，没想到吧？”江照冷冷一笑，“你对林音希做的，我会一笔一笔讨回来。”

在她扑上来之前，江照将笔收了回去，他很高，又是个年轻的男人，怎么也比五十岁的江亚男利索。她没扑到他，倒是自己扑倒了，跌进沙发里。

“姑姑，我还叫你一声姑姑，是念在以往的情面上，虽然你对我只有虚情假意，但至少相识一场，我不会让你那么难堪。现在，你只有一个选择，先离职，而后去警局自首。否则，我会亲自把这些资料送到警局。”虽然局势动荡，现在若是传出江家内讧对远洋的影响一定比以往任何一次都严重，但江亚男做了这么多错事，必须受到法律的制裁，不可能让她逍遥法外。

他看着眼前这个张牙舞爪已经陷入疯狂的女人，她完全没有从前的优雅冷艳形象，头发蓬乱，一下子老了不知道多少岁。

江照有些同情，又有些唏嘘，可他知道，他不可能停下来，因为给敌人机会，便是给自己挖坑，这是他进入远洋时学到的第一课，那时候他的老师是江亚男。

江亚男最后是被助理扶出去的，像一只被拔去爪牙的老虎，眼神却依旧凌厉。

“我不会输的！我不可能输！”

江照给了江亚男一个月的时间。

江照连日来手段强硬地对她步步紧逼，她向来强悍，被人追着打的事以前从未发生过，她的骄傲和自我人人皆知。江照知道自己已经将她逼到一个临界点，只差临门的一脚。江亚男出现在办公室时，他口袋里正好有林音希遗落在车上的录音笔，恰好派上了用场。做了这么多年姑侄，共事也四年有余，他清楚地明白江亚男的弱点在哪里，手起刀落，全然不客气。也该感谢林音希先前的炸和，让江亚男自乱阵脚，他才有了可乘之机，否则，扳倒江亚男真不是件简单的事。

结束这一切，江照无论是身体还是精神都极度疲倦，甚至有些脱力，他躺在沙发上一动不动，直到江麒麟打来了电话。

老爷子这些年已经不怎么管公司的事，担着主席的名，只有在大动荡时才会出现。江照与江亚男之间有矛盾已经不是一天两天的事了，但这么不客气地撕开来，还是第一次，且江亚男从他办公室出来后便好几日没上班，流言蜚语传得沸沸扬扬，饶是知道妹妹所做的事，他还是不免心惊，儿子手段比起年轻的他有过之而无不及。

一方面，他觉得欣慰，一方面，又觉得内疚，人老了，对感情越是看重。

“可以了阿照，她……你姑姑她也不容易，一时间行差踏错，没有酿成大祸，你也别赶尽杀绝。”

江照觉得老爷子真的是有些老糊涂，估计是觉得自己早年间对不住妹妹，现在要来弥补，但他还不知道她二十年前做过的事：“你知道，当年指使林萍绑架我的人是江亚男吗？还有尚宇那事，姜夫人的车祸，我估摸着不是和她有关就是和万盛有关，但没有证据……”

话没说完，江麒麟已经喘着粗气摔了电话。

江照觉得讽刺，可又微微觉得心疼，虽无血缘关系，但那毕竟是自己叫了二十年父亲的人。他又给江北打了电话，让她回去看看父亲，不免又被一通追问，这几天的传言到底是不是真的。

江照揉着眉心，不想和姐姐解释太多，掐头去尾说了几句。江北再追问，他便不愿多讲，让她去问老爷子。

江北不满地抱怨：“我可不敢，他着急上火着，除了你，谁敢这个时候去老虎头上搔痒。从小到大，你都是这样，有事就拿我堵枪眼……”

江照听着姐姐在那边嘟嘟囔囔，不知为何，鼻子有些发酸。江北也是人精，一下子发现弟弟的异常，正想调侃几句，江照已以迅雷不及掩耳之势挂了电话。

5

或许是发生了这么些事，江照对回悠山郡隐隐有些排斥。

姚秋云对外面发生的事情毫不知晓，儿女便是她的一切。江照几日未归，周末的聚餐也未出现，她不免有些担忧，打电话叮嘱他别顾着工作忘了休息，末了又道：“有女朋友带回家给妈妈看看，我很相信阿照的眼光。”

彼时江照正与林音希一起，扭头望了一眼窝在沙发上看书的人，微微笑了。林音希少见他如此温柔，知道他是与母亲打电话，也不敢出声，直到他挂了电话才小声道：“你和你妈妈感情很好。”

但话一出口，林音希便后悔了。

这话若是旁人来讲倒无所谓，但江照与江家没有血缘，林音希是知晓的，他虽不曾提及，但心里却是介意的，自己无意地一说，怕是会触动他的心绪。果然江照面色一黯，虽稍纵即逝，林音希却看得清晰。

屋里开着暖光灯，许是她的目光太热烈，江照微微侧头，没接她的话，只是问：“为什么这么盯着我看？”

林音希若有所思，随口一句：“你好看。”

这话又把两人都惊了，林音希恨不得给自己一巴掌，怎么今晚老是说错话？

江照摸了摸脸，倾着身子靠近她，暧昧的笑容让她面红耳赤，就在她以为他要吻下来的时候，他却忽然起身，往酒柜的方向走去。

身边的沙发蓦地空了，林音希松了口气，又有些失落，抱着书始终没有看进去。抬头见江照拿了瓶全是外文的红酒，右手夹着个高脚杯，自斟自饮，没有给她喝一点的意思，她不免探出头去索要："你怎么自己喝起来了？"

"你也想喝？"

"对。"

江照点点头，看似要把杯子递给她，却在她伸手去接的时候忽然高举，反手将她压在了沙发上，头也跟着贴了过来，他的唇有些冷，带着红酒浓郁的香气，微微有些涩。林音希猝不及防，被他渡了一口酒，险些呛到。江照忙退开身子，嘴角仍旧噙着笑，少见的轻佻："你看了我一个晚上了，刚刚不是想我吻你吗？现在开心了吗？"

林音希又羞又恼，又不好反驳，愤愤地起身给自己倒了一杯酒。江照倒是没有再说浑话为难她。

他心情不好，她看得出，但她向来嘴笨，也不会说什么好听的话宽慰他，只好仰头喝了一大口酒，说："江先生，我敬你一杯。"

"可是林小姐，我酒量不好，喝醉了做错事可怎么是好。"

林音希这会儿看明白了，这人越是心情不好，话越是多。他不想说，她也不勉强，闷头陪着他喝酒。结果一瓶红酒江照没喝多少，倒是林音希自己喝了大半，又喝得猛，很快就上头，迷迷糊糊看见江照伸出五指在她面前挥动，气恼地伸手去抓，却没抓住。

"这是多少？"

"别以为我不知道，是五。"

江照看了看自己两根手指，忍不住又笑了，俯下身抱她往房间走。没想到喝醉了的林音希尤为可爱地抓紧他的领口："你要做什么？"

江照故意阴险地笑：“你猜我要做什么？”

她歪着头想了一会儿，放开他：“我不知道，不过你想做什么就做什么吧。”

江照还想逗她，手机却在这时候忽然响起。他将林音希放到床上，又盖了被子后才折返客厅接电话。

屏幕上，傅见西三个字闪烁不停。

林音希其实并未完全睡着，她能看见江照在客厅晃动不止的身影，听见他打电话的声音，听见他低声嘱咐自己，听见他打开鞋柜换鞋，又听见他出门。

只是她使不上力气，又有些发晕，他出了门，她便陷入了昏天暗地的睡眠里。

江照没有开车，也没有走远。

傅见西来电的第一句话是：“你在家吗？”

江照原本想说不在，但想了想，觉得傅见西这话问得诧异，估计已经在车库看见自己几辆车都在，便说是。傅见西便说要上来，江照直接拒绝：“这会儿家里有人，我下去吧。”他说得含糊，傅见西却听明白了，有些黯然地说好。

江亚男与江照发生争执后的第二天便没有上班，江照听闻她生病住院，却不曾去探望。他只给她一个月时间，只要她自己到警局自首，坦言做假账和贪污、陷害事件，至于当年绑架之事他并无证据，如若曝光无论是对远洋、江家或者是林音希个人都是有害无益，他并未想过要公之于世。

过去好些天，江亚男毫无动静，江照也不着急，毕竟她做惯了多年的上位者，呼风唤雨，叱咤风云，换作是他，一时间也无法接受自己一败涂地的事实。

江照给江亚男最后的尊严，但有些秘密还是瞒不住，傅见西应该是知道些什么，或许是江亚男和他说了什么，他给江照打了两个电话，又主动到公司找了江照几次。

两人自小一起长大，又曾一起留学，江照可以毫不留情打击江亚男，却无法对这个照顾自己许多年的表兄冷脸，躲了几次，傅见西却也不为难他，反倒让他有些内疚。

江照下了楼，刚出了门禁，果然看见傅见西。

他也没开车，坐在花坛边，指间有一点微弱的红光，离得远，仍旧能看出他神色憔悴。远远看到江照，他起身，用脚踩灭了烟头，又蹲下身，捡起扔进垃圾桶。

“阿照，抱歉，打扰你。”

无论何时，他总保持着他的风度，一点不提自己被冷落好几遭的事情。

江照大约有些明白，为何父亲这些年总是拿傅见西敲打自己，在某些方面，他的确是比不上傅见西的。

江照想到这里，在心里微微叹了一口气。

她的执着

第七章

Chapter 7

1

江照与傅见西都不是话多之人，从前相处便是各忙各的，偶尔有感兴趣的话题才搭腔，有时坐上一个晚上，两人兀自喝酒，偶尔碰杯也没说上几句话，也不觉得尴尬。

但这会儿，寒暄之后的沉默却显得尤为漫长。

傅见西这会儿又点上了一支烟，北风将烟雾打散，江照深吸了一口气，正想开口，却被傅见西抢先。

“阿照，我想你知道我来找你是什么事。”

他目光真诚，江照也不好敷衍，站直了身子：“见西，我当你兄弟，这些话我才和你说。江……姑姑她所犯的错误绝对不止那么简单，亏空公款，贪污，包括尚宇那事，我现在虽没有十足的证据，但事实是怎样，我想她心里也有数。”

傅见西看着江照，这些年来，他似乎从未这样沮丧过：“难道没有挽回的余地吗？”

江照不说话，缓缓吐出一口烟雾。

“阿照，她是我妈妈，也是你姑姑。我去找舅父，他不愿见我。她有再多的不是，我都愿意承担，只希望你能够放她一条生路。我保证她不再踏入远洋，她手上所有的股份，可以协议转让给你或舅父。”

不提此事还好，一提，江照便觉得火气噌噌地往上冒，难以克制：“你要我放她一条生路，觉得我没有当她是姑姑，她又何尝把我当过侄儿？这些年，她做的每一件事，哪一件不是要置我于死地？她何时对我客气过？”他原不想与傅见西提及此事，事情却偏要往那个方向发展，“你知道，当年指使林萍绑架我的人是我的姑姑，你的妈妈江亚男吗？如果她把我当侄儿，会发生这样的事吗？”

傅见西并没有想象中的惊慌或不可置信，他的表情甚至没有什么变化，依旧带着一点点疲倦。他微微抬起眼帘，声音不高，却如同雷击一样在江照耳畔响起：“可是，阿照，你也不是阿照呀！”

江照一震，盯着傅见西的眼，想要从他眼中看出些许别的含义，可他却是平静的，像是等待这一刻已久。

“我从未想过要用这件事威胁你什么，因为从一开始，就是我母亲犯下的错误。但她再错，终归是我的母亲，是生我养我的人。那天她回去后就晕倒住院，她那么骄傲的人，若是余生要在狱中度过，我真怕她撑不下去。”傅见西眼中有淡淡的忧伤，“她再错，终归是我妈。对不起，阿照。”

江照不得不承认，两人称兄道弟这么些年，他竟不曾真真正正看明白过傅见西。

“你是什么时候知道的？”有太多的事要问，就连他自己也不知道这一句针对的是哪一件。

傅见西在这时候仍旧能保持笑容，虽然怎么看怎么无奈，对比江照的失控，他倒是镇定的。

“你说的是，知道你不是江照，还是说知道二十年前的绑架案？”他一字一句解释，“你还记得你上次把车借给我吗？我找纸巾，翻了你的置物箱，抱歉，没有经过你同意，我便看了你的文件。我知道你和舅母没有血缘关系，你不是阿照。知道你和叶深深有血缘关系后，我去了一趟海塘，拜访了叶深深的父母。她父亲是个赌鬼，我给了他一点钱，他就什么都说了，说了当年把你送人的事，却不知送到哪个家庭。我不知道为什么你会在江家，却能拼凑出个大概。至于绑架案，我也记不清了，反正在很多年前我就知道了。”他有些讽刺地笑了笑，“那个时候她总在半夜在书房打电话，我睡得不好，起夜时听到了一些。加上有段时间，她精神衰弱，每夜需要红酒助眠，有个晚上喝多了，把这件事告诉我，第二天醒来却不记得了。”

“那你从最开始就知道林音希是林萍的女儿？”江照突然打断他。

"对。"

"所以你对她好，是因为愧疚。"

"对。"

江照胸膛止不住地起伏，目不转睛地盯着傅见西，话到了嘴边，却始终没有勇气问，这些年傅见西对他好，是不是也是因为愧疚，看着他像个傻子一样被蒙在鼓里，有没有很快乐？

他问不出口，并非是害怕听到自己不想听的答案，而是因为无论答案是哪一个，他都无法心平气和地接受。

"你想要怎样？威胁我吗？见西。因为她是你妈，和你有血缘关系，所以你现在拿着我的把柄来威胁我？"

"对不起阿照，我一开始没想过这么做，如果不是……"

"可你还是做了，不是吗？"

烟不知何时已经燃尽，江照不自觉，直到指间刺痛，他才猛地丢掉了那零星的火苗。

"对不起，阿照。这件事我从未对别人说起过，包括我母亲。只要你放过她，我永远不会提及，它会烂在我肚子里。"

他相信傅见西，可他也知道，从今天之后，他们不再是兄弟，永远只能站在对方的对立面。

北风吹得他有些冷。

江照心烦意乱地上了楼，并未进门，而是站在电梯口抽了好几根烟。

他向来不喜欢热闹，在星海汇这寸土寸金的地界，也一口气买了两套，这一层只有他一个住户，所以也不怕影响到别人。

抽了大半包烟，江照在窗口散了散味道，眼睛的余光却看见路灯下还有个黑影，定睛一看，果然是傅见西。

他冷眼瞧着，又想起那句"你也不是阿照"不觉恼火，就连门禁也与他作对，指纹试了两三次皆是错误，第四次才将门打开。

他知道林音希在睡觉，已经刻意压低声音，即便如此，在他关上门的那一刻，林音希还是醒了。

她赤着脚走出房间，客厅里的灯已经关了，只有玄关江照站着的那一处有光亮，自他的头顶散开。林音希看不清他的脸，却直觉他这会儿情绪不高，比原先还要更低落一些。

“你去哪里了？”

“你怎么醒了？”

两人的声音同时响起，江照看着她一点一点朝自己走近，忽然问：“如果有一件事，你不去做，可能以后会一直后悔；而你做了，则会失去现在所有的一切，你还会去做吗？”

林音希顿住脚步，微微蹙眉，似在沉思。许久后，她才悠悠地道：“那要看会失去的是什么东西，如果是你，那么我宁愿以后后悔也不会去做；如果只是金钱、名利、地位，那么我觉得没有关系。”

江照想，那是他这辈子，听过的最动听的话。

2

江照再次见到江亚男，是在医院。

江亚男住在医院七楼的高级私人病房，装修精致简洁，不再是一味的白色，相比一般的病区，这里更像度假酒店。江亚男住在走廊末端，江照还未至，已经听到她愤怒的咆哮声，偶尔伴随着几句咳嗽。

他刚走到门边，有个红着眼的小护士匆匆而出，险些撞到他。

他往里一探，江亚男的助理正在帮她顺着背，她嘴里还在絮絮叨叨地骂：“连个针也打不好，真是没用的东西，现在啊，什么人都敢骑到我头上……”

她听见脚步声，以为护士又来了，正想继续骂，却看见江照，一时间又被自己的口水呛到，发出惊天动地的咳嗽声。

她并未有什么严重的病史，这次忽然倒下多是因为气急攻心，那点精气神没有了，整个人忽然老了下去，有点像电影里的画皮，脱了精致的人皮面具，成为形容枯槁的老妪。

这大半个月来，江亚男虽没上班，住院了，却没有完全消停。江照听闻她召见西尚几个部门主管，又与万盛的老板会了一次面，看似遭受重大打击，却是不曾死心。

这会儿见到江照，江亚男像个破旧的风箱，扑哧扑哧地喘着粗气，若不是手上还打着点滴，他毫不怀疑她会朝他扑过来："你来做什么？来看我笑话吗？还是想听我求情？"

江照瞧着她好一阵，内心多少有些同情，但很快又化成了恨与厌恶，她这副模样，一点也联想不到从前风雷厉行的作风，但她的心狠手辣，自己却记得清楚，她一次次要置自己于死地，从未手软。

江照并未被她的话语激怒，立在门口，面无表情地听着她一字一句地骂。

助理也不敢劝，安抚了江亚男反倒被她一巴掌甩在脸上，生病了，力气却是不小："你是什么东西？我说话何时有你插嘴的份？你给我滚。"小姑娘是年前江亚男才换的助理，年纪也不大，估计在家里也是个小公主，被这么一甩巴掌，脸和眼眶一起红了，没说话，低着头走出了病房，临走时幽幽地看了江照一眼。

若是平时，江照或许会安慰几句，今天却是二话没说，甚至侧了身子让路。小姑娘一委屈，眼泪就下来了。

助理一走，江照便随手将门关上，居高临下地睥睨着江亚男。或许知道言语不能激怒江照，这会儿她也不骂了，只是用眼神与他厮杀。

她一点也没变。

很多人会在犯错之后自我反省，但多数人反省并不是觉得自己真的做错了，而是觉得这事做得不够完美，让人抓住了把柄。不要妄想一次两次的错误会令人顿悟，痛改前非，多数的坏人一辈子都不会变好，只有一时的蛰伏和养精蓄锐。

江照知道，江亚男便是那样的人，他并不意外她此时的所作所为，若她痛哭流涕地向他祈求原谅，才是真正可怕的事。

“姑姑，你还不打算收手吗？”

“收手什么？我做错了什么？我告诉你江照，我永远都不会输！”

沉默了半晌，江照忽然道：“你不为自己着想，但你想过见西吗？”

江亚男像是突然被人掐住了喉，好一会儿都不作声，眼睛依旧直直地盯着江照，像是要将他瞪出窟窿来。在医院，江亚男没化妆，蓝白相间的病号服将她衬得面无血色，脸上与眼角的皱纹越发明显，眼睛却极红，布满血丝，偏生她的表情凶狠狰狞，看起来尤为恐怖。

江照知道再待下去也等不到她的答案，转身便走，门刚打开，便听到背后叮叮当当的响声，不用回头也知道她将桌面的东西砸了一地。他脚步稍慢了一些，却没有停下。

直到走到电梯口，又看见那助理小姑娘匆匆往病房走，江照叫住她：“你去把医生叫来，等会儿再进去。”

小助理不明所以，但还是照着做了。

江照刚按下电梯键，就听到江亚男歇斯底里地吼叫：“我不会输，我不会输给你！”叫嚷带着回音，听起来竟有些苍老。

江照回到星海汇，林音希正在做饭。

这几日，林音希都在星海汇留宿。

一方面，是她的脚还没好利索，江照不放心她独自上下班，星海汇离福利院近一些；另一方面则是正值多事之秋，他更觉得应该把她放在自己眼前看着，免得出了差错。

他第一天对林音希说收拾衣服过来住时，她脸色有点古怪，犹豫了半晌才支支吾吾道：“阿照，你会不会觉得太快了？”

“快？什么太快？”江照一头雾水，“最近我比较忙，不送你我又不放心，所以让你先住这里有什么问题？我让阿姨把客房收拾好了，连着书房那一间，你工作也方便。”

“哦，没什么，没什么。我是说，今天过来可能有些快，我明天再来。”林音希差点没闪到舌头，她死也不会告诉江照，她是觉得同居太快。

好在江照兀自想着事，也没注意她的尴尬，走到沙发上去翻文件。

这几日两人同住一屋，江照多是接送她上下班后叮嘱她不要乱跑自己又去应酬，自有人给她送餐。林音希吃了几日酒店餐，不适应，同他说想自己做饭，第二日便有人送了新鲜食材上来。

李星打过几次电话来问她什么时候回去，她也说不出个所以然，只是说过几天，至于这个几天到底是几天，那就不知道了。林音希看得出，江照最近又忙又累，回到家也不得闲，蹙着眉头在阳台打电话，时常早上醒来烟灰缸都是满的。

她问过他：“我可以帮你什么？”

江照却是摇头：“你照顾好自己就可以，剩下的，我会解决的。”

他并没有将傅见西找他的事情告诉她，只要她留在自己的身边便好，剩下的都由他自己来承担。

距离与江亚男约定时间，仅剩下三日。

江照与傅见西只在那个夜里见过一面，彼此便没有再联系谁。

傅见西的立场很明确，江照放过江亚男，他同时也放过江照，亲子鉴定那件事就烂在他肚子里。江照相信傅见西，却是不相信江亚男，他若是放过她，她那样的人，一定不会放过自己，从哪里摔倒，她会从哪里爬起来，即便再摔一次，头破血流，也绝不会罢休。

若说江照先前还有犹豫，医院一会，更是坚定了他的心。

同时，他也在赌。

赌他和傅见西的感情，赌江家会不会因为他无血缘关系就将他放弃。这一步是险棋，江照做了整整二十年的江照，他却不能确定，这之后他还会不会是江照，是江家的儿子。

他唯一能确定的是，无论他是谁，林音希似乎都不大介意。

3

林音希记得，那天是星期三，她下午没课，早早就从福利院离开，给江照打了电话，那边响了好几声才接，她便知道他在忙，便说不用来接。

其实给江照打电话那会儿，林音希已经上了地铁，想说他不同意也算是先斩后奏了，恰好他正在开项目会议，满屋子的人争执不休。他见时间尚早，便揉了揉眉心，说好，让她自己小心些。

林音希觉得江照有些草木皆兵，又觉得现在非常时期，不想他担心，便说好，挂电话前问他回不回家吃饭。江照在那边又说了几句什么，才和她说回，想喝粥。

下了地铁，林音希没有直接回星海汇，而是去了一趟超市。虽然江照让她每日想要什么列在单子上发给他的助理，自有人会将食材送上门，但她总觉得麻烦让总经理特助做这些事并不好，且送来的食材虽然新鲜昂贵，但有些也不是她想要的，比如她喜欢本地姜，不算太辛辣，辟腥却是极强，对方却给她送来了又细又嫩的白姜。

但别人辛苦送来的，她仍是十分感谢地将人送到电梯口，又暗自打算，改天自己去买菜做饭。

星海汇附近几家超市都是进口超市，虽有新鲜食材卖，但价格令人咋舌，她走了一圈，最后买了一点排骨，又打车去稍远的海鲜市场。虽是下午，但这边的海鲜仍旧新鲜，江照虽然看似不挑食，但嘴却刁钻，东西稍微有点不新鲜，他就能尝出来，说什么也不肯再吃一口，更别说海鲜类，要是买到冷冻的，他晚上估计会饿肚子了。

林音希这样想着，挑海鲜不由得更仔细了。市场都是海产腥咸的味道，她平常怕得很，这会儿却没有觉得太难闻。

在市场溜了一圈，又想起江照家中的沙发靠垫被自己倒上了茶渍，阿姨虽然洗干净了，但江照似乎还是很嫌弃，明明有四个靠垫，他却能每次准确挑中脏的那个，直接给扔到地上，于是她又去了一趟家居店，买了几个靠垫。

天气已经逐渐变冷，南泽已有了冬的迹象，天黑得早，林音希提着大包小包回到星海汇时，路灯已亮起，月亮也挂在了半空，又大又圆，周围像长了一圈毛。

林音希心里咯噔一下。

她的记性向来不好，这会儿不知怎么想起很多年前，外婆同她讲过，看见毛月亮是个不好的兆头。

她低头想这事，走到星海汇发现保安换了两个，只有一个是原来的老保安，和她打了个招呼后，又继续同新来的小年轻讲解："这里的住户非富即贵，我们虽是保安，但也要懂礼貌……"林音希走了几步又顿住，她发现，那新来的两个保安其中有个有些眼熟，她回头过去看，发现对方正低头听训，侧脸陌生，不像是在哪见过。

"江照回来了吗？"

"没有。"

她又提着东西走了几步，猛然停下脚步，四处张望。

林音希听到了江照的名字。

她已经有好长时间没有听到江照的名字。

她离开远洋后，这个名字出现得渐少，先前在报社偶尔还能听到，现在到了福利院上班，谁也不知道江照是谁，这个名字几乎没再出现过。而且，每次江照吻她，她都会有很长一段时间听不到那些纷杂的声音。

这会儿这个名字忽然突兀地出现，倒让林音希措手不及。

但这会儿正是小区里人最多的时刻，人来人往，有打电话的，有埋头走路的，还有挽着手的小夫妻，寻觅了几次，却没看到刚刚发出声音的主人，那是两个男声，一个沙哑粗犷，一个低沉，应该是青壮年。

林音希定神再听，却是听不到了，只好上楼。

回到公寓，林音希便忙着做饭。

好一段时间没有煲砂锅粥，她一时间忘了步骤，料理螃蟹时又不小心被蟹钳住了指头，好一会儿才掰开，血流了不少，她又急又痛，到了这会儿才把那两个声音抛诸脑后，开始专心致志地做饭。

待她从厨房出来，已经是两个小时后，煲好了粥，又做了两个小菜，已经将近八点，江照却仍没回来。

她只好将电话打过去，却没想到他关机了。

林音希一个激灵，不知怎么又想起了先前在花园里听到的声音，那是谁，为什么在问江照回来了没有，是不是要做什么坏事？她又想起这些天江照的忙碌、小心翼翼，不免胡思乱想，胆战心惊。

犹豫了半晌，林音希又给李星打电话，响了半天没有接。她锲而不舍地再打，打了三次之后，那边终于接了，一开口就是："我的姑奶奶，原来是你啊，我还以为是顾特助又来催，有什么急事，打了这么多个电话？"

"李星，你在公司吗？江照在吗？"

李星明显一愣："他不是先走了吗？先前开完项目会议，他说有事，就先走了。"

"自己走的？"

"对，怎么了？"

"我联系不到他，他手机关机了。"

“关机，江先生手机好像没关过机。”李星听她着急，忙改口，“会不会是没电了，你等等，我打个电话问问。”

林音希等了好一会儿，李星那边才将电话打来，支支吾吾地宽慰她：“司机说他自己开车走了，他是不是有事去哪里了，手机可能刚好没电。我这边还有好多工作忙，先这样哈，我看到他让他给你个电话……”

林音希不想让李星忧心，含糊应了几句，便挂了电话。她又等了两个小时，江照依旧没有回来，手机也关着机，粥在砂锅里保温着，还有热气，她的心却一点点地冷了下来，先前在楼下那两个声音越发清晰地在她脑里回荡。林音希咬咬牙，拿着手机出了门。

她也不知道该去哪里找江照，下了楼，直奔保安亭。老保安看到她笑了：“林小姐有事。”

“我想问一下，你今天有看到江先生吗？”

“就早上看到他和您一起出去，之后就没见过，要不我问问我同事？”

林音希摆摆手往外走，一时也不知道去哪里找他，他们之间除了李星之外，有共同交集的人少之又少。林音希犹豫了一下，将电话打给了傅见西，谁知道，傅见西也没有接。

林音希太阳穴突突地跳着，心里的不安越来越明显，正想着要不要打了个车去悠山郡，或许江照回家里去了。可他明明说过要回来吃饭，他不是那种会爽约的人，她的大脑是混沌的，正准备打车，却听到有人叫她。

林音希回过头，来人是个三十来岁的男人，其貌不扬，她却隐隐觉得有些熟悉。

“你是？”

“我是星海汇新来的保安，你刚刚是不是在问江先生？刘哥说江先生回来了，正在到处找你，你手机打不通，我刚好要出来买东西，看到你就和你说一声。你快点回去吧……”

林音希一喜，也没听出他这话有什么不对劲，跟着他就往星海汇的方向走，她走在前面，他跟在后面。

她一心要见江照，也没去留意，直到走到街口无人处，背后的影子越靠越近，已经超过了人的舒适距离，她才猛然想起刚刚那人的话不对劲，满是漏洞。她正准备问个究竟，却忽然被人捂住了嘴。

一股奇怪的味道顺着鼻腔往里钻，林音希想要憋气已经来不及了，她拼命地挣扎，却挣不开那人的桎梏。

很快，她便失去了意识。

4

林音希的意识比身体清醒得早一些。

耳边的声响在昏沉中逐渐变得清晰，有叮叮当当的钢铁碰撞声，有大卡车沉闷的引擎声，还有高低不一的说话声，喧闹嘈杂的声音碰撞着，伴随着一股难闻的气味，刺激着林音希的五感。

但她的身体无法动弹，手脚虚软无力，完全不受自己控制，就连睁眼这么简单的动作，于她来讲都很困难。

她对周遭有了模糊的概念，却费了好长时间才弄清自己的处境——她原本是在星海汇给江照做饭，但他一直没有回来，手机也打不通，她到处找不到他，便出去寻找他。走到半路遇到一个自称是保安的人告知她江照回来了，她跟着他走，发现不对劲的时候，忽然被人捂住了口鼻。

那股奇怪的味道还萦绕在鼻尖，混合着钢铁的腥锈，潮湿的霉气，慢慢地变得清晰起来。

等到手脚都有了力量，她动了动身体，发现自己完全被束缚住，手脚都被绑起，嘴巴像是贴了一层像胶布一样的东西，眼睛也被蒙住，她什么都看不见，却可以想象出自己此时的窘况——无疑是与电视中被绑架的人一样，被五花大绑关在一个密闭的地方。

她试过起身，背靠着墙努力了许久没站不起来，最后她用屁股蹭着往前挪动，没有方向，好几次撞到了东西，筋疲力尽地停在原地。外面的声音此起彼伏，她能辨析出说话的声音离她并不远，或许只有一墙之隔。

林音希忽然觉得沮丧，电影中所演的，被绑架的人徒手解绳索，用身体撞开门在这里压根不可能实现，她的头一阵一阵地疼，身体也疲软无力，即便她开了金手指，撞开了门，也根本跑不远，外面一定会有看守的人，她只要出去，立马会被发现，好的话只被遣送回来，糟糕的话可能还会挨打。

林音希把眼前所能做的以及会发生的后果都想了一遍，最后又蹭回了墙角，或许安静地等待才是最好的选择。

这些人为什么绑走她？他们与江照失联一整晚有没有关系？江照现在是否安全呢？这些人是不是和江亚男有关，难道她在医院里，现在还可以为所欲为吗？

林音希胡乱地想着，身体后知后觉感到疼痛，被绳子束缚住的地方火辣辣地疼，胃也一阵一阵地疼，有多少个小时没进食了，她也不清楚，现在是什么时候，白天还是黑夜？她不敢再乱动，想要保留体力，意识却在外面不规律的声响中变得涣散。

也不知道过了多久，林音希听到铁门发出一声“咚”，迷迷糊糊，有人伸手撕开她嘴上的胶布：“吃东西了。”

那人并不解开她，将包子往她嘴里塞。林音希刚咀嚼了几口，脸上忽然挨了一巴掌，那个男声不耐烦地催促：“快点，还要老子伺候你吗？”

包子几乎是硬往她嘴里塞的，她刚刚咽下去，又有个水瓶凑了过来：“喝。”

她原本不想喝，怕水里有东西，但转念一想，包子都吃了，水又怕什么呢，不喝可能又要好几个小时没得吃喝，她忙仰头喝了一口，对方估计将瓶子举得高，她险些被呛到。她此时的模样估计又狼狈又好笑，那人不禁大笑：

“像条狗。”有只手在脸上抚过，林音希一惊，忙缩了缩身子，水淋了一身，那人给皮肤留下的可怕触感却挥之不去。

“躲什么躲，你这小姑娘，皮肤不错！”

林音希咬着牙，往后缩了缩身子，她眼睛依旧被蒙着，却能感觉那人又朝她靠近了一点。她没有出声喝止或求饶，因为她知道这样只会令对方更兴奋。

就在男人的手触碰到她肩膀的时候，有人喝住了他：“老三，让你送个饭，你干吗呢？”

“这小娘们长得不错……”

“我和你说了，不要动她，否则有你好看，饭送完了吗？快走！”

那人声音渐行渐远，被叫作老三的低声骂骂咧咧，却没有再碰林音希，正准备将胶带给她贴上，她忙道：“我想上个厕所。”

“就这么上！”男人不由分说将胶带贴上，也不理会她，门在撞击中发出老大一声响，像是他烦躁的抗议。

林音希并非想上厕所，只是想借着上厕所判断自己所处的环境和位置，但对方阴冷的警告让她不敢出声。她又往里缩了缩，好在刚刚喝水的时候她留了个心眼，并没有大口吞咽，只是稍微润了润喉。

男人走后，林音希越发觉得疲倦。明明身处险境，她应该恐惧、烦恼和忧愁，更应该想办法从这个鬼地方逃脱，精神却不受自己控制，慢慢变得涣散，无法思考，原先的吃食里，也不知道是不是放了东西。

吃也不是，不吃也不行，终归已如此，懊恼也没有用。

林音希靠着墙，指甲微微嵌入掌心的肉里，想让自己变得清醒些，却于事无补。

半梦半醒，她也不知道时间过去了多久，只知道外面嘈杂的声响慢慢归于平静，连人声都变得压抑，她什么也听不见，包括江照的名字。

听不见也好，他应该是安全的。

周遭静得可怕，林音希只听到自己剧烈的杂乱的心跳声，最后她什么都听不见了，因为支撑不住，昏睡过去。

她是被一只冰凉的手唤醒的，它轻轻地摇晃着她的手，又迟疑着探上她的脸。

“林音希，林音希，你醒醒。”

“阿照，是你吗？”这时候，林音希才发现，自己身上的桎梏已经消失，只余下肌肉的酸痛，嘴上的胶布也不知何时被撕下，她竟毫无感觉。

她话音刚落，眼睛上蒙着的布便被揭开，她不用费劲去适应光线的变幻，因为眼前仍是一片黑暗，只有一个模糊的影子，但她知道，那不是江照，因为对方在她出声时愣了一下，像是不知如何应答。

她微微眯着眼，终于认出眼前的人，一个她怎么也想不通会出现在这里的人——傅见西。

“你怎么知道我在这里？阿照让你来找我的吗？你进来没有遇到什么危险吧？”

傅见西又是一顿，并没有回答她的问题，只是道：“快走吧，看守的人被我引开了。”

林音希心有疑惑，但眼前显然不是问话的好时间，忙点头，可刚起身站立，脚一软，整个人忽然栽倒，如果不是傅见西扶住了她，这会儿她估计已经坐到了地上。

手脚被束缚太久，蜷缩太久，或许更因为药物的作用，她的脚踩在地上软绵绵的，如同踩在棉花上，无法保持平衡。傅见西大而有力的手搀住了她，他像一堵墙，无声地立在她的身后。

天仍旧是黑的，借着一丝黯淡的模糊的光，林音希终于看清这个关了她许久的小黑屋，这是一间类似工具房的铁皮屋子，但又像个集装箱，连窗户都没有，像个密闭的牢笼。

林音希小声问道：“为什么天还没有亮？我被绑来的时候好像是九点多。”

傅见西身形一顿，过了很久，林音希几乎以为他不会回答，他才道："过了一天了。"他伸手去拉她，她下意识缩了一下。这微小的动作被傅见西看在眼里，他抿了抿唇，说："快走吧"。

5

林音希失踪的时候，江照正与傅见西一起。

他答应了林音希回去吃饭，所以接到傅见西电话时，他想也没想就拒绝了："我有事，就不去了。"

但傅见西却很坚持："只是见一面，我有话要对你讲。"

"电话里讲不行吗？"

那边的人缄默，只有低沉的呼吸声。江照正准备松口，那边却说："或者，我现在去悠山郡？"

傅见西的威胁如同他的人，不动声色，风平浪静。江照直接同他要了地址，挂了电话，手机却被狠狠地砸了出去，从墙上弹到了地面，连哀号都没有，直接分崩离析，寿终正寝。始作俑者没有留恋，连"尸体"都没有处理，直接摔门离开办公室，还好门够坚挺，只是震了震，一切归于平静。

傅见西说的地址是郊区的度假村，也就是江亚男有股份的莲花山度假村，环境优美，风景宜人，唯一的缺点是位置偏远，好在路还算好走。傅见西还记得江照会迷路，直接告诉他，出了远洋，往悠山郡的方向开，在山脚下往另一个方向走，再开差不多二十公里就到了。

江照上了车时，想起傅见西的嘱咐，禁不住冷笑，对方是那么了解他，知道他的弱点，知道他的软肋，知道他的死穴，总是能够一击即中。他与江亚男几乎撕破脸，也从未想过要从傅见西身上下手，傅见西却直接给了他当头棒喝。

他开车上了国道，猛然想起林音希还在家里等自己，想要给她打个电话，才想起手机已经被自己砸了，工作电话也被扔在抽屉里，他现在基本处于失联状态。

他看着林音希挂在后视镜上的中国结，伸手点了点，想着快点把事情处理完就回去。她卖了好大的关子，估计是做了他喜欢的海鲜砂锅粥，他还要假装不知情。

已经是初冬，天黑得早，路上也没什么车，江照踩着油门的脚稍稍用了力，到了莲花山度假村，发现冷清了不少，引路的服务生忙解释："非节假日度假的人是少些，但我们这边的温泉开放着，您若是周末来，最好还是提前预约。"江照听着，也没打断她，并不跟着她走，只问别墅区怎么走。

小姑娘还要引路，江照却摆摆手，因为他已经看见了傅见西。

度假村里栽满了绿植，也不知道是什么品种，明明是冬天还是葱葱郁郁，偏生鹅卵石路的路灯还昏暗，傅见西穿了一件黑风衣，远远望去，分不清哪是影子哪是人。

他刚走近，对方已经露出一口白牙叫了他的名字。江照有些烦躁，直接问："你有什么事？快些说，我还要回去吃饭。"

"你还没吃饭？要不去餐厅先吃点？"

"不了，有话就说。林音希还在等着我吃饭。"两人的身段差不多高，江照靠着电线杆，手捏着一根烟，却不点燃，斜斜地看了他一眼，也不知道自己为什么要加上后面这句，觉得自己挺可笑，就像个抢到玩具的小孩。

天太黑，灯光太暗，看不清傅见西脸上的表情。

"阿照，我妈……她有话要和你说。"

"是她让你约我来的？"

"嗯。我骗了你。"傅见西问，"如果她知道错了，她后悔了，你能不能……"

"不能。"江照想也没想，"你是他儿子，但你可能还没有我了解她，她不可能后悔，也不可能知道错了。她做了多少事情，手多么不干净你不是不知道，我现在放过她，你问问她以后会不会放过我。你可能还不知道，她还派人跟踪林音希，要伤害她。林萍死的事情，我没有证据，但我知道，和她也脱不了干系。见西，你清醒清醒，那是你妈，但她做错事，就要接受惩罚！”说到这儿，他面色一变，“是她让你把我约出来的？”

傅见西这会儿也察觉到不对劲，看了一眼手表：“是，这个钟点按理说早到了。我给她打电话。”

但电话打过去，却是占线，无人接听。

江照越想越不对，抬脚要走。傅见西没有挽留，却很坚持：“我送你，你坐我的车走，你的车放在这里，明天让人来开。”

两人对视一眼，虽已经翻了脸，之间的默契还是存在——江亚男约了人又不出现，莫非是有后手。江照也没有坚持，坐上了傅见西的车。

回城的路很漫长，仍旧很黑，出了度假村不远，江照便发现有两辆车跟着他们。傅见西显然也发现了，提了速度，仍旧保持前行。中途对方曾有一度前后包抄，想要将他们逼停在路边，但傅见西的车子大，速度又快，最后对方只得放弃。

江照坐在副驾驶，看着后面的车被慢慢拉开一段距离，不禁道：“看来俱乐部没白去。”有段时间，傅见西喜欢赛车，总拉着江照一起去赛车俱乐部，但后来他进入远洋后，工作忙，已经很久没陪傅见西去了。

“你退了会员之后，我也退了。”

“为什么？”

“没意思。”

江照没再问，他心里有事，总觉得事情没有那么简单。

果然江照回到星海汇，发现屋里灯光亮着，林音希却不在，他吓了一跳，从书房翻出备用手机打电话，却发现林音希的手机在客厅里响着。他打给李星，她也很惊奇：“刚刚林音希才打电话到我这边找你，你又打电话来找她……”

江照挂了电话，直接到楼下物业问。他到监控室查了监控，林音希离开那会儿，正是他在度假村的时间。

他当即打电话给傅见西，电话刚接通便有人接听，傅见西的情绪明显没往常平静，听到他的声音，忙道：“我刚刚发现林音希打电话给我了，我回拨过去的时候，她没有听。她现在还好吗？”

江照沉声道：“她失踪了。”

电话那边的人明显也愣住了：“失踪了？你确定？”

“厨房的粥还在保温，手机没带，监控显示她离开小区有两个小时了。我打电话给她室友，她也没有回树园。”江照冷静地陈述着，末了，撂了电话。

林音希出事了。江照不想承认，但这个念头还是在脑海里跳个不停。

他想了想，直接将电话拨给江亚男。

电话响了许久，一声接一声，像是一把钝刀，慢慢地磨着，直到耗尽他所有的气力，那边才接起，江亚男的声音有种疯狂的得意：“喂……”

“她在哪里？”

“谁在哪里？”江亚男故作惊讶，“我的侄儿你找谁？”

江照不想和她虚与委蛇地打太极，直截了当：“你知道我说的是谁，我还没有报警，你有什么要求便提出来，只要她安全。”像是怕江亚男又拿乔，补充道，“你再说一句没有，我就报警。”

江亚男明知江照不敢报警，但有了上一次的经验，她不敢妄言：“报警，我又没有犯法，我为什么怕你报警？有时候，报警不一定能解决事情，只会把局面弄得更糟糕。”

“那你想怎么样？”

“你知道我想要什么？”

江照几乎没有停顿：“可以，怎么拿给你？”

他这么爽快，江亚男反倒满腹狐疑："你别想要什么花招，我在你手上吃了一次亏，我不会再相信你。"

"那你要我怎么做？"

江亚男神神道道："你等等，让我想想。"说完，就挂了电话。

江照知道江亚男暂时不会伤害林音希，林音希现在是她最后的底牌，他越是着急，她越是得意，他越是不动声色，她越该惶恐。

所以，江亚男挂了电话后，他没有拨回去，犹豫了一下，拨了私家侦探的号码。那边虽同他保证会尽全力寻找，一有消息就通知他，但他并没有抱太大的希望——江亚男既然做了，就肯定有十足的把握，这些事她显然不止做过一次，要抓住她留下的蛛丝马迹并不容易。

果然，他一直从深夜等到清晨，那边才打电话来，支支吾吾地对他说了抱歉。

至于江亚男，毫无动静，江照每隔几分钟便看一次手机，但屏幕始终黑着，他的烟灰缸盛满了，他也没有等到江亚男的回电。

当第一缕晨曦从落地窗照进来的时候，江照终是按捺不住，拨了傅见西的电话。

他的选择

第八章

Chapter 8

1

那一天对江照来说异常煎熬。

他见到江亚男的时候，已经超过四十个小时没有睡觉。

在见到江亚男之前，他先是在星海汇待了十多个小时，没有吃饭，没有睡觉，最后他终于承受不住这种坐立不安的感觉，开着车离开了家。

他十分讨厌现在的感觉，整颗心就像被悬挂在半空中，不受控制地晃荡。他完全无法考虑任何一个问题，脑海中只有林音希三个字——她在哪里，现在好不好，有没有伤心难过，是不是像他一样煎熬?

他踩紧了油门，想要将那种讨厌的感觉甩掉，没有方向，最后将车开到了福利院。

院长认识他的车，知道他是林音希的男朋友，忙上前追问："小音怎么没有上班？我打了好多电话都没有接。"说话间，旁边还站着一个智力看起来明显与正常孩子不同的小男孩，伸出脏兮兮的手在他的西装上摸了一下。江照还未反应过来，便听见那个小孩慢吞吞地问："小音老师不要我们了吗？"

那一瞬间，江照的心情很奇怪，他原本是该烦躁的、不耐烦的，可他没有，他盯着西装上那个灰白的手印，终于接受了自己完全离不开林音希这个事实，就像站在他面前的这个流着口水，脸上还有鼻涕痕迹的小男孩一样，害怕再也见不到小音老师。

就在这时，他的手机终于响了。

江亚男给江照报了一个地点，是港口的集装箱码头。

江照从未去过那个地方，开了导航，仍是走错道。江亚男估计等得不耐烦，又打了电话："江照，你是不想见到那个小贱人了吗？"

原先江照还抑制着自己，就怕他表现得太在乎反而会让她伤害林音希，这会儿他又急又气，恶狠狠地警告她：“我告诉你，林音希要是出事，我保证，我不仅会在你身上讨回来，傅见西我也不会放过。”

江亚男被他的杀气腾腾怔住，气急败坏要反击，这回，他却直接挂了电话。

他抵达集装箱码头的时候，天已经完全黑了，只剩下零星几个搬运工作蹲在角落吃饭，港口停靠着几艘船，亮着稀疏的光。

江照等了许久也没等到江亚男，打电话过去也被掐掉。过了会儿，几个搬运工人也走了，才有辆车慢吞吞从另一边驶来。江照定睛一看，车里只有江亚男一人，脸色并不好看：“人呢？”

江亚男瞧着比上一次在医院时更苍老，虽化了妆，却仍透着一丝病态，嘴唇微微抖动着：“你放心，东西给我，我自会带你去找人。”

“我怎么确定人在那里，是安全的？”

她冷哼了一声，把手机递给江照，心满意足地看到他变了脸，握紧了拳。

江亚男给江照看的是林音希的照片，她被绑着扔在一间黑漆漆的屋子里，眼睛被蒙住，嘴上也贴了胶布，看不出挣扎的痕迹，像是昏死过去了。

“你对她做了什么？”

“没什么，只是喂了一点让她听话的东西。”码头的风很大，她被灌了一口风，猛地咳嗽起来，“只要你把东西交给我，我就放了她。”

江照扔给江亚男一个文件袋，除了一些文件，还有个U盘和录音笔。江亚男拿起来翻了翻，脸上五光十色，或许她也没有想到这些文件和记录会落到江照手上。

“现在可以带我去找人了吧！”

江照看着她兀自翻东西念念叨叨，却没有要走的迹象，不禁催促：“东西都给你了……”

“谁知道你有没有备份，我怎么能保证你给我的是全部？”

江亚男话音刚落，江照已经一把揪住了她的领子，他比她高大半个头，人高马大，几乎将她拎起来：“我不打女人，你年纪也不小，我不会打你，但我说过，你别给我耍花招，林音希出了一点事，我不会放过你！”

江亚男从未见过这样凶神恶煞的江照，不知是激动，还是被风吹的，面皮怪异地抖动着，往常妆容精致，这会儿涂着口红的唇却十分可怖：“你不放过我又怎样？我告诉你，你不听我的，一辈子也别想看到林音希！”

“你到底要怎样！”江照不知道第几次问出这句话，咬牙切齿，一字一句。

“我要你江照签下协议书，将远洋所有的股份都转让给我，并且保证，以后不会接受远洋的任何任职。江麒麟欠我的，我要你江照统统还给我！”江亚男的眼中闪着精光，这并不是突发奇想，从她让人带走林音希的时候，她就没想过要善终，她要的，远不只是她贪污的证据和录音，她要的，是当年她所失去的。

江照一个恍惚，江亚男已经挣脱了他，她喘着粗气，张狂地笑着：“我的永远是我的，你以为你玩得过我吗？江照，我说了我没有输！要那个小贱人，还是要股份？你和江麒麟一样，都是多情种，就是不知道，你的多情能值多少钱！你只有一个选择，输的是你，不是我！”

江照蹙着眉，还没来得及说话，却听到一个低沉的声音：“妈，够了，你收手吧。”

江亚男的笑容瞬间凝固在脸上，像是电影里的慢动作，她回头的动作很慢，看到傅见西扶着林音希的时候，她不可置信地叫道：“不可能，你怎么可能……”

“我怎么可能知道她藏在哪里？我在你手机装了定位。还是说，我怎么可能带走她？”傅见西脸上的表情似笑非笑，又像是无奈，“世界上难道有钱办不到的事情？况且，他们知道我是谁，知道我是你儿子，要带走她，一点都不难。你老了，你必须承认。”

“我做这些为的是谁，还不是为了你！”江亚男似乎不敢相信自己的眼睛，忽然大声地嚷着，“傅见西，我为的难道不是你吗？”

“你为的是你自己，你不服输，你心中充满了仇恨，你为的是你，不是我，不要把我带上。如果你真的爱我，如果真的为了我，你早就该收手了。”

林音希从未见过傅见西发如此大的脾气，他搀着她的手不自觉地收拢，勒得她生疼。她挣了挣，却有一只手从背后伸来，牢牢地搂住了她。

天那么冷，江照却只穿了一件皱巴巴的衬衫，脸上有胡茬。林音希原先虽害怕，却始终保持着镇定，这会儿看到他担忧的眼，眼泪却忽然下来了，控制不住。

“走吧。”

林音希被江照抱在怀里，恐惧后知后觉地袭来，她从未有过一次像现在这样大声地号啕，像是要用尽自己所有的力气。

傅见西看了他们一眼，正准备离开，却忽然察觉到灯光一闪。

“小心。”

江照反应过来的时候，江亚男已经开着车朝他们冲了过来，而有个人，狠狠地将他们推开了。

江亚男看着忽然冲出来的傅见西，吓了一跳，踩刹车已经来不及了，只能快速地将方向盘打向另一个方向，车狠狠地撞上了码头的集装箱，发出刺耳的警报声。

在失去意识之际，她听见儿子的哭喊。

我没输。

她这样想。

2

那一天，林音希是听见了江亚男的话的。

她听见她疯狂的笑声和威胁：“你只有一个选择。”

她心里一惊，猛地抬起头。傅见西恰好在这时低下头来看她，眼中有莫名的深意。林音希想听到江照的回答，可又怕听到的不是自己想要的答案。

江亚男突如其来的发问，让江照有一瞬间的犹豫，也是这时，她惶恐而无措，傅见西却像是看出她心中所想，轻叹了一声，扬声叫了江亚男。

所以，她没有听到江照的答案。

在《加菲猫》的故事里，在加菲走丢后，它在主人乔恩最后在宠物店里与加菲重逢，圆满结局，皆大欢喜。加菲说："我永远不会去问乔恩，那一天为什么要走进宠物店。"

一如林音希，她永远不会去问江照，那一夜江亚男让他选择，他会选择什么。

就像武侠小说里所写，知道得越少越安全，知道得越少越不容易伤心。林音希并不聪明，但这些年一个人孤零零，已将求生法则掌握得娴熟，不会太轻易让自己陷入死局。

她不像江亚男，将自己推到一个永远无法挽回的境地。

江照言而有信，说好将她犯罪证据给她，没有食言，连备份都没有。他并不甘心就此放过江亚男，但林音希的安危显然更重要，且江亚男是什么人，没有人比他更了解，他能抓住她的把柄一次，就能抓住第二次。

但她远比江照想象的贪婪。

好在，林音希及时被傅见西救出。

江照以为她会就此收手，却没想到她会突然失控，那车速简直是要置他们于之死地。他更没想到的是，在最关键的时候，傅见西会突然推开他们。

在不久前，他们还互相要挟，一个拿着身份证明，一个拿着犯罪证据，那些年的情分几乎被撕裂。但第一时间察觉江亚男异常的傅见西还是推开了江照和林音希，速度又果断，是下意识的反应。就连开着车的江亚男也想不到，他会突然挡在江照与林音希面前，来不及刹车，只能猛地转动方向盘，车才会朝集装箱撞去。

那一刻，江亚男不是心狠手辣、诡计多端的绑架犯，也不是叱咤商场、手腕强硬的女强人，她只是一个母亲，像林萍一样，无论多么恨铁不成钢，与自己儿女多么疏远，在危险降临的那一刻，也会下意识地保护孩子，那是母亲的本能。

林音希还未从这场混乱中缓过来，她看着傅见西边朝江亚男跑去边歇斯底里地吼："快报警，快叫救护车，快啊！救救她，救救我妈……"

她拿着江照的手机哆哆嗦嗦地打电话，看着江照和傅见西一起将江亚男从翻了的车里拖出来，不知怎么的，忽然想起了自己的母亲。

那时候，她是不是也是意识到危险，所以才会那样拼了命地将自己推出去？

她再十恶不赦，终究还是自己的母亲呀。

江亚男几近疯狂地想要报复江照与林音希，最后虽没有赔上自己的性命，却只能一辈子躺在疗养院，依靠呼吸机，直到生命迹象完全消失。在半个月内进行三次手术后，江亚男被宣布脑死亡。

余生在病床上度过，没有任何自主意识，这远比在监狱里服刑来得可怕。

江照最后并未将犯罪证据递交警局，或许是因为傅见西救了他，或许是因为江麒麟的电话，或许为了远洋的名誉，更或许只是看着江亚男躺在病床上，可怜又可悲。他把所有的东西都装在文件袋里，交给了傅见西。

他面对傅见西，还是有一瞬间的尴尬，无法像从前那般坦然。

"阿照，你永远会是江照，你的事情，我从来没有告诉过别人，一个也没有。你放心，那将会是永远的秘密。"

江照知道，从一开始就知道，他没有向江亚男吐露半个字，否则事情会比现在复杂百倍。

傅见西坐在医院花园的长椅上，手撑在膝盖上，脸埋在掌心里，看起来十分疲惫。

江照想起念书那会儿，有一次，他又迷路了，又忘记带手机，时间太晚，他一时记不得傅见西的电话，便找了个酒店过了一夜。清晨他准备找代驾送自己回学校，却意外地遇见了傅见西，傅见西当时便是以这样一个姿势坐在长椅上。

“你怎么在这里？”

他听到声音，猛地抬起头，很是惊喜：“你一夜没归，电话也打不通，我怕你出事。”江照那一刻是有些感动的，但少年莫名其妙的骄傲在这时发作：“有什么好担心的，我又不是女孩子，搞得和偶像剧一样，太恶心了。”

傅见西不以为然：“你是我弟弟啊。”

江照嗤之以鼻：“你只比我大一岁，别想我叫你哥。”

“没关系，反正你就是我弟。”

多年前的话蓦地在脑海里回响，江照看着颓靡的傅见西，想要说些什么，却终是什么都没说，拍了拍他的肩膀，走了。

江照回了家，发现客厅里空无一人，只有厨房还亮着灯。他脱了鞋，边往厨房走边假装不经意道：“林音希，我刚刚经过花店，有个女孩死活要我买花，我觉得还挺漂亮，扔了可惜，给你吧。”

结果，没人给他回应，他还在想自己是不是说得太随意，她不开心了，结果拉开厨房的门，厨房里空无一人，电炖盅还是咕噜咕噜地工作着。

江照将手中的花放下，找了一圈，连阁楼的储物间都找了，也不见林音希的人。他刚打开客房的衣柜，发现她的衣服也不见了，手机刚好响起，果然是那个不告而别的没心没肺的女人。

“喂……”

“阿照，你回来了吗？厨房里有汤，你记得喝。”

“你人呢？”

林音希被他严肃的语气吓了一跳：“我回家了呀，昨天晚上不是和你说了吗？你当时说好来着，所以我今天就回家了，你忙，我就自己坐车，也没让你送。”

江照把那束娇艳欲滴的玫瑰花扔在了沙发上，那是他路过花店买的，但并没有小女孩央求他买，只是看到一对情侣，女孩子撒娇着同男孩要花，他看着那个年轻的女孩，想着林音希好像没有同他撒过娇，花倒是给她买过，不过当时是为了作弄她，鬼使神差地就买了一束，迫不及待想要看到她的表情，谁知回到家，人去楼空。

江照将花挪了挪，眼不见为净，他怎么也想不起，林音希什么时候告诉自己要回家。

那边在他的质问下顿了顿，过了半晌才道："昨晚，你下班回来后，我和你说，你还说好呢！"

哦，江照想起来了。

江亚男出事后，江麒麟安排了一名心腹接手江亚男的工作，同时远洋也必须进行一次大换血，所以连日来江照基本都是在公司加班，有时候忙起来，连家也顾不得回。昨晚他应酬完，破天荒的早，回到家林音希正背对着他在沙发上嘀嘀咕咕摆弄些什么东西，他凑近一看，才发现她捏着两块不知道是什么的布料，一见到他便尖叫着藏起来，十分可疑。

"你拿的是什么东西？"

"李星送我的。"

"我看看。"

"不要。"

江照原本只是随口一问，被拒绝后反倒勾起了好奇心，伸手去掏她藏在背后的东西。林音希躲，两人就在沙发上打闹起来。江照力气大，又喝了酒，林音希眼见李星送的内衣被抢走了，整个人朝江照扑了过去，压在了他身上。

江照看着坐在自己身上的林音希，声音暗哑："你起来。"

林音希不明所以，下一秒，江照反守为攻，两人调换了位置。林音希还未反应过来，江照已经吻了下来，带着酒精的味道。林音希还惦记着被他拿在手里的内衣，在大脑里不停地叫着自己要清醒，不要被男色蛊惑，明明被他吻得昏天暗地，还不忘自己的目的，伸手去夺被他抢走的内衣，又迅速将他推开江照看着她得意地拿着东西冲向房间，非常恼怒。

林音希还在得意扬扬：“被我抢过来了。”

“你出来。”

“不。”

两人隔着门板对峙着，江照又好气又好笑，干脆守在了门边。因为喝了酒，连日来工作量又大，他迷迷糊糊坐在地板上昏昏欲睡。林音希见外面没动静，忙打开门，叫他去床上睡也叫不动，只好像拖着麻袋一样将他往床上搬，嘴里还嘟嘟囔囔：“喝那么多酒干吗，臭烘烘的，还好我力气大，不然都搬不动你。”

江照并未完全睡着，只是实在累，任由她折腾自己，听着她边帮自己擦脸边絮絮叨叨，说的什么他也记不清，只记得她的动作很轻柔，声音也很轻，估计在那个时候，她说什么都他都会答应。

这个林音希，真是越来越狡猾了，一定是被李星教坏了。

3

与此同时，正在吃饭的李星狠狠地打了个喷嚏。

林音希迅速地将面前的餐盘移位，避免被李星的口水喷到。李星一脸受伤，泫然欲泣：“林音希同学，你做什么？我有用纸巾挡住啊，你这样嫌弃我真的好吗？你去陪别人睡了一个多月又回来找我我都没有生气，现在我不过打了个喷嚏，你就这么嫌弃我。”

林音希理都没理会：“还记得规矩吧，吃得慢的人洗碗。”

林音希的餐盘都要空了，李星盘里还有大半盘的面，她愤愤地表示不甘：“凭什么，吃得慢是我的错吗？”

“你不是吃得慢，你是顾着说话不吃饭，还有，饭是我做的，你有什么资格反对？”

她刚说完，就发现李星盯着她，眼里充满了不可置信，她还没来得及防备，李星已经演起来了：“你不是林音希，你不是我们善良可爱的小音，你一定是被江魔头下了蛊，才会变得这么狠心。你以前都是给我做好饭，就差喂我了，没想到才过了多久，有了男人，就叫我洗碗了。你走吧，你回你江魔头那里吧，我不要你了。”

“不，我要回来折磨你。”林音希打破她的幻想。

李星暗自窃喜，她是个喜欢热闹的人，又怕黑，林音希搬去和江照一起住，她可失眠了好几个晚上，同时她又有些忧愁：“可是啊，江照是个热馍馍，好多人觊觎着，你不好好看着行吗？要不这样，你一三五陪他住，二四六陪我，周日就给你自己选择，当然我更是希望你多珍惜我们的友谊。”

林音希伸手挡开李星突然凑近的脸：“你当我上班啊，还采用轮班制，又不给我发工资。快点吃，我要洗碗了。”

听见不用洗碗，李星加快了吃饭的速度，嘴巴一忙起来，也就没空自作主张对林音希的归属权进行分配。

李星希望林音希和江照一起住，主要是希望两人感情可以稳定一些，毕竟她是江照的秘书，江照生活幸福与否与她的工作息息相关。况且虽然江照自负、骄傲又没人性，但他有一个好身家和一副好皮囊，多少女人盯着，林音希却这么不以为然。

“朱门酒肉臭，路有冻死骨。”李星吃完最后一口面，愤愤地评价林音希的行为。

林音希一头黑线：“虽然我知道你是理科生，但也不能滥用古诗词呀。”

如果江照知道李星的想法，一定会给她加薪放假。

因为自林音希搬回树园后，江照便觉得生活水深火热，不仅每日回家都是冷冷清清，有时候好几天，都见不到林音希一面——她忙。

由俭入奢易，由奢入俭难，江照这会儿才深刻地明白这个道理。

虽然福利院只是代课工作，但院长不止一次希望林音希能够留下来，孩子们都喜欢她。林音希心动了，毕竟与孩子打交道，远比和大人相处要简单得多。她动了心，当然要付诸行动，每日除了上课外还要学习——她买了一堆资料，要考教师资格证，表示要对孩子们负责。

“地方太远了，要不你换份工作？”

“我很喜欢这份工作。”

江照不免觉得委屈：“工作这么偏远，每次接送你都要开很久的车。而且你一忙起来，我有时候连你的面都见不到，而且一个月的工资也没多少，还不如直接辞了。”远洋大动荡，江亚男留下的毒牙还没有完全拔尽，江照的精力也有限，林音希拒绝他每日接送，自从不住星海汇后，两人碰面机会十分有限。

“江先生，你这样说就不对了，工资比起你的肯定少，但是也足够我日常花销。你这话里带有歧视哦。”

“没有歧视，我只是希望可以吃你做的饭。”

果然，林音希沉默了。

江照见状，再接再厉：“要不你搬过来和我一起住，这样就可以每天给我做饭了，除了你做的饭，我别的都吃不下。”江照说完，连自己都觉得恶寒。

没想到林音希竟然面不改色：“我可不是你的保姆，江先生。你和我一起住，难道就是为了让我给你做饭吗？悠山郡每日都有给你送饭，你也有钟点工阿姨，江先生你这样说，他们知道会很伤心的。”

江照无法反驳，第一回合，江照败。

又过了两日，深夜，林音希接到江照的电话，他的声音很虚弱，有气无力，她吓了一大跳，穿着家居服和拖鞋便下楼打车赶往星海汇。

进了门，她发现屋子里一片漆黑，暖气也没开，阴森森的。林音希进了江照房间，发现他在床上缩成一团，一动不动。她扯了扯被子，江照才从里面露出头，头上还贴着退烧贴。

“你怎么了？”

“好像发烧了，不舒服。”

林音希伸手要往他头上探，他却摇摇头：“你不要离我太近。”说着从腋下拿出温度计，林音希不看还好，一看吓一跳：39.8！她忙将他从被窝里扒拉出来：“你这样不行，要去看医生。”

“我吃点药就好了。”

江照吃了药，林音希不放心，又给他煲了可乐姜茶，见他老老实实躺着，知道他还没吃晚餐，忙去厨房给他煮粥。

江照在床上躺着，听着林音希在厨房忙碌，小得意之余又有些心痒难耐，便蹑手蹑脚朝厨房走去。她正低头切菜，头发松散地绑着，随着她的动作有几缕不听话地垂到了额前。

江照走过去，轻轻地从背后环抱住她：“有你在真好，不然我生病了，都不知道怎么办。如果你能够搬来和我一起住就好了。”

但林音希并没有像偶像剧里演的一样，温柔地靠在他怀里，而是转头对他怒视，手中的刀并没放下：“江先生，你不是生病了吗？不是发烧40度了吗？为什么身上这么凉？”

“这不是吃了药，又贴了退烧贴吗？降温了。”江照闪烁其词，“也可能看到你，一下子就好了。”

“是压根就没发烧还是根本没生病？”林音希说，“你老实回答。”

“有区别吗？”

“呵呵，江照，你当我傻吗？你自己老实交代，是谁教你的？”

江照一定不会承认，自己在李星的忽悠下看了几集八点档连续剧，他咬紧牙关，将所有责任推到李星身上：“你的好闺密好室友、我的秘书支的着儿，说我装病一定可以博取同情。”

林音希不说话，只是斜眼看他。

第二回合，江照败。

4

林音希知道，江照一直在想方设法让自己搬过去与他一起住。

她不是不心动。

与他住在一起，每天早晨一起吃早餐，一起上下班，一起吃饭，再一起看星星看月亮，像童话一样圆满，光是这样想，她都要从睡梦中笑醒。

她不是不希望。

只是每每想到那一天江亚男逼问江照时，他那一秒的犹豫，林音希便觉得惶恐。

他们的关系，从来都是她在维系。

江照喜欢她，她可以确定，但这份喜欢可以维持多久，她并不确定。人很贪心，林音希也不例外。最开始她只是想守护他，后来喜欢上他，便也希望他能够喜欢自己，再后来，想要的越来越多，她希望能够永远与他在一起。

但，这可能吗？

林音希不敢与江照靠得太近，不敢让自己沉溺在江照的温柔里，她怕自己越陷越深，无法自拔。所以，她只能一次次忽视江照的期许。

两个回合江照都败阵后，接连几天，他又尝试了装可怜、死缠烂打等招数，但皆被林音希一一化解。好几天，林音希都找了借口不与江照碰面，因为看到他一脸萎靡，她害怕自己会忍不住心软，忍不住答应他任何要求。

毕竟，她的心里也同样怀着渴望。

周末，江照甚至提出了出海散心，又一次被林音希毫不留情地拒绝。

“林音希，你这样不好吧，总是拒绝你男朋友的要求。”

“我是真的有事。”

“有什么事比陪男朋友重要？我可是加了一个月的班，你连陪我出个海都不行？”江照声音疲倦，听起来可怜兮兮。

“就是因为你加了一个月的班，所以我才拒绝呀，要不下周，下周我就陪你一起。这周我有事。”林音希生怕江照再追问，火急火燎挂了电话，打了个车前往市郊疗养院。

江亚男三天前从医院搬到了疗养院，但林音希并非去探望她。虽然她出了事，成了植物人，很多事情都成了永远的谜，找不到答案，但她确确实实是指使林萍的凶手，三番两次要伤害林音希，即便现在她已经躺在病床上，不免令人同情唏嘘，但林音希永远不可能原谅她，更别提探望二字。

她去疗养院，是要找傅见西。

傅见西救了她好几次，最后一次，还是关于生命安全，她十分感激。但江亚男出了这样的事情，她知道他肯定忙碌，所以之前一直没有给他打电话表示感谢，隔了一个月才给他电话，没想到，他仍旧在疗养院。

即便他推辞，林音希仍旧觉得，自己应该当面表示感谢。

她在疗养院的小花园看见了傅见西，冬天已经很深了，南泽没下雪，寒风凛冽，他仅穿了件深蓝色的风衣，在风中看起来十分单薄，见到她，眼中却没有怨怼，仍是笑。

“好久不见。”

明明来时有很多话要说，在脑海里已经练习了无数遍，面对傅见西的时候，她却什么也说不出，翻来覆去只有那几个字：“谢谢你。”

“不是因为你，那个时候，无论是谁我都会冲过去。”

“谢谢你。”

“如果你们出事，她……肯定也要坐牢，虽然不知道事情会朝这个方向发展，但我没有后悔。”

林音希仍是道："谢谢你。"

傅见西终于露出了这些天来少有的笑容，无奈道："我真的不知道该说什么好了。如果真的想感谢我的'救命之恩'，那就请我吃饭吧。我今天好像还没吃东西。"自始至终，傅见西都没有提江亚男。

还人情远比欠人恩情要快乐，即便这份情一时半会儿可能还不完，但能还一点是一点，所以听到傅见西没吃饭，林音希眼睛都亮了："好啊好啊，去吃饭吧。你想吃什么？"

"饕客。"

"饕客。"

两人异口同声，相视一笑。

林音希觉得自己最近有点得意忘形，一时半会儿竟忘记饕客是江照的根据地，上了傅见西的车，收到江照的信息才想起，可傅见西的车已经开到了半路，她再反悔似乎不好。

她同江照说了自己今天有事，却没告诉他自己是要请傅见西吃饭。要是被他知道，自己拒绝他和傅见西一起，估计好几天会给自己脸色看，所以最后林音希撒了谎，她抱着一丝侥幸：南泽这么大，虽然她去饕客，但江照又不是每天蹲守在那里，应该不会遇到他。

但墨菲定律说了，越是害怕某件事情发生，它越是会发生。

所以当林音希和傅见西一起走进饕客，撞见正在与老郭寒暄的江照时，她心如死灰，恨不得挖个坑把自己埋起来。

但老郭显然不会看脸色，一见到傅见西，挺开心的："哟，江先生死活要我请客，说是一个人孤零零，我刚答应了你们就来了，肯定是说好要来坑我老郭。"江照没说话，站在老郭身后似笑非笑，被老郭庞大的身躯挡住了大半个身子。

傅见西不知是看不懂林音希脸上的惨淡还是故意要看好戏，直接说："并没有，小音请我吃饭，我没想到会在这里遇到阿照。”

他话音一落，江照的表情看似没什么变化，手却一下一下地敲着旁边的小木椅，看得林音希毛骨悚然，十分狗腿地对江照笑：“一起吃饭一起吃饭，阿照也一起。”

“林音希你请客对吧，那肯定要给面子。”他是笑着的，可她明明在他眼中看见了警告。

于是原本两人吃饭，变成了三人行，江照毫不客气地点餐，听得林音希胆惊心战，还好今天带了信用卡，不然还不知道怎么办。好在老郭及时阻止：“才三人，点这么多菜哪里吃得完，别浪费了。”他大手一挥，直接删掉了大半的菜，林音希终于松了一口气。

但那口气仅松了一半，吃饭时又被提了起来。

江照不是那种喜欢在公众场合你侬我侬、卿卿我我的人，这天却不知怎么的，上了桌，一个劲给林音希夹菜，将她的碗堆得满满的，见她不吃，又给她夹了鱼眼睛：“你怎么不吃？来，鱼眼睛给你。”

林音希在江照诡异的笑容里对上那白色的小珠子，吃也不是，不吃也不是，求助似的望向傅见西。他却低头喝汤，似乎没看到。她的动作被江照一览无遗，他的声音越发温柔：“怎么，喂到嘴边都不吃？”林音希明明听出了威胁的意味，只得一口将那鱼眼睛囫囵吞下，不知其味。

如果给林音希重来的机会，打死她也不会来这饕客吃饭。

一餐饭就在江照的投喂和林音希的埋头苦吃中结束了，江照与傅见西全程都没有太多的交流，只是平常的寒暄，越是如此，越让林音希觉得不自在。

好不容易吃完了饭，三人一起离开，林音希却又犯愁了——她该坐谁的车回去?

她与傅见西一起来，但江照是她的男朋友，坐他的车也理所当然。看他磨刀霍霍的模样，林音希走得越发慢了，期盼着傅见西能够救自己。可这一次，傅见西没有，在路口便与他们告别：“我还有事，就不送你们了。”

江照点点头，正要出声，却像是被什么定住了身子，一动不动。

“你怎么了？”林音希问。

傅见西顺着他的目光望去，也愣住了。

“陆佳尔。”

林音希听见傅见西小声地念出这三个字，她浑身一震，猛地抬头，便看见了那个女孩，恰好对上对方深不见底的眸。

只是这么一眼，有种无声的默契便在她们之间流动。

林音希知道陆佳尔是谁，陆佳尔亦知道她是谁。

5

陆佳尔。

这三个字，林音希并非第一次听见。

几年前，江照回国，她的耳边又开始频繁地听见关于他的一切，当时，江照时常伴随着陆佳尔三字。林音希不知道他们有过怎样的过去，却知道江照可以为了她放弃所有的一切，要去乡村支教，若不是后来她负了他，或许现在他们还会在一起。江照与陆佳尔分手后回国，却仍旧消沉了许久，颓靡，买醉，毕竟那是他的初恋，他第一个掏心掏肺爱过的人。

林音希第一次出现在江照面前，便是他为陆佳尔失魂落魄的时候。

那时候，她还没有爱上他，所以不觉得难过，只觉得辜负他的人有些薄情，他那么喜欢那人，为什么那人要伤害他？

但现在，她爱上了他，他成了她的男朋友，再提起陆佳尔，她的心境与从前大不相同。林音希刻意忽略这个人的存在，掩耳盗铃，不想知道从前她与江照有过怎样的曾经，不想知道，他曾经有多么爱着她。

林音希给自己催眠那是过去，每个人都有曾经，但当陆佳尔忽然出现，带走了江照的目光时，林音希还是觉得难过，无法自控地揣测江照是不是还爱着她，会不会走上前去抱住她。

但江照没有，他只是远远地看着她，没有走近，英俊的脸上没有任何表情。

饶是如此，林音希的心还是提了起来。

因为，陆佳尔实在是漂亮啊。

或许是不适应南泽阴冷的冬天，她穿了一件很长很长的黑色羽绒服，几乎要将她整个人都罩起来，那样不好看的臃肿的衣服，穿在她身上却不显得累赘。她的头发很长，被风吹得凌乱，但一点都不让她显得狼狈，反而有种随性的美。

她望向他们这个方向，北风呼啸，将广告牌吹得“啪啪”响，但这几个人好像被定格了一样。林音希不知道自己在紧张什么，她想拉着江照跑掉，飞快地离开这里，离这个叫陆佳尔的女人远一些。

“阿照。”这并不是林音希的声音。

林音希看见她朝他们走来，并没有走人行道，车来车往，她似乎一点也没有顾忌，也没有害怕，汽笛声也没有逼退她的脚步，她慢慢地朝他们走来。

林音希突然伸出手抓住了江照，但他的目光还留在陆佳尔身上，眉头紧锁，不知道为什么不悦。

就在陆佳尔离他们还有五米距离的时候，林音希忽然蹲下了身子，微弱的呻吟声引起了所有人的注意。

江照像是才被拉回神，忙问：“你怎么了？”

“我肚子疼。”林音希整个人蜷成一团，痛苦地咬着唇，“不知道为什么，突然疼起来了。”

江照见状，也不多话，直接将林音希抱起来，放到了车的后座：“我送你去医院。”他与傅见西挥手说再见，发动引擎的时候，林音希看见他目光落在后视镜里，停顿了一下，只是一下。

她抱着抱枕半躺在后座，车子从陆佳尔身边开过的时候，她看见对方扯出一个若有若无的嘲讽的笑，对方一定以为她是假装的。江照将车开得飞快，林音希心里七上八下，不知道他是不是也像陆佳尔一样，觉得她是故意的，要将她带走。

她好几次想问，但疼痛让她无法开口。事实上，林音希没有撒谎，她是真的肚子疼。

小时候考试前，她总会莫名其妙地肚子疼，演讲比赛前，也经常疼得直不起身子。后来看了医生，才知是情绪过度紧张而引起的肠胃炎，果然到了医院，医生做了检查，直接问她："你是经常性这样吗？"

林音希半躺着，医生按压的地方钻心地疼，她看了江照一眼，对方眉眼中带着焦虑。林音希犹豫了一下，还是说："偶尔会，经常是在考试前和面试前，很久没有发作了。"

"情绪性肠胃炎，精神焦虑、紧张都容易引起，打针休息一下就好了，不过千万不要再绷着神经了，放松一些。"

医生话音刚落，江照就轻飘飘地看了林音希一眼，她又窘迫又难堪，害怕江照在这一刻说出陆佳尔的名字，可又希望他能够提一提。

带着这样矛盾的心情，林音希紧紧地抓着江照的手，慢慢地睡着了。

江照已经很久没有想起陆佳尔这个名字，和陆佳尔这个人。

她是他的初恋，是他难堪的不可磨灭的过去。最初的时候，江照恨过她，但随着时间的推移，这种恨意慢慢地淡化，连同陆佳尔这个人，也变成了一个模糊的印迹。

但她的出现，的确触动了他，说不出是什么感觉，就好像过去又一次蹚过时间的河，完整地呈现。

是林音希突如其来的病痛，将他从回忆中拉到了现实。

要用什么态度来面对陆佳尔，江照暂时还想不到，或许那只是一场不小心的遇见，两个人打了个照面，又恢复各自的生活，再无交集。

但墨非定律说了，任何事情只要有变化的可能，无论概率多小，它总会发生。

江照第二天上班，刚到办公室，便发现秘书的脸色并不好看，像是便秘了许多天得不到舒缓。他没理会，却听到李星冷冰冰道："江先生，有访客。"这语气不像是便秘，倒像是更年期提前二十年。

"什么访客，这么早？有预约吗？"

"没有，江先生，她说是您的老朋友。"碍于江魔头是自己的Boss，李星敢怒不敢言，但看江照的眼神已经像在看着负心汉，带着赤裸裸的鄙夷，那么漂亮的女孩子，那么暧昧的语气，肯定不只是老朋友那么简单，一定是老情人。

江照愣了愣，正准备说不见，陆佳尔却不知从哪里冒出来，喊了一声他的名字："阿照。"

办公室人多口杂，已经有无数道目光看似不经意，实在八卦地朝这个方向投来。他冷冷望去，大家又埋头专注于工作。

时隔四年，陆佳尔还是和从前没什么变化，他知道现在让她走，她还是会来，与其这样，还不如大大方方地坐下来谈一谈。

"你想怎么样？"江照轻轻将杯子放在了桌上，声音并听不出情绪。

"我没想怎样，只是想来看看你。"陆佳尔将长发挽到耳后，"来到你的城市，就想见见你。原本打算不打扰，但没想到昨天在街上也能和你偶遇，所以不想再克制，我想你，所以直接来找你。"

江照忽然觉得好笑："找我，找我做什么？你想要什么？"那一年，她刻意接近他，他爱她爱得无法自拔，甚至想放弃一切和她去乡村支教，后来才知道，他只是一个跳板，她和他在一起，不过是为了过上更好的生活而已。当时江北和他说的时候，他还不信，被带去偷听大姐与陆佳尔的谈话，听她一字一句说："给钱，我就离开江照。"那一刻，他挺恨她的。现在他不恨了，听到她说想他，像是听到一个笑话。

陆佳尔闻言，脸色蓦地一黯，欲言又止，像是挣扎了许久，才说："阿照，我不知道你信不信，但我还是要说，那时候，我是迫不得已的。我弟弟……我有个弟弟在国内你知道吧，他生病了，你姑姑说，只要我去找你，毁了你，她愿意帮我弟弟治病。所以，当时我的目的不是钱，而是……让你崩溃。"她的头深深地垂了下去，"对不起，阿照。"

那些过去，就这样被忽然掀开，江照先是一愣，随即一股不知名的愤怒自心底升腾而上，不知是因为陆佳尔，还是江亚男。

她的沉默

第九章

Chapter 9

1

“她现在躺在疗养院里，不会说话，也不能动了，你知道吗？”江照盯着她，没有错过她脸上的一丝表情。

“怎么可能？”陆佳尔的错愕不似作假，震惊中碰翻了水杯也毫无知觉，直到水顺着桌布滴到了手背，她才手忙脚乱去擦。

江照看着陆佳尔的忙乱，无动于衷，那杯打翻了的水，一瞬间就浇熄了他心头的火，几乎只是一瞬，这怒气就被压了下去。

无论是真相，还是她编造出来的谎言，这些都已经是过去了，与现在的他再无关系。

“阿照，你相信我吗？”

他听见她急切地问。

“相信不相信有什么关系吗？事情已经过去了那么久，再提起也没有什么意义，我们总要开始新的生活。”

陆佳尔眼中的光，似乎就在这一刻，忽地熄灭。她那点儿骄傲，也随之烟消云散，整个人变得萎靡颓废。咖啡厅里明明开了暖气，她却缩成一团，似乎很冷。

“对你来说没有关系，对我来说，你相信我与否，却是很重要，非常的重要。”

江照正想说话，手机却在这时响了，是林音希。

江照看了一眼陆佳尔，朝她点了点头，起身走到窗口处，按下接听：“喂——”

“阿照，你在做什么现在？”

江照被这么一问，未免显得心虚。林音希基本从不查勤，而且这会儿他正与陆佳尔一起，他一下子竟不知道如何应答，更不知自己为什么会对她撒谎，等他反应过来时，话已经出口了。

“我在陪客户吃饭。”

江照的声音从话筒那边传来，低沉平静，林音希远远地看着他临窗而立，因背对着她，她无法窥视他说出这句话的时候，脸上是什么表情。

林音希是在半个小时前接到李星的电话的，她今天不用上班，听到李星约她喝咖啡时还很诧异：“你不是在上班吗？怎么约我喝咖啡？”

李星说话吞吞吐吐的：“啊呀，就在我公司楼下，我翘班一会儿而已，也没有什么关系，反正江魔头也不在。”说到“江魔头”三个字，李星咬牙切齿的。林音希还以为她又被江照压迫受了委屈，反正在家里也没什么事，便买了芝士蛋糕来到远洋附近的咖啡店。

李星她倒是没看到，江照却正和人谈笑风生，那人还很面熟，前一日刚见过——江照漂亮的初恋前女友陆佳尔。

她不是傻子，很快就想明白，李星若是直接叫她来“抓奸”，她肯定不会小气巴巴地过来，李星信手拈来撒了谎，她毫无防备，直面自己的男友正与人幽会，鬼使神差打电话，心里还抱着一点希望，结果听见他撒谎说正在和客户吃饭。

林音希没有冲上前去对峙，她做不来这样的事，只是慢吞吞地离开咖啡店，顺便给李星打了电话：“我临时有点事，就不过去了。”李星听起来有些愤愤不平，但又不知道想到了什么，嘟囔了一句“不来也好”，不禁令林音希失笑，那样毫无心机的人，却偏生待在秘书这样巧言令色的职位。

江照挂了林音希的电话，又回到座位，毫无察觉在一分钟前她在这咖啡厅里出现过。

陆佳尔搅拌着糖罐里的糖，将它们搅得一团狼藉，如同她此时一般萎靡。江照埋了单，说自己还有事要忙，陆佳尔却说自己还要坐一会儿。

他刚走了两步，便听到她在身后叫自己的名字。

“阿照。”这样优柔寡断的她，毫无当年离开他时的决绝和坚韧，她问他，“我们是不是真的不可能了呢？”

江照没有说话，用一个坚决的背影代替自己的回答。

他原以为，陆佳尔会就此消失，毕竟她和他是那么相像，骄傲而自我。所以接连好几天没有再看到她，他便真的将她当成了一场太阳雨，蓦地降临，很快消失。但她已经很难撼动江照的心绪，因为他不爱她了。

只有林音希能够让他心慌。

他对林音希隐瞒陆佳尔，并非想要暗度陈仓，只是不想她成为他们之间的困扰。

陆佳尔是过去，林音希才是他的未来。他不能够改变过去，也不会否认它的存在，但他最在乎且唯一在乎的，只有未来。

当然这些，江照不会对林音希说出口，他只是敏感地察觉到她的心不在焉。

他们依旧每天见面，依旧会一起吃饭和看电影，林音希仍旧与他谈笑风生，却总是偷偷地打量着他，在他发现之际，却装成什么都没有发生过。

“你看我做什么？”

“我没有。”

“可我总觉得你在盯着我，后脑勺毛毛的。”

林音希摇头：“我没有，你是做了什么对不起我的亏心事吗？”

江照看着她圆溜溜的黑眼珠，她是笑着的，可江照被她盯着总觉得毛骨悚然，但他绝对不承认有做过什么对不起她的事，所以坚决地摇头。

结果，不到半个小时，他就被人赃并获。

彼时他正下班，接了林音希正往回家的路上，冬天天黑得早，七点刚过，夜色浓稠，像一团化开了的墨。江照仍未放弃将林音希骗回家住的想法，随口说起有人送了新鲜的海鲜在家，他又不会做饭，生怕浪费。

一人拥有好几辆车，挥金如土的江先生竟然也会怕浪费，倒是林音希觉得冬天难以吃到新鲜海产，生怕被江照糟蹋，见他将车往星海汇开也没有阻拦。

这一路上，江照眼皮直跳，果然，刚进了大门，将车停进车库，刚刚走到公寓门口，一个熟悉的身影就映入眼帘。

陆佳尔。

江照下意识转头看林音希。

而林音希微微蹙眉看着陆佳尔。

2

天气那么冷，陆佳尔就坐在公寓门口冰凉的台阶上，眼神迷茫地看看江照，又看看林音希。

这些天来，江照一次也没有对林音希说起陆佳尔，宛若她从来不存在。林音希等了一天又一天，可他一次也没有提及。

江照或许是察觉到她的情绪，忽然抓住了她的手臂：“你听我说。”

林音希并没有想走，她盯着江照抓着自己的手，忽然觉得好笑：“我听着，我没有要跑，你想要说什么就说。是要说为什么你和陆佳尔吃饭，却骗我说在应酬，还是说为什么她现在会坐在这里？”

“我不知道……”

“你不知道她会在这里，我相信，因为你不是那么蠢的人，那么你想和我说说撒谎这件事吗？”

这样的林音希是江照所陌生的，她平静而冷漠。

原先还坐在地上的陆佳尔，听到声音似乎才发现他们的存在，喊了一声“阿照”便朝他们走来，她带着一身浓烈的酒气直直地朝江照扑来。江照没有防备，被抱了个满怀。也就是在这个时候，林音希挣开他的手，稍稍站开了一点距离，冷眼看着。

陆佳尔喝酒了，也不知道喝了多少酒，原先坐着还看不出，这会儿站起来，竟是摇摇晃晃。她抱着江照僵硬的身体，脸埋在他的胸膛里。江照推了推，没推开，只好看着林音希：“你帮帮忙。”

林音希无动于衷，陆佳尔却在这个时候，忽然号啕出声。

“阿照，不要离开我……

“我知道从前是我的错，可是那个时候我也没有办法啊，弟弟生病，她给我钱，我不那么做，我弟弟怎么办，他还那么小……

“离开你之后，我没有一天睡得好，我没有一天不在后悔。我总会想起我们在澳洲的一切，一起学习，一起去农庄，一起过节，开车去很远很远的地方看烟花。你在郊区迷了路却又死要面子不肯说，我们在那里兜来兜去绕了三个小时。我其实知道你开错了，可我不在乎，我更希望那条路长一点，你不要那么快找到回家的路……

“我不想回来打扰你，可是我没有一天不想你，过了这么多年，我还是想你。原本我只是想来南泽看一看，可来了，我就想见见你。我知道我没什么脸面出现在你面前，所以只是偷偷地看着你。谁知道，那天我们就那么遇见了，我觉得这是老天给我的机会……阿照，我们真的不能在一起吗？我们不能够重新开始吗？”

喝醉了的人絮絮叨叨地讲着，手却丝毫不放松。江照被抱着，推开她的手越来越无力，也不知道她哪里来那么大的力气，他被箍得骨头都在发疼。他是可以推开她，但也一定会伤害到她。

虽然他恨过她，但他也爱过她，他无法对着她恶言相向，更不愿意伤害她，只能求助地看向林音希。

她却说：“喝酒的人吹了风很容易感冒。”

不只是江照，就连林音希都被陆佳尔的哭诉所触动。

江照在林音希生命中缺席的那些时光，都是陆佳尔在陪伴，他爱她，她也爱他，他们一开始就是相互吸引，彼此相爱的，她的离开让他颓靡了很长一段时光。不像林音希，江照最开始是那么那么的讨厌她，是她一遍又一遍地出现，他无可奈何才接受她的存在。

林音希不想承认，可她是嫉妒着陆佳尔的。

即便这会儿江照已经挣开了八爪鱼一样的陆佳尔，单手抓着她，急切要和她解释，她仍旧觉得，她是嫉妒陆佳尔的。

林音希嫉妒这个坐在别人男朋友门口哭，随随便便地抱着别人男朋友的女孩子，她连喝醉酒哭起来都那么漂亮，她连哭诉的声音都那么好听。

林音希觉得自己应该做的事情是将她从江照身边拎走，直接丢出去，可林音希听着她一遍遍讲他们的从前，一时间觉得自己才像个入侵者，破坏了她和江照，不免有些心虚，又有些委屈。

天又冷，陆佳尔今天没有穿那件长长的羽绒服，被风吹得瑟瑟发抖，江照问了好几次，也没问出她住在哪里，将一个喝醉的女孩子丢在小区楼下实在是不理智的行为，特别是前阵子星海汇出了两个别有用心的保安后。

“带她上楼吧。”她说。

“送她去酒店。”他说。

林音希踟蹰着开口，便听到江照的声音，随即被他狠狠地瞪了一眼：“你当我是什么人？”林音希撇撇嘴，看着他虚扶着陆佳尔，有些开心，又忍不住想，如果自己不在，他会怎么做，像现在这般正人君子，还是和陆佳尔破镜重圆？

林音希走在江照身后，看他一边应付陆佳尔，一边时不时回头瞪自己，忽然觉得悲戚，看，前女友才出现，刚刚还对自己轻声细语的人已经开始横眉冷对了。她又走了几步，已经脑补出江照和陆佳尔结婚时的模样，自己孤零零地站在一边，看着他亲吻新娘。

陆佳尔，你哭什么哭，长得那么漂亮，抱着别人的男朋友，你还有什么资格哭？我是正牌女友，我还没哭了，你有什么资格哭？

林音希的心思百转千回，江照可不知道，他应付喝醉的陆佳尔都要崩溃发狂，林音希看着他被缠着也没想帮忙帮他脱身，自始至终都用“你这个负心汉”的眼神对他进行凌迟，他简直要疯掉了。

别人看到男朋友的前女友出现，都是不顾一切捍卫自己的主权，她倒好，事不关己高高挂起的样子，似乎还有拱手让人的意思。他这边刚要松开陆佳尔，她就像八爪鱼一样抱住自己，所以他只能让她立定：“你站好，别抱我，不然我把你丢在这里。”这一招还是学习江北平时在家里对付那几个调皮捣蛋的外甥所用的。

陆佳尔果然听话了，委委屈屈低着头站在一旁，用控诉的眼神偷偷摸摸地瞥着他。

江照松了一口气，正准备对林音希解释清楚，回头一看，人影都没见着。

那个胆小鬼，放着自己的男朋友和一个喝醉的前女友前往酒店，自己消失得无影无踪。

江照恨得牙痒痒，真想将她拉过来揍一顿，可眼下，还要安顿好陆佳尔。

3

林音希又逃了。

她承认，自己胆小又嫉妒，所以直接丢下江照，连说一声也没有。她是等着江照安顿好陆佳尔后来解释清楚的，她将手机充满了电，信号也是满格的，但等了好几个小时，江照也没有电话和信息来。

难道是手机坏了？

林音希拿了李星的手机拨通自己的号码，很快，就听到手机在房间欢快地唱着歌。她在李星探究的目光中，讪讪地将手机还给李星，心如死灰。

这会儿江照肯定是和前女友在一起，哪有时间给自己打电话。

与此同时，江照正对着满是陆佳尔呕吐物的手机，一脸无奈，虽然没坏，只是脏了，但让他再去碰却是不可能，看来又要换手机了，最近他换手机的频率未免高了些。

林音希当然不知道江照因为手机脏了便直接丢掉，她很少失眠，辗转反侧了大半夜还是清醒的，窗外的天已经蒙蒙亮，她决定不睡了，再躺一会儿就去上班。结果，很多事情就是这么奇妙，她想睡睡不着，放弃睡眠的时候却忽然困倦，睡死过去，闹钟响了两次也没有吵醒她。

最后的结果当然是睡过头。

好在她早上没有课，所以也谈不上迟到。

林音希顶着两个硕大的黑眼圈赶到福利院的时候，发现院里的几个阿姨和老师都挤在院长并不大的办公室里，窗边还有几个小孩子偷偷摸摸在围观，见到她，神神秘秘道："小音老师，这个位置给你。"

林音希笑了笑，伸手在几个孩子的头上揉了一把，边让他们回去边往办公室里走，这样的情形偶尔也会发生，多是有人将新的孩子送来，或者有孩子被领养。可这一天，明显不一样。

林音希刚走进办公室，便发现院长愁眉苦脸地对着一个坐在沙发上摇晃着腿的看起来也就三岁的小孩问话，颇为无奈："你爸爸妈妈是谁？我给他们打电话，让他们来接你。"

那小男孩眉清目秀，又有些胖乎乎，眼睛大而有神，长得白白净净，特别可爱，却带着一脸严肃的表情："我没有爸爸妈妈。"

林音希见院长越发苦恼，忙问："怎么了？这是谁家的孩子，这么可爱。"

"不知道。"

"不知道？"

院长一见到林音希，一肚子苦水："这孩子早上自己来的，穿得干干净净，还背着小书包，也不知道这小胳膊小腿从哪里走来，问这里是不是可以收留小孩子的地方，然后就不肯走了，说要住在这里。"

林音希一脸惊奇，蹲下身去看那小男孩："你叫什么名字？"

"我没有爸爸妈妈。"他一脸警惕。

"你要在这里住吗？我们要登记，我们要知道你的名字才能让你留下来啊。"

小男孩闻言，认真地点了点头："原来是这样，我叫元宝。"

林音希再问，他却咬紧牙关不肯再说了。

元宝长得胖乎乎的，很是可爱，衣服也干干净净，加上他一口一句不离开，明显就不是被遗弃或是走丢的，估计是听人说这里可以收留小孩，自己跑来的。院长焦头烂额，问什么对方都不肯说，听到要报警他就要跑，还是被林音希眼明手快地抱住，才没有跑掉。

眼下的情况是要把这孩子安抚好，再帮着找到他的家人，这么小的孩子，家人发现丢了可不知道有多着急。

但元宝看起来虽小，不过三岁，却十分老成。林音希想了一堆哄小孩的话，正要出口，便听到他慢悠悠地说："我不是小孩子，你不要骗我，大人撒谎会不漂亮，还会嫁不出去。"

现在的小孩都这么毒舌吗？林音希在心底泪流满面，面上还要带着笑："我不骗你，我就想问问，你为什么要来福利院。"

"这里不是收留小孩子吗？不是说小孩子在这里有得吃，有得住，还会很快乐吗？难道是骗人的？"元宝有些着急。

"不是骗人的，但是这里的小朋友……"林音希顿了顿，"你来这里，你爸爸妈妈会着急的。”

元宝先是松了口气，听林音希提到“爸爸妈妈”又变得沮丧，晃动着小短腿，声音有些小，却不像原先那么底气十足：“我没有爸爸妈妈。”

林音希见问不出什么，只好叹了口气，去和院长商量解决的方法。

最后的结果是，当天李星回家，刚打开门，便看到家里多了个小男孩，正在看着《海绵宝宝》，抱着她的抱枕，吃着她的零食，还一脸嫌弃。听到声音，他跳下沙发往厨房跑：“小音姐姐，有个阿姨来了……”

李星听着“阿姨”二字，头顶犹如电闪雷鸣，淅沥沥地下着大雨，将她浇了个透心凉。

“这个小鬼是谁，为什么在我们家？为什么叫你姐姐叫我阿姨？！我看起来像阿姨吗？林音希，你给我说清楚。”

林音希端着面碗从厨房出来，分别给他们介绍：“这是李星，是我的好朋友兼房东，你最好叫她姐姐，不然她会把我们都丢出去。这是元宝，嗯……我的新朋友。”

元宝乖巧地说道：“星星姐姐，我刚刚和你开玩笑的，你长得好漂亮。”

李星一脸被雷劈到的表情，盯着这人小鬼大的小家伙，简直不敢相信自己的耳朵，忍不住给林音希使眼色：你从哪捡来这个神奇宝贝的？

等到元宝吃饱喝足，又洗了澡，抱着自己书包里的玩偶小兔子睡着后，林音希和李星像做贼一样，偷偷摸摸地将他的书包翻了个遍，里面除了几件换洗衣物，一个玩具小汽车，一个装着细碎零钱的兔子零钱包外，什么也没有，更没有关于他身份的一丝讯息。

“怎么不报警？”

“我报警了，警察那边说没有接到小孩走丢的报案，说让我们先把元宝安置在福利院。我带着他一个下午，发现他虽然说要住在福利院，但看起来很是不安。我要回家，他便拉着我的衣服，我觉得他好可怜，就把他带回来了。”

李星看着横着睡在林音希床上的小家伙，这个小家伙虽然看起来很可恶，但这会无害的模样，的确有些可怜。她伸手在他头上摸了摸，却被“啪”地打了一下。

“他打我！”

“他睡着了，估计是做梦。”林音希帮元宝说话。

李星愤愤地回房间，觉得自己的人生苦不堪言，自从有了江照，林音希对她的爱大打折扣就算了，现在还多了个小萝卜头来争宠。

而因为元宝的出现，原本还陷在“陆佳尔回来了”的纠结情绪中的林音希也没有时间去悲秋伤春了，因为这个小家伙现在不想去福利院了，直接黏着她，说要和她一起生活，无论她走到哪里，他都形影不离地跟着。

就连打个电话，他都坐在一旁哀怨地盯着她，一脸“你冷落我，我好伤心、好难过”的表情，比起李星有过之而无不及。林音希只好匆匆挂了江照的电话：“我有些忙，再说。”

她每天就那么几节课，有什么可忙的？可江照敢怒不敢言，毕竟他还有个大矛盾没有处理好，林音希这小脾气算不了什么。

想到陆佳尔这三个字，江照的头又开始一阵阵地疼了。

4

陆佳尔喝醉酒，林音希阴恻恻问他要不要将她送到他家中休息，他当即做出了送到酒店的选择，谁知半路林音希当了逃兵。若陆佳尔是个男人还好，他可以打晕了将她拖走，可她是个女孩子，还是他的前女友，抱着他哭得惨兮兮的，他举起的手又放下，推开了她又缠过来，最后作罢，任由她像树袋熊一样缠在自己身上。

到了酒店，开好了房间，将陆佳尔安置好后他便要走，谁知她却突然吐了他一身，倒头呼呼大睡。江照被浓重的酒气混合呕吐物的味道熏得也快吐了，只好打电话让人送来了衣服换了，正准备离开，看见陆佳尔脏兮兮地躺在床上，又于心不忍，临走前，给了酒店的女服务生一点钱，让她帮陆佳尔换了衣服。

事实证明，人还是不能太好心。

陆佳尔醒来后，看着他留在洗手间的脏衣服，又知道自己换了衣服，虽不至于咬死他们之间发生了什么，却坚信他对她还有感情，给他发来了短信，大致说的是知道他对她还有感情，明白他的苦衷，她不在乎有没有名分，只想和他在一起。

江照手一抖，差点摔了刚让助理买来又补了卡的新手机。

他们在一起好几年，陆佳尔清楚明白他的性格和弱点，比起冷漠坚决的陆佳尔，这样胡搅蛮缠刀枪不入的她更令他束手无策，打不得，骂不得，避而不见总行了吧。

他嘱咐李星，要是上次的陆小姐再来，无论她用什么办法，反正只要是找他，都说他不在。

李星当即点头说会把任务好好完成，绝不让一只苍蝇飞进总经办，可才过了两天就有些泄气："江先生，我等了两天，将她挡在门外的说辞已经想了好几个方案，可是她就是不来。"

"怎么？你看起来好像很遗憾？看来你的工作还是太少了。"

李星头一垂，夹着尾巴灰溜溜地走了。

江照觉得庆幸，陆佳尔不来了，挺好的，生活又可以恢复平静。

他不是没想过和林音希说说陆佳尔，但那是他不堪回首的过去，一说，他便无法骄傲地立足于她心里，他明明知道，说出来便能够让她安心，但他却宁愿粉饰太平。

但当他假装什么事都没有发生，听从李星建议，买了一后备厢的花来到树园，给林音希打电话的时候，她那边却很是喧闹。

“你在哪里？”

“我在外面呀。”

“你今天不是不用上班吗？”

“对啊，不用上班不代表我在家。”

很好，江照看着被玫瑰塞得满满的红彤彤的后备厢，接连打了好几个喷嚏，正要关上，发现多了几个年轻的小女孩正在对着他的车和花自拍，被主人抓包也没有半点不好意思，甚至笑嘻嘻地问：“帅哥哥，可以和你拍张照吗？”

如果说此时的江照只是烦躁，当他看到林音希和傅见西一人一只手牵着一个小胖墩，如同父母带着小孩逛街时，他已经无法克制自己的愤怒了，那一后备厢的鲜花，仿佛都在咧开嘴嘲笑他，打死他，他也不能让这东西见光。

林音希看到江照气势汹汹而来，有一瞬间是心虚的，但是这微妙的情绪过去得很快——他可以和前女友抱在一起，而我不过和朋友一起出来，且还是办正事，我为什么要心虚！

“小音姐姐，有点疼。”被林音希牵着的元宝突然发声抗议，“你认识那个叔叔吗？他是谁啊？”

“哦，我是你小音姐姐的男朋友，所以你应该叫我江哥哥，不是叔叔。”江照蹲下身，同元宝理论。

“可是，你看起来就像叔叔。”

“我才比你小音姐姐大一岁，为什么我就是叔叔？那这个呢？这个是叔叔还是哥哥？”江照朝傅见西努了努嘴。

元宝毫不犹豫："哥哥。"

话音刚落，傅见西便笑了，林音希倒是没笑，一张脸因憋笑而涨得通红。江照的脸红了又白，白了又红，按着元宝的肩膀，几乎是咬牙切齿："为什么他们是哥哥姐姐，而我是叔叔？"并非他爱和一个连名字都不知道的小屁孩计较，这事关尊严，他要捍卫。

"因为你穿西装啊，电视里穿西装的人都很老，都是叔叔伯伯。"

江照无言以对，现在的电视剧，放的都是什么鬼东西，教坏小朋友。

林音希终于承受不住江照的眼刀，笑着和他解释："元宝，不是穿西装就是叔叔伯伯，穿西装也有哥哥。"

"哦，好吧。"元宝勉为其难地应了。江照等了半天，没等到他的改口，只好干咳转移话题："这个小屁孩是谁？"

林音希将江照拉到一边，同他讲元宝的来历，想了想，顺便解释为什么今天会与傅见西在一起："报警了，现在还是毫无头绪。我想别人丢了小孩肯定很担心，南泽也不大，就带着元宝出来看看，看看有没有人在找小孩，也看看能不能找到他家的线索。元宝才三岁，可简直像十三岁，古灵精怪，只要一提到爸爸妈妈和家，他就不说话，紧紧抓着我的手，就怕我们把他丢下，也不知道他经历了什么。"

这么一听，江照也觉得这个小孩挺可怜，但他还是抓错了重点："那为什么是和……为什么不叫我？"

"你忙啊！"林音希一脸理所当然。

"别人就不忙吗？"

"今天是周末。"

"林小姐，要不要我提醒你，按照远洋的制度，总经理也是有周末的。"

"哦。"林音希迟疑了一下，"可你不喜欢小孩。"

被这么一噎，江照沉默了，他的确是不喜欢小孩，又吵又闹，可若是他和林音希的小孩，应该不会太讨厌吧。他想到这里，忍不住一笑，看元宝的眼神也带上了一点点温柔：“我和你们一起吧，多个人，找起来也容易些。”

林音希被江照突如其来的笑脸吓得说话都结巴了：“怎么……你要和我们一……一起？”

“不行？还是你做了什么对不起我的事？”

“没。”——就是觉得你陪元宝找爸妈，这画面怎么看怎么诡异。

原本的三人行，一下子变成了四人组。原本是林音希和傅见西一人一只手拉着元宝，江照一个人跟在后面觉得自己被忽略了，便上前牵住了元宝。江照太高，又不像傅见西会照顾小孩的感受，元宝被牵了一下，便觉得不舒服：“叔叔，我疼。”

几双目光都落在自己身上，江照讪讪的，一下子也忘记纠正这个可恶的小孩对自己的称呼，松开了手。

于是，变成了林音希牵着元宝，傅见西和江照跟在后面，这画风怎么看怎么诡异。

但他宁愿做个跟班，也不要眼睁睁看着自己的女朋友和傅见西一起牵着小孩。

这个念头仅仅维持了一个小时，短短一个小时，江照先是后悔，然后暴走，最后崩溃，对这个世界所有叫“孩子”的生物都产生了恐惧。

这一个小时内，元宝上了三次厕所，两次想吃雪糕，又在商场内疯跑了两圈，最后趴在玻璃上看快餐店的儿童乐园，死活不肯走，得到允许之后，他便像脱缰的野马冲了进去。

江照生无可恋地跟着进了麦当劳，耳边充斥着各种超分贝的尖叫和哭喊，那一刻，他觉得自己已经死了，身体还留在快餐店，灵魂却一点点从体内被抽走。

他发誓，即便有枪指着他，他也不会再走进这个地方，像个傻子一样盯着一群孩子，看着其中一个，以防他乱跑或受伤。

江照好几次想离开，可看着傅见西和林音希其乐融融，只得咬咬牙，假装自己已失聪。

5

那一天对江照来说，简直是灾难日。

元宝在儿童乐园里，因为一个球被一个胖得像球的小男孩推倒。江照反应过来时，他的头已经狠狠地磕在滑板上。林音希去上厕所，傅见西去买东西，元宝搜寻了一圈，最后目光落在江照身下，摸摸自己的头，想要哭，可还是撇着嘴忍住了。

江照看着他，不知怎么衍生一种“自家的孩子被人打了”的情绪，气冲冲就要找那个小胖子算账。对方也不过五六岁，看见大人气势汹汹地来了，“哇”地哭出来，反倒是元宝，可怜兮兮地站在一旁，不知所措。

孩子的哭声引来的父母，江照拉着元宝就要走，却被拦住：“你们家孩子打我们孩子了吗？”

“哦？”

“不然，他怎么哭了，还指着你们？”

江照冷笑着看着只到自己肩膀的男人：“看着你，我真同情你家孩子。果然有什么样的父母，就教出什么样的小孩。”

“你你你……你说什么？”

“我说你们，看好自己的小孩，教不会就别带出来丢人现眼。”说完，他蹲下身对元宝说，“不能随便欺负人，但是如果有人打你，欺负你，就狠狠地还击回去，谁打你，双倍打回去。打不过找我，我帮你报仇。”

估计是没听过家长这种流氓理论，孩子家长吓傻了，也不敢再说话，带着小胖子飞快地逃走了。倒是元宝，愣了许久，又摸着自己的头，忽然号啕大哭。

江照看着他将眼泪鼻涕抹在自己裤子上，心想这裤子不能要了，正准备找林音希，却听到一个惊诧的女声："元宝，你怎么在这里？你姐姐找你找疯了，我让她报警，她也不，一个人到处找你……你……你是谁？现在人贩子都这么帅吗？"

对方是个四十来岁的女人，烫着泡面头，穿着一件红色羽绒服配了一条绿裤子，简直要刺瞎江照的眼。但她叫出了元宝的名字，元宝显然也认识她，闻言往江照背后缩了缩，有些抗拒。

"你是？"

女人见江照礼貌询问，脸微微红了："我和他们是邻居，他丢了几天，他姐姐正到处找他呢……我马上给她打电话。"

女人打电话的间隙，林音希和傅见西也回来了，得知消息都有些惊喜。倒是元宝，或许是因为刚刚那插曲，对江照衍生了一种特殊的感情，抱着江照的腿不肯撒手，低声对江照说："江哥哥，我不回家。"

这会儿，元宝倒是十分识时务，叫他哥哥。

"为什么？"

元宝又不说话了，垂头丧气坐在那里。

林音希从洗手间出来，看到他沮丧地坐在那里，不禁问道："元宝，你怎么了？"

"我不想回家。"

林音希看向江照，他耸耸肩，将事情前因后果说了一遍。林音希也不清楚这小孩为什么不想回家，只好摸摸他的头，陪他等姐姐来接。

可林音希和江照怎么也没想到，那个女人说的元宝的"姐姐"，会是老熟人。

对方一看到他们，也傻了，愣愣地站在原地。

空气像是一下子定格住，还是元宝的邻居最先反应过来："小陆，怎么站在那里不动？连自己弟弟都不认得了？"

陆佳尔被这么一拉扯，才想起自己过来所为何事，忙去寻自己的弟弟，谁知道元宝死活抱着江照的腿不撒手。江照只好弯下腰，将他抱着自己腿的手掰开，抓着他往陆佳尔怀里塞。谁知这小胖墩极为灵活，一瞬间从陆佳尔怀里扑出来，像只树袋熊一样抱着林音希。

林音希看看江照，又看看红着眼睛的陆佳尔，一时间有种自己抢了别人的东西的错觉。

林音希和傅见西离开的时候，小胖墩哭得歇斯底里，像是天都要塌了。

她远远地看着江照蹲下身同他说了什么，他才点点头，不哭了，一只手牵着江照，一只手牵着陆佳尔离开。

从背后望去，就像温馨和谐的一家三口。

林音希不想承认，但心里的嫉妒因子却在作祟，这画面越看越刺目，索性扭头不看。殊不知，她刚转过头，江照便也回头，望着她和傅见西离开的方向，揉了揉眉心，一脸无可奈何。

元宝估计哭累了，也闹累了，此时乖乖地伏在陆佳尔腿上睡觉。

江照知道陆佳尔有个弟弟，但和她在一起时，她弟弟已经十岁，不应该这么小。像是看出了他的疑问，陆佳尔突然道："是亲戚家的小孩，我帮他们带着。"

"不是走丢了好几天吗，怎么没有报警？"

陆佳尔的脸色有一瞬间的不自然："报了警，在社区警局里报了警，没有什么消息，这几天都在找。"

"这不应该啊，他跑到福利院去，那边也报了警，怎么可能没有消息——"

陆佳尔打断他：“我要不要和你女朋友解释一下？她刚刚好像有些误会我们了。”

“算了，算了，你可别解释，越解释越糟糕。”

被这么一打岔，江照果然成功被引开了注意力，也不管元宝是怎么走失的，只想快一点把元宝送回去后离开，然后赶紧把后备厢里的玫瑰花处理了，他快被这鲜花熏死了。

陆佳尔见江照迫不及待地离开，叹了口气，伸手摸了摸元宝的头发，欲言又止。

他的过去

第十章

Chapter 10

1

隔日是周末，林音希难得睡了懒觉，一直到中午才醒。

她正准备去买点菜，刚打开家门，脚便踢到一团东西，软软的，吓了她一大跳，尖叫出声。

那团东西估计被她的尖叫吓到了，也跳了起来。

林音希睁眼一看，发现眼前的并不是什么“东西”，而是昨天刚被送回家的元宝。这家伙，也不知道怎么找到路的，竟然睡在她家门口。

元宝也是睡眼蒙眬，捂着胸口，一脸“我受到了惊吓”。

“小音姐姐，我敲门了，你没开。”

“你怎么在这里？”

元宝低头想了想：“坐车的。”

“司机把你送来了？”

“我有钱。”

林音希揉了揉眉心，一时间也不知道如何是好，只好将元宝放进门。他一下子就扑到沙发上，将从洗手间出来的李星吓了一跳，指着元宝：“这家伙怎么来的？”

林音希也头疼不已：“我也不知道，这么小的人，怎么就知道我住在哪里？”

林音希看着元宝，知道显然从他嘴里是问不出什么东西来，也不敢贸然把他送回去，要是他又跑出来了怎么办？现在人贩子横行，这么小又这么可爱的孩子在外面乱跑很危险，她准备先带着他去吃个饭，再商量对策。

林音希和李星带着元宝去吃了比萨，结果回到家门口，便看到江照与陆佳尔在楼下等着自己。

陆佳尔坐在花坛边哭，江照给她递纸巾，这画面在林音希看来，无比刺目。

而她牵着的元宝，看到来人，又往她身后缩了缩。

林音希还在想着要如何应付这个场面，陆佳尔已经看到了他们："元宝，你怎么又乱跑了。"

元宝咬着唇没说话，倒是江照，一见到林音希便劈头盖脸地问："你怎么不接电话？"

林音希一摸口袋，果然，手机忘记带了。

"在充电，忘记带了。"

"你捡到人家小孩怎么不和我说一声？她找了很久，我给你打电话你又没有接。"江照被陆佳尔哭得心烦，他从来不知道，女孩子是这么能哭的。他只是想早点找到元宝，早点让陆佳尔带回去，她也就不会再一直拉着自己哭，可是林音希却理解错了他的意思。

"哦，我捡到人家小孩不说一声，那也比随随便便把小孩一个人放在家里好吧。如果不是大人看管不力，这么小的孩子怎么会跑出来？孩子走失了多少天，我报警多久，也没人来认领！这才回去多久，现在又跑出来了，孩子这么小，大人能不能负点责任？"林音希当即拉过元宝，"这家属完全没有看护能力，我会报警，让警察来处理这事。"

元宝也不知怎么回事，似乎不爱和陆佳尔一块待着，见林音希要带着自己上楼，忙挣脱了陆佳尔的手。

陆佳尔见元宝要走，慌了，忙去拉他。

江照也道："你别冲动，孩子是人家弟弟，让人带回去。"

"元宝，你要回去吗？"林音希并没有看江照，只是问元宝。

他看了看陆佳尔，轻轻地摇摇头："我不回去。"

"看吧，他不愿回去。我会报警，在警察来之前，我不会让他离开我半步。"

元宝被林音希拉着走，似乎在犹豫，时不时回头看陆佳尔一眼，脚步却没有停下来。或许是他的眼神刺激到陆佳尔，原本已经止住的眼泪，这会又涌了出来："元宝，你跟着姐姐回去啊，我不会打你了，也不会把你一个人丢在家里……"

可无论她怎么叫，元宝都没有停下来。

陆佳尔只好上前去拉他，却被林音希推开："你力气太大，这样会伤到他。"

元宝胖乎乎的手果然起了一道印子，他低头揉着自己的手，又往林音希身后躲。

陆佳尔看看元宝，又看看林音希，突然激动起来："这是我弟弟，关你什么事？我带自己弟弟回家，你为什么要来插手？"

"陆小姐，我现在怀疑你虐待儿童，我要报警。"

"你哪只眼睛看到我虐待儿童了？而且，这是我的家事。"

"陆小姐，你不知道国家有未成年保护法吗？"林音希冷冷地看着她。

"你算什么东西，你为什么要这么做，抢走我男朋友，现在连我儿子都要抢走吗？"

话音刚落，所有人都愣住了，包括陆佳尔自己，倒是元宝显得很冷静，听到"儿子"这两字好像没什么反应。

一直置身事外的李星终于忍不住插嘴，她对陆佳尔印象并不好，所以说话也毫不客气："不是说是你弟弟吗？怎么成了儿子？满口胡言。"

陆佳尔知道自己失言了，这会儿索性破罐子破摔，望向看不出情绪的江照："阿照，这是你的儿子啊，我们的儿子。"

江照终于变了脸，道："你不要乱说。"

"我没有乱说，他叫元宝，三岁，你算算我们分手的时间，看看能不能对上他的年龄。"

江照对上元宝圆溜溜的眼睛，他也在看着自己。

而林音希握着元宝的手一片冰凉，她几乎听不到任何声音，耳边不停地回响着陆佳尔的话。

“这是你的儿子啊，我们的儿子。”

这个可爱的小朋友，是他们的儿子。

从陆佳尔回来的那一刻，林音希便知道，生活不会越来越简单，只会越来越复杂。

她并非不信任江照，而是不信任自己，且江照对陆佳尔的回避，让她越发惶恐。

他为什么没有和她解释，他为什么总是回避关于陆佳尔的一切，是不是他的心底对陆佳尔还有期许，不想撒谎，所以从不和自己提起陆佳尔？

林音希脑海里有千万个问题，可她从未问过江照一句，等着江照来告诉她。

可是越是等待，她和江照越是疏离。

直到今天这一刻，陆佳尔说出了这个事实，林音希心底那根弦终于崩断了。

陆佳尔回来了。

陆佳尔不仅回来了，还给他生了儿子。

她看着江照，忽然松开元宝的手，不发一言地转身上楼。

江照看着她漠然的背影，下意识上前拉住她：“你听我说。”

林音希没有上演“我不听我不听”的戏码，他叫她听，她便听。江照看看陆佳尔，又看看眼中噙着泪的元宝，不知道自己要和林音希说什么，他只是下意识地不想让她走，这一走，他可能就再也拉不住她。

“我不知道元宝是谁，是谁的儿子，总之不是我的。”江照记得清楚，那会儿虽然年轻，气血方刚，但他守规矩得很，并未和陆佳尔发生什么实质性的事。

“你还记得吗？我离开澳洲之前，你喝醉了，我去酒吧找你，你还迷迷糊糊问我是不是梦。”对于他的矢口否认，陆佳尔并不恼，“元宝就是那个时候有的，我从未想过要挟你什么，如果你不想看到我们，我明天就带着他走，但元宝确实是你的儿子。”

江照的脸色变得煞白，记忆里，的确有这么一件事。

那时他刚与陆佳尔分手，得知她欺骗自己，伤心得很，跑到酒吧去一醉方休，也不知喝了多少。他记得是她来接他，他还以为是梦，骂了她一场，最后又忍不住抱了她，后来发生什么他记不清了，只记得醒来是在酒店，身边空无一人。

江照看着脚边的小不点，皱起眉，将他推开：“别碰我，我不是你爸爸。”

元宝年纪小，懵懵懂懂，原先被陆佳尔推着叫爸爸，他也没开口，这会儿听到江照的话，虽然不明白，似乎也感觉到江照的嫌弃，忽然就哭了。

“我也不做你儿子……我没有爸爸。”

小男孩原先还倔强地说不回家，这会儿哭了，却仍是扑进了陆佳尔的怀抱，也不知道她是怎么对他说的，他竟也不叫她妈妈，仍是喊她“姐姐”。

“我不要在这里。”

林音希听着元宝的哭声，心慢慢往下坠，像是跌入无底的深渊。

2

那一天的闹剧，是以江照将陆佳尔带离树园而收场，当然，元宝也跟着一起走。

还好当时是中午，小区并没有什么人，否则这么大的动静，估计已被PO上网络，成了民间新闻头条。

林音希的脑子乱糟糟的，原先发生的一切就像是梦。

“你还好吗？”林音希一只杯子已经洗了三次，洗来洗去都在洗那只，李星终于忍不住开口问。

“啊，我没事。”

“那你可以把杯子放下吗？图案都给你蹭没了。”

林音希被李星拉着在沙发坐下，手里又被塞了零食，李星还贴心地给开了电视，可大周末的电视上竟然放家庭伦理剧，还是小三带着孩子上门的那种，李星又急匆匆关掉电视，往她腿上放了本漫画。

“现在电视没什么营养，你看漫画吧。”

“不用担心，我挺好的。”

只是有点难过而已。

只是感觉心里空荡荡，像是失去了什么而已。

这一次，李星倒是很冷静，为江照说话：“我总觉得这事没有那么简单，随便跑来一个孩子，就说是江照的孩子，你不觉得很诡异吗？为什么那小孩要叫陆佳尔姐姐？这说明她一直不想让人知道那是她的小孩，现在又说是她和江照的孩子，我总觉得很奇怪。你啊，不要被人挑拨离间。”

林音希点点头，却仍是止不住心烦意乱。

比她更加烦的人是江照。

他怎么也没想到，一天之内可以发生这么多事。

原本，他是准备将陆佳尔和元宝送回家，再好好找她聊聊元宝的事。谁知，走到半路，元宝说要上厕所，他只好在附近的商场停下来，让陆佳尔带着元宝上厕所。这小孩子，小小年纪，性别意识却分明，怎么也不肯去女厕所，江照只好带他去男厕所。

元宝原本就有一点怕他，被他那么一吼之后，怯生生的，无精打采。

江照虽然知道他不可能是自己的儿子，也厌烦陆佳尔的各种小心思，但看小家伙对自己畏惧的模样，不免反省是不是自己太凶，蹲下身与他套近乎。

“你为什么叫陆佳尔姐姐？”江照问。

元宝一脸“你是坏人，我不会告诉你”，背过身去。

“我知道了，她不是你妈妈，她就是你姐姐，你骗我对吧？”

元宝愤怒了：“才不是，妈妈说在外面要叫她姐姐，不能叫妈妈，不然她会找不到工作，找不到工作就养不起我，也不能和我在一起。”

“那你爸爸是谁？”

元宝又不说话了，有些委屈地瞪着他：难道不是你？

江照使出浑身解数也难以让孩子开口，便作罢，拖着孩子往外走。陆佳尔还在外边等着，他想着等下就能够问清楚。

谁知，半路杀出个程咬金，忽然有人拍了拍他的肩膀。

“阿照，干吗呢，怎么还带着个孩子，什么时候生的儿子？”

声音之大，江照不用回头也知道是姐姐江北，她向来口无遮拦和自己弟弟开玩笑。

江照正想解释，元宝便一本正经地开口：“阿姨，我妈妈说他是我爸爸，但是他说他不是我爸爸，所以我不知道我是不是他的儿子。”

江北嘴巴张成了“O”形，一时无法消化这话里的信息量，愣愣道：“真是你儿子，那不该喊我阿姨，该喊我姑姑。”

“别乱说。”江照冷厉喝道。

元宝撇撇嘴，有些委屈，吸了吸鼻子，“哇”的一声哭了。

江北哄不住他，挺着大肚子手忙脚乱，一只手轻轻地帮他擦掉眼泪：“小朋友，你别哭，你说谁说他是你爸爸？”

“我妈妈。”元宝想起陆佳尔的叮嘱，忙改正，“我姐姐。”

江照揉着太阳穴，看着突然冒出来的母亲：“妈，你怎么在这里？”

“我和妈出来逛街啊，好不容易说服了妈，把她从悠山郡拉了出来。”江北邀功。

姚秋云的脸色并不好，不知是天气冷的缘故，还是被元宝的童言稚语吓到。江照正准备将姐姐和母亲打发走，一直等不到江照和元宝的陆佳尔寻了过来，见到这个阵仗，也傻眼了。

元宝已经被江北哄住了眼泪，见到陆佳尔过来，委委屈屈地问：“你说他是我爸爸，我不要做他儿子好不好？”

江照感觉天都塌了。

最后的结果是，陆佳尔、元宝随江照一起回到了悠山郡。

当年陆佳尔和江照的事情闹得颇大，江照消沉了好长一段时间，这个名字几乎是江家的禁忌，没想到陆佳尔还有踏入悠山郡的一天。

“我再问你一次，元宝是谁的儿子？”

“我说了，你不愿意看见我们，我们消失就是，但元宝确确实实就是你的儿子。”陆佳尔底气十足，江照却仍是不相信。

他早已经忘记那一夜到底有没有和陆佳尔发生过什么，但如果元宝真是他的儿子，陆佳尔从一开始就会说出来，将之作为自己的筹码，可她并没有，直到元宝巧合暴露，她才将这事说出来。

从一开始，江照便不相信元宝是自己的儿子。

但姚秋云和江北显然被这孩子哄住了，他人小鬼大，嘴又甜，一口一句“奶奶”、“阿姨”，比那群猴子外甥乖多了。姚秋云虽然不全相信这是江照的孩子，但看他这么乖巧可爱，似乎和江照小时候有些相似，又忍不住怀疑。犹豫了半晌，她便萌生将他带回悠山郡做客的念头，陆佳尔当然不可能放他一个人去，最后的结果，便是一行人都回到了悠山郡。

江照一回到家便被叫进了书房，显然有人给老爷子通风报信了。

“是你的孩子吗？”江麒麟从前就看不上陆佳尔，这种一肚子坏心眼的女孩，他永远看不上，可眼下情况却有些复杂。

“不是。”

“你确定？”

“我确定。”

江麒麟冷眼看儿子，他比自己还要高，像一棵高大笔直的树，站在那里，不像说谎。

“可那个姓陆的女孩儿，为什么这么说？”

江照耸耸肩，没说话，因为他也不知道陆佳尔是何用意。

“你把那女孩叫进来。”

时隔多年，陆佳尔对江麒麟还是有些畏惧，低眉垂眼站在那儿，也不说话。江麒麟看到她说的第一句话是：“你说是我们家的孩子，阿照又说不是，那么就做个亲子鉴定吧。如果是我们家的孩子，我们不会亏待，但你永远别想进我家门。”

陆佳尔正要说话，江照却开口反驳：“不行。”

“为什么不行？”

不仅是江麒麟，连陆佳尔也觉得奇怪。

“反正不行就是不行，我说了，他不是我儿子。你也别管了！”说着，江照便拉着陆佳尔离开书房。元宝还在楼下和姚秋云说话，见江照气势汹汹喊自己，也不敢逗留，放下姚秋云给自己的橘子，跟在后面走了。

3

“你想怎样？”

“我没想怎样，元宝……”

江照不耐烦地打断陆佳尔的话：“别总在孩子面前乱说话，他是不是我的孩子我心里有数，反正我知道他不是。我不知道你想要什么，但你也别费什么心思，过去就过去了，不管谁对谁错，都是过去了。”

陆佳尔看着他冷峻的侧脸，心里打着鼓，却仍要保持镇定：“既然你觉得他不是你的儿子，为什么不去做亲子鉴定？是不是怕，他就是你的儿子？”

“因为我确定他不是，所以没有必要。”江照看着她，眼底没有一点感情，“陆佳尔，我不是你，我不喜欢拿感情当筹码，无论从前，还是现在。所以，你离我远些。”

说完，他便离开。

陆佳尔看着他决绝的背影，看着在自己怀中熟睡的元宝，不甘地咬咬牙。

或许是她抱得太用力，元宝在她怀中挣了挣，睡眼蒙眬：“妈妈，你怎么哭了？”突然才想起她对自己的嘱咐，忙改口，“姐姐。”

“这里没外人，你想怎么叫就怎么叫吧。”

元宝“哦”了一声，抹了抹脸，却没有再喊她一句。

他还是有些怕她。

陆佳尔叹了口气：“我把你留在家里，是因为我要赚钱。我打你，是因为你不听话。如果不是你乱跑，我怎么会打你？”

“你总是不在家，电视里说，福利院养小孩不要钱，所以我想去那，你就不用那么辛苦。”元宝比一般小孩要聪明，很多话，别人只是说了一次，他就记住了。

陆佳尔看着江照离开的方向，像是对元宝说，又像是对自己说。

“这样的日子，很快会结束的。”

江照没有直接回星海汇，折返去了树园。

他在公寓楼下抽了半包烟，保安巡逻往这个方向探了几次头，他也没有给林音希打电话。就在他准备离开的时候，一个声音轻飘飘地从远处响起。

“胆小鬼。”

江照愣了一下，发现站在路灯下的人是林音希，她穿着一身毛茸茸的家居服，还戴着一顶滑稽的兔耳朵帽，在昏黄的灯光下，整个人显得温柔又甜美。

“你什么时候下楼的？”

林音希掰着手指数：“在你偷偷掐掉了好几根树枝，又踢了垃圾桶的时候就来了。”

“我是光明正大，哪像你，偷偷摸摸站在那儿窥视我。”

“第一，江先生，这是我家楼下，我来倒垃圾。第二，我没窥视你，是你大半夜鬼鬼祟祟在这里逗留，保安看见我，让我叫你上楼或者劝你回家，免得被当成坏人。”

江照有些窘迫，仍是道：“有我长得这么帅的坏人吗？”

“没有，所以，江先生你到底来干吗？要回家了吗？”林音希仍是站在那里，也不靠近，口气疏远又冷漠。

江照远远地看着她，由衷地承认女人真是善变——最初认识她的时候，无论他怎么推开她，她都像黏在鞋底的牛皮糖，怎么也撕不掉。在一起之后，她却越来越疏离，陆佳尔一出现，她便拼命地后退，开启了保护模式，将他往别人身边推。

她啊，看起来温暖无害，但心狠起来，也是无人能及。

可有什么办法呢，谁叫他喜欢她。

“林音希，你过来。”他叹了口气，朝她招手。

“我不要。”

她竟然拒绝了，江照不可置信地瞪大了眼睛，听见她清楚地重复：“我不要。我不过去。阿照，为什么每一次都是我朝你走近？你叫我来，我就来，你叫我走，我就走。可我是人，我也有我自己的想法。虽然我喜欢你，可是我也是有尊严的，有我的骄傲。这两天我想得很清楚了，既然陆佳尔回来了，你如果喜欢她，就继续和她在一起吧。我们就分手好了，我不是那种死缠烂打的人。可能分手了，我会很难过，但我不想不清不楚地夹在你们中间。况且，你们还有爱的结晶。”

她每说一句，江照的脸色就难看一分，说到“爱的结晶”的时候，他终于忍不住怒了：“林音希，你有尊严，你有你的骄傲，很好，但我问你，你把我当什么了？又把你自己当什么了？”

被他这么一吼，林音希愣了一下，正想开口，又被他打断：“我喜欢谁，我就和谁在一起。如果我真的对陆佳尔余情未了，我也不会和你在一起。她是回来了，但左右逢源这事我真的不屑。那些年对我来说，是不可磨灭的经历，我不可能否认她的存在，也不可能否认那段过去。但我一直没有告诉你，是因为那已经是过去了，而你才是我的现在和未来。”他顿了顿，有些自嘲，“可能也因为我的骄傲在作祟，我总觉得，我曾经那么喜欢她，卑微而可怜，在你面前说出来，我就无法骄傲地屹立在你心中。

“因为我爱你，所以我希望我在你心中的形象永远高大伟岸，而不是卑微的，可怜的。

“陆佳尔的出现，我也很意外。虽然分手这么多年，我曾爱过她，即便受过伤害，我也做不到对她冷嘲热讽，直接驱赶。她来找我帮忙找孩子，我只当是认识的人，随手一帮。我从没想过和她旧情复燃，但毕竟是曾经喜欢过的人，无法冷眼旁观。”

是啊，如果他对前任狠心又残忍，这才令人觉得可怕，曾经那么爱过，怎么可能毫无触动？林音希内心虽觉得难过，但不得不承认，江照的处理方式并未欠妥，换作是自己，或许也会和他一样。

如果不是元宝这个意外，或许江照已经将此事处理好了。

想起元宝那张可怜兮兮的脸，她的心又揪了起来。

江照像是看透她所想，捏了捏鼻梁：“我所烦恼的也是元宝。元宝确确实实不是我的孩子，我有没有做过，我清楚。那个晚上虽然我喝醉了酒，但是发生没发生过什么，我是知道的。原本我可以和陆佳尔协商，问清楚的，再不济做个亲子鉴定，但是现在事情有点麻烦，因为悠山郡那边也知道了。”

林音希听到“亲子鉴定”四个字，下意识想到江照的身世，将什么陆佳尔、什么前任都抛到了一边：“那怎么办？你爸妈……他们……”

“我现在咬死不承认，他们能有什么办法？难道逼着我认下他吗？我再和陆佳尔谈谈，她要什么，我给她就是了。”江照忽然伸出手，朝仍站得有些远的人招了招，“你过来。”

原先还嚷嚷着不过来的人，这会儿老老实实走来了，有些忧愁地苦着脸。

怎么办，他越看越觉得她这一本正经的样子可爱?

江照有些得意忘形地伸手往林音希脸上掐了一把，还在担心江照身世会暴露的人被这么一掐还没反应过来，揉着脸看这个笑得咧开嘴的人：“你心可真大，现在还不想想该怎么办。”

“你相信我啦?”

林音希没说话，当是默认。

“没有什么怎么办，陆佳尔要什么，我给她就是。最重要的是，你不要窝里反啊，我现在前有豺狼后有恶虎，但无论怎样，你都要相信我，站在我身边。”

很久很久之后，林音希仍是记得那一夜江照说话时的表情，温柔而坚定。

林音希有那么一瞬间的错觉，那一刻，就算让她陪着他去地狱，她都甘愿，毫不犹豫。

4

江照早已经接受陆佳尔别有心机接近他这个事实，可现在她又告诉他，她是生活所逼，是别人故意用来搅乱他生活的一摊浑水。

若是从前，他一定会执着要求一个答案，但现在，他一点都不在乎。

无论哪个答案，都无法改变陆佳尔别有用心这个事实。

无论哪个答案，都与他再无关系，因为他已经不爱她。

陆佳尔会出现，大概是她过得不够好，又看江照过得好，无论是哪个原因，一定不会是她还爱着他，想要旧情复燃，如果是，早些年干吗去了?

解决了内部矛盾，该解决外部矛盾了。

江照并未直接找陆佳尔，他只是去了她在老城区的租屋，给了房东一点钱就打听到不少关于她的消息：陆佳尔是在一个月前搬来的，带着个孩子，对外说是自己的弟弟。她的生活似乎很不好，她每天都不怎么在家，说是去找工作，孩子也没送托管，因为懂事早，就放他在家。元宝那孩子也不怕生，和邻居都关系挺好，陆佳尔估计也放心他，有时候能看见他一个人在小区里玩耍。

那是一个很老很破的小区，冬日暖洋洋的上午，不少老人搬着椅子或坐着轮椅在楼下晒太阳，整个小区泛着一股死气沉沉的腐朽味。

但环境却不复杂，还有物业和保安，据说这里原本是附近的单位房，有条件的都搬走了，现在住的都是退休的老人。

江照勘察了一会儿，直接敲响陆佳尔的出租屋，果不其然，她依旧不在，元宝一个人在家。隔着防盗门，元宝搬着小凳子踮脚同他讲话："姐姐不在。"

听到元宝对陆佳尔的称呼，江照一愣，也不知道她是出于什么想法，让孩子叫自己姐姐。

"你给我开门。"

"姐姐说她不在不能让别人进来。"

"那我问你几个问题，你就这样回答我。"

元宝小脸一皱，十分不甘愿，江照问他们之前都在哪里生活，和谁一起，元宝也说不出所以然，最后江照只能放弃。

临走前，他又在楼下小卖部买了一箱牛奶，元宝仍旧不开门。

"那我走了。"

他把牛奶放在门口，直接下了楼。

但江照并没走，只是站在楼梯间，过了一会儿，果然听到门"咔嗒"开了，元宝撅着小屁股左右张望了一会儿，又蹲下身盯着那箱牛奶看。良久后，他才决定将它搬进屋，或许是太重搬不动，直接用拖的，又没留意脚下的门槛，险些摔倒，但很快，他便稳住了，进了屋，又将门关上，江照还听到防盗链挂上的声音。

他的心里有些不是滋味，那才是个三岁的小孩。

可是很快，他又自嘲地笑了笑，据林音希和叶深深所言，他三岁的时候，家里的环境还不如现在的元宝。

他又有什么资格同情别人？

江照没有找陆佳尔，因为这事该着急的不应该是自己，而是陆佳尔。

敌不动，我不动。

然而，骄傲的江先生还是大意了，好不容易把后院的火扑灭了，他的母亲大人姚秋云女士却猝不及防拉了一把他的后腿。

据江北所言，几个小外甥都长大了，也极少回家。老爷子和老太太多年前因为江照绑架的事有了矛盾后，这些年还是有疙瘩在，所以其实老太太在家里还是十分孤独。江北怀孕之后，班也没上，每日回家陪妈妈聊天，偶尔拉她出去逛街，她也总是心事重重。

谁知道突然冒出个元宝，一个可爱又活泼的糯米团子一样的小胖墩，姚秋云性子冷清，唯独和元宝特别投缘，被哄得服服帖帖。元宝走后，姚秋云还翻出江照小时候的照片，越看越觉得和江照很像，且当年江照和陆佳尔的事情闹得这么大，有这么个孩子，也不是没可能。

江照不愿做亲子鉴定并不难理解，他不想承认这个孩子。

至于为什么不想承认，无非他已经不爱陆佳尔，又有了新的女朋友，这会儿突然冒出个孩子，一时间也难以接受。

这是江北与姚秋云分析之后得出的结论。她们也不喜欢陆佳尔，但孩子是无辜的，且那是家里最受疼爱的江照的孩子呀。

所以姚秋云让江北打听了陆佳尔的地址，又派司机去将元宝请到家里做客。陆佳尔倒是十分会看脸色，将元宝送回到悠山郡便离开，到了傍晚又来将元宝接走，只字不提元宝的来历，只称让元宝来陪老人玩。

接连几天，元宝每日都被带到悠山郡，被姚秋云养得白白胖胖，又给买了不少衣服和玩具。但孩子乖得很，吃的都吃了，衣服玩具却是怎么也不肯拿，看得姚秋云又止不住心疼，陆佳尔虽然歪心思多，孩子倒是养得好，她看元宝的眼神不免多了几丝怜爱，好像证据确凿这已经是江照的孩子。

这些，江照并不知道，陆佳尔按兵不动，他还以为她已经作罢，压根没想到会有这么一出。

所以，当江照知道元宝每日到悠山郡报到，成功地赢得姚秋云的宠爱，甚至连不苟言笑的江麒麟都被他哄得开开心心已经是好几日之后的事情。

周六，江照像往常一样回到悠山郡吃饭。

结果，车才开进车库，就看见保安面色诡异地盯着自己。

走到大门，他发现江北看到自己回来脸色也大变，拼命地朝自己使眼色。

“你眼睛进沙子了吗？”

江北瞪了他一眼，挺着大肚子走了。

刚进玄关，江照就看见小胖墩，以及手里拿着纸牌笑出一脸褶子的老爷子，江照简直不敢相信自己的眼睛。

“你怎么在这里？”

江照毫不客气地打断他们的其乐融融，元宝回头一看到他，整个人都僵了，牌一扔，就躲到了江麒麟身后，更让他觉得震惊。

家里的几个外甥都遗传了姐姐的性子，外厉内荏。每每江老爷子自以为慈爱地与他们寒暄，结果一个个要么正襟危坐要么蔫头耷脑，都像听教导主任训话一般战战兢兢，几次之后，老爷子也有些郁闷，不爱和他们说话，更加显得严肃可怖。

还没有哪个小孩会躲到江麒麟身边，扒拉着他的肩膀，小心翼翼地露出一双眼睛。

江老爷子当即萌生了被信任的感觉，瞪了突然出现的江照一眼："你怎么回来了？"

别人怕他，江照可不怕他，慢悠悠道："爸，如果我没记错，这是我家。"

江麒麟被噎了一下，也不客气："如果我没记错，这也是我家，我邀请小客人回家做客，你有什么资格插嘴？"

江照耸耸肩，表示不再多言。

他往厨房探了探身子，果不其然，姚秋云正与阿姨在做饭，他更加愤怒了。以往这殊荣只有在他回家时能拥有，还不是每一次都能够得到，这会儿为了个小屁孩，姚秋云在厨房忙碌得热火朝天，连他回来都未察觉。

江照当即就愤怒了，狠狠地摔上厨房门。姚秋云终于抬起头看了他一眼："阿照回来了啊，快去洗手，准备吃饭了。"

也只是这么一眼。

这餐饭，江照吃得尤为憋屈，几乎餐桌上的每个人都在围着元宝转悠，夹菜、嘘寒问暖，全然忘记食不言寝不语的规矩。自江亚男那事之后，江家就没有这么热闹开心过，江照不是见不得父母开心，只是想到元宝是陆佳尔放出的大招，他便连饭都吃不下，只是敷衍地夹了几筷子吃。

吃完饭，在姚秋云的依依不舍和江麒麟的沉默中，司机将元宝送了回去。

人一走，江照就按捺不住了："爸，妈，你们是怎么想的？我说了，元宝不是我儿子。"

"江照，是不是我连请个客人回家吃饭，都要经过你的同意？"江麒麟听着他的语气，一下子就恼了，"我还没退下，江家还是我做主。"

"行行行，你是一家之主，我没话说。我只想说，那是别人家的孩子，不是你孙子。”

眼见父子俩又杠上了，姚秋云忙打圆场，将江照拉开：“阿照，你过来，妈妈有话和你说。”

江照跟着母亲进了书房，见她拿出了一本相册。

那是江照从出生到五岁的照片，各种镜头、各种背景都有。

江照看着照片里的人，觉得陌生得很，不仅是因为他没有五岁之前的记忆，更因为，照片里的人，压根就不是他。

“阿照，你看，元宝是不是和小时候的你很像？”姚秋云慈爱地摸着照片，“连说话的样子都很像。所以，你告诉妈妈，元宝他，是不是真的是你的孩子？妈妈知道你不喜欢陆佳尔了，知道你有了新的女朋友，妈妈不为难你。”

“不是。”他几乎没有犹豫，“他不是。”

且在他看来，元宝和“江照”压根不像，只是那抹笑容有些许相似。

先入为主的观念实在可怕，若你认定了一件事，无论是多么风马牛不相及的，你都会不自觉地将之联系对应。

江照知道姚秋云所想，知道什么是她想听的答案，但他仍是坚定地扑灭她的希望。姚秋云眼里的光在听到答案的那一刻，迅速地熄灭了，一下子变得黯淡。

5

也就是那一天之后，江家没有再邀请元宝去悠山郡。

陆佳尔终是按捺不住，找上了门。

她出现的时候，林音希也在悠山郡，被江照拐了过来，答应晚上在这边休息，江照正得意着，门铃便响了。

隔着摄像头，她看到了陆佳尔——不是那个颓靡的、沮丧的、故作可怜的陆佳尔，而是那个骄傲的、总是仰着头的陆佳尔，是许多年前他们在公路上相遇时的模样。

“有事？”

“我有话和你说。”

“可是我没话和你说。”

陆佳尔被拒绝了也不恼，扬声道：“江照，我知道你的秘密。”

江照一愣，闻声而来的林音希也是一愣，她下意识地抓紧了江照的臂弯，有些紧张。江照轻轻地拍了拍她僵硬的身体，没说话，打开了门禁。

上了楼，陆佳尔看见林音希微微错愕，但她似乎已经放弃演戏了，不再做出对江照一往情深的模样，也不在乎林音希与江照何等亲密，单刀直入：“元宝是你的儿子。”

“是谁的儿子我不知道，反正不是我的。”

“你知道这话给元宝听见他会有多伤心吗？他一直都希望有个爸爸。”

“我不知道元宝会有多伤心，但我知道作为一个母亲，让自己的孩子叫自己姐姐，每天总把他一个人丢在家里这事更令人伤心。”江照居高临下地睥睨着她，“陆佳尔，你压根不配做一个母亲。”

陆佳尔面色一僵，但很快，又恢复如常：“如果你觉得元宝不是你的孩子，为什么不敢和我去做亲子鉴定？江照，你在害怕什么？”

“我没有害怕什么，倒是你，陆佳尔，你想要什么？”

“我没想要什么，我只是希望元宝有个好的未来。”

“那你该去找他的父亲。”

“江照，你这个胆小鬼。”

洽谈失败，陆佳尔直接要走，却被林音希叫住：“陆小姐，你等等。”

陆佳尔对林音希没有太大的感觉，不喜欢也不讨厌，陆佳尔是谁与她无关，但她们的立场是对立的，因为现在站在江照身边的人是她。陆佳尔虽不耐烦，仍是听完了她的话。

“我觉得元宝最希望的不是有个父亲，而是可以和母亲在一起。你知道他为什么偷偷跑去福利院吗？因为知道电视上说福利院是收留小孩子的，他比一般小孩要聪明一些，太过早熟，他知道你每天在外面工作赚钱很辛苦，没时间陪他，所以不想你那么辛苦，自己偷偷跑掉。”

陆佳尔沉默良久，才道：“他想要什么我不知道，我只是知道，我能够给他什么。”

门“咔嗒”一声被关上。

后来发生的事情，无论是江照，还是陆佳尔，都是始料未及的。

江家没有再邀请元宝去做客，江照是庆幸的，他以为自己终于说服了父母，他们也相信他的话。万万没想到，姚秋云压根没有死心，偷偷拿着元宝和江照的毛发找了亲子鉴定中心，或许是冥冥中的注定，送过去的时候，姚秋云害怕机构不够专业，顺便拿了自己的DNA样本也一起送过去检测。

她是想要个保险，鉴定结果出来却让人大吃一惊，三份样本，都是没有亲子关系，无论是江照和元宝，抑或是姚秋云和江照，都没有亲子关系。

拿到鉴定报告的当场，姚秋云便晕了过去。

当时江照正在开会，接到电话，急匆匆便往家里赶。

江照赶到悠山郡的时候，家庭医生已经给姚秋云输了液，她悠悠转醒，坐在床头发呆，一见到江照，话还没说，眼泪就流下来了。

江照的手还在门把上，看到母亲的眼泪，一时有些不知所措：“妈，你怎么了？”

姚秋云不语，只是看着他，沉默地流泪。

江照这才察觉到奇怪之处，母亲晕倒了，但几个姐姐却都没有回来，家庭医生在楼下待命，房间里只有姚秋云和江麒麟，后者见他进门，已经去了阳台，沉默地抽着烟。

这更令江照觉得不安——江麒麟从来不在姚秋云面前抽烟，更别说是房间的阳台，因为她身体不好，闻不得一点烟味，这会儿却在她生病的时候抽烟。

这实在不同寻常。

当他的目光落到桌面上的牛皮纸袋，看到文件袋上基因鉴定中心的logo时，他比想象中的要镇定，没有惊慌失措，没有忐忑不安，反倒是松了一口气。

这就像你做了一个漫长的美好的梦，你清楚地知道自己在做梦，也沉溺其中，同时也明白天就要亮了，很快梦就要醒，又快乐，又一直在惶恐不安地等着醒来，但闹钟响起那一刻，却松了一口气，因为不用再困在这种未知的令人恐慌的等待里。

江照的闹钟，是在这一天响起的。

江麒麟从阳台上走回来的时候，表情很奇怪，像是明明愤怒、悲伤、痛苦却还要装着镇定、慈爱，他问江照："你知道这是什么吗？"

"DNA鉴定报告。"江照直视父亲的目光，"应该不只是我和元宝的吧，还有一份，是我和你们的对吗？"

江麒麟眼中的希望，像被一桶冰水，狠狠地浇灭了。

江照看着他，他似乎苍老憔悴了不少，两鬓的发又多了不少白，站在这里的不再是远洋集团高高在上的董事长，而是一个悲伤的父亲。

他扶着床边的沙发，看了一眼自己的妻子，像是用了很大的力量才问出，小心翼翼的："阿照，你一直知道这件事？"

"我知道。但也是大半年前才知道，在当年绑架我的林萍去世之后。"江照想了想，"我一直知道元宝不是我的儿子。照我的性格，我压根不会否认，直接拉着他去亲子鉴定就可以了，但我不敢，自从我得知自己不是江照那一天起，我就对亲子鉴定这件事有些说不上的反感或者厌恶，有点排斥。”

江麒麟没有说话，但江照能感觉到他的身体在微微地颤抖，至于姚秋云是什么表情，江照不敢去看。

“其实从那天你们把元宝带到悠山郡，我就想到会有这么一天。我是可以阻止的，但是我没有，因为这个秘密，把我压得太辛苦了。”

“阿照呢？原来的阿照在哪里……”姚秋云突然问。

江照的心像是被刺了一下，疼痛难忍，可他咬咬牙，还是道：“他死了。”

他的决定

第十一章

Chapter 11

1

只要是秘密，都会有守不住的一天。

纵然林音希信誓旦旦表示，江照已死这个秘密永远不会泄露出去，纵然傅见西说，他什么都不知道，也不会想去了解这件事的始末，更不会与别人说起。

它终究还是暴露在阳光之下。

得知自己的儿子已经死去，而现在的江照不过是个替代品这个消息的当天，姚秋云便被送到了医院的抢救室。

这些年来，姚秋云身体虽不好，却也只是羸弱，从未出过什么大毛病，一下子得知丧子的消息，她半晌没说话，半夜却呕出了鲜血。

江照守着姚秋云守了三天，她才从重症病房转到普通病房。

姚秋云醒后的第一件事，便是要看江照，见到他却是什么话都没有说，只是神情哀伤地看着他。江照轻轻地握着她瘦弱的手，不敢看她憔悴苍白的脸，那一句“妈”也卡在了喉咙里。

她对着江照很是平静，看到江麒麟却稍显激动，医生担心他刺激到妻子，只能将他请出病房。

虽然知道江照不是自己的儿子，但看他衣不解带地守在妻子病床前，江麒麟也说不出什么狠话，况且这件事，原本就不是他的错，他也是个无辜的受害者，始作俑者是躺在疗养院已经成了植物人的江亚男，但整件事的罪魁祸首，还是江麒麟自己。

是他为了江亚男手中的权力，使计逼她离开远洋。

是他担心江照被绑架之事会对远洋上市产生影响，硬生生地瞒住了。

江麒麟从来不相信因果报应，但那些年做过的错误决定产生的后果，兜兜转转又回到了他的身上。

仅是几天时间，江麒麟整个人老了不止十岁，不再是那个精神抖擞、威风凛凛的上位者，而是一个失去儿子、妻子生病还不愿与之见面的无助老人，连步履都显得蹒跚。

江麒麟看着江照从病房里出来，忙问：“怎么样了？”

江照摇摇头：“还是不大好，一直昏睡着，清醒的时间很短。”看到老人带着希冀的目光，他顿了顿，仍是残忍道，“您先回去休息吧，您也好几天没有休息，她……她会想通的。”

江麒麟撑着拐杖，也不理会他，或许是还没想好该怎么面对他，遂又坐了回去。

江照还想劝，余光却瞥见走廊尽头有个一大一小的身影，正在朝这边探着脑袋。他回头看了萎靡的江麒麟一眼，快步朝他们走去。

“你来干吗？”

陆佳尔正在安抚撇着嘴的元宝，听到声音忙起身，便看见冷着脸的江照。

“我没有来干吗，元宝听说奶奶病了，要来看奶奶。”说着，她看了一眼元宝。元宝看了看江照，垂头丧脑地点头：“奶奶很疼我，给我买蛋糕吃，她生病了，我来看奶奶。”

“元宝，你去那边帮我买瓶水，你自己也买瓶酸奶。”江照指了指走廊深处的饮料机，“你会用吗？”

陆佳尔知道他有话要说，饮料机也不远，这里可以清楚地看见，便点点头，让元宝拿了钱去买。

果然，元宝一走开，江照连个笑容也不屑给她：“陆佳尔，你的算盘打得真好。我妈住院的事没几个人知道，更别提在哪家医院，你还能找到这里来也真是费尽心思。可是啊，你的如意算盘打错了，元宝不是我的孩子，她已经做了亲子鉴定。你想要什么，在我这里，永远都不会得到。连自己的孩子都可以利用，我想不到你有什么做不出的。”

陆佳尔在震惊中好久才回过神，自嘲地笑了笑：“我利用自己的孩子？

我还没有那么卑鄙。一开始，我没准备利用元宝，我只是想回来找你，没想到你已经有了新欢，全然忘记旧爱。元宝的事情是意外，有他的时候，我们刚分开。我当时也是破罐子破摔，想着你如果不相信我，去亲子鉴定，这事也就算了，只是我不知道你为什么提起亲子鉴定就变脸，我才想着，希望他有个好的未来。我从来就没奢望你还爱着我，接纳我，只要元宝以后好，现在苦一些，我也觉得没什么关系，就算要我和他分开也没什么关系。”

“那他呢？他还那么小，你觉得他就真的希望离开你吗？”江照突然问，“去过你觉得所谓的好的生活，离开自己的家人，他真的会快乐吗？”

“像你所说，他还那么小，他知道什么？他很快就会忘记了。”陆佳尔是固执的，几近冥顽不灵，她并不觉得自己有错，也不认为自己为元宝做决定有什么不好。

“如果很多年之后，他在江家生活了很久，而后被发现不是我的孩子，那个时候，你要他如何立足？”

陆佳尔一僵，良久后才道：“我没想过那么远，如果真的有那么一天，他应该也不会受什么委屈，总比跟着我强，毕竟养久的狗都有感情，何况是人。”

她看不透江照脸上那一丝淡淡的忧伤是从哪里来的，从前和她在一起时，他从未露出这样的表情，还未等她看清，他已经面色如常：“他的爸爸是谁？”

陆佳尔脸上有一闪而过的伤痛，好久之后才道：“阿照，我没有骗你，当初是江亚男要我去你身边的。只是，我从来都没有弟弟，生病的那个人，是元宝的爸爸。元宝其实不止三岁，他是四岁，可能是他爸爸身体不好，加上他营养不够，所以看起来小一些。”

陆佳尔看着从远处跑来的元宝，拉着他便要离开。

元宝还记得生病的姚秋云：“不是看奶奶吗？”

“奶奶今天不舒服，我们改天再来。”

元宝“哦”了一声，回头看了江照一眼，想了想，把刚刚给他买的水和剩下的硬币放回他手中，没与他道别，小跑着追上陆佳尔。

江照看着一大一小的背影，在心底深深地叹了口气。

他的手机也就是在这个时候响起来的，是信息，只有三个字。

——对不起。

2

姚秋云生病的事，林音希是知道的，却不知是何原因，江照也没有提及。

连续好几天江照都在医院里和几个姐姐轮流陪伴母亲，连公司也没有去，偶尔只是深夜给林音希打电话，声音疲倦又脆弱。

林音希虽然心疼，却也无能为力。

江照并非江家之子这件事，只有江麒麟和姚秋云知道，姚秋云这一病，这个秘密暂时被按捺下来，但很快，随着她病渐渐有起色，终究没有瞒过江照几个姐姐。

姚秋云并不喜欢医院，所以在医院住了两周便回到悠山郡疗养。

她出院的当天，江麒麟便去了一趟郊区的疗养院看望躺了大半年的江亚男。自她出事后，江麒麟便不曾见过她，这会儿见妹妹像活死人一样躺在病床上，他除了愤怒，更有一丝不知从何而来的悲戚。

早些年，他们一起创立远洋，明争暗斗，后来江亚男为了嫁给傅家成，自愿脱离远洋，几年之后又仓皇归来，两人便一直扮演着和睦兄妹，背地里都做了不少折损阴德的事，却死死地守着口，这么多年也没有暴露。

他们是兄妹，那么相似，同样骄傲，也是同样的心狠手辣。

“都说我们是兄妹，龙兄虎妹。没想到老了，却落了这么个下场。你成了活死人，而我呢，应了你当年那句诅咒，没儿子送终啊！”

姚秋云因为这事大受打击，江麒麟仍旧扮演着家里的主心骨，这会儿却在江亚男的病床前弯了脊梁，老泪纵横。

但当他走出病房，他依旧是高高在上的远洋集团创立者，他仍是希望，所有的一切都掌控在自己手中。

“您说，您是谁？”林音希接到电话的时候，她以为是自己听错了。

电话那头低沉的男声又重复了一次：“我是江麒麟。”

没有冗长的自我介绍，没有各种头衔，一个名字，便足以让林音希知道他是谁。

她在远洋工作将近两年，只在公司年会上远远地见过他一次，那是个笑容里透着威严的老人，一双眼睛似是能洞悉一切，皱纹也无法掩盖眼中的精光。她听过他太多的传奇，比如豪门小姐看上穷小子，比如白手起家，比如几十年如一日的专情。

而现在，这个传奇人物给她打电话，约她见面，她不是不忐忑。

从她与江照在一起的第一天，李星就给她打了预防针：“家庭的悬殊是阻碍爱情的关键，你以为所有电视剧和小说都是虚构的吗？虽然当初江老爷子和妻子在一起也是经过了重重阻碍，但今时不同往日，他已经达到了那样一个高度，远洋这么大一个企业，他肯定希望江照能够有一段能给他带来好处的婚姻对吧？”说到这里，李星又拍了拍她的肩膀，“不过啊，江照那个人，看似风度翩翩，实则离经叛道，估计他不怎么会听他家老头的话，所以你也不用太忧心。”

林音希好几次梦见江家人把支票甩到自己脸上，结果什么也没有，倒是江北出现过几次，表现也不像是要来让她滚出江照的世界，反倒是像到动物园里围观猴子。

在林音希已经接受自己是江照女朋友这个设定，带着“他们要长久在一起”这个奢望时，她忽然接到江老爷子的电话，不是不震惊，不是不忧虑。

但江麒麟说："这事，希望你保密。"

所以她是瞒着江照来赴约的。

会面地点是在市区的一家高级茶馆，林音希赶到的时候，江麒麟已经在等待了，茶艺师正在点斟茶水，翠绿色的茶汤不缓不急地落在杯子里。

林音希目光落在江麒麟脸上时，吓了一跳，他的两鬓完全斑白，虽然头发梳得整整齐齐，但整个人还是显露出一种苍老的疲态，与年会上精神抖擞的模样判若两人，但她很快垂下眼，将自己的震惊掩盖。

林音希已经做好了江老爷子要自己离开江照的打算，可没想到，他喝了两盏茶，问的却是："你母亲什么时候离世的？"

林音希愣了一下，过了半晌才道："七个月前。"

"你小时候和江照在一起生活过大半年？"

当江老爷子问出这句话的时候，林音希已经隐隐有了感觉，他已经知道江照的身份了，他今天来，是为了求证。果不其然，她还没有回答，江老爷子已经问出下一句："江照当时身体不好？生过很重的病？"

"我年纪小，记得不是很清楚。"

其实并不是，她记得很清楚，因为林萍当时总给江照喂安眠药，他每天都在昏昏沉沉地睡着，精神一直很不好，有时候一睡就是一整天，也不怎么吃得下东西。他发高烧的那个夜晚，下着大雨，整个人烧得红彤彤的，林萍抱着他去看医生的时候，他才睁开眼睛看了她一眼，眼中饱含着痛苦。

"你不知道？那我倒想问问林小姐，你一个绑架犯的女儿，和当年被绑架的孩子在一起是带着什么样的感情！"江麒麟像是终于抑制不住自己的怒气，狠狠地拍了一下桌面，杯子微微颤抖，茶汤随着他的动作溅在桌上。

"我想问问林小姐，你在面对受害者的父亲时，是带着什么心情？"江麒麟的眼睛是红的，眼神凶狠可怕，"我不想和你打太极，你也别和我装傻，我知道，你知道所有的秘密。现在的江照是谁，真正的江照是什么时候死的，为什么死的，你是知道的。我想知道，他埋在了哪里？"

林音希苍白着一张脸，看着这个悲痛愤怒的老人，耳边是自己急促的一声盖过一声的心跳，她感觉自己的心快要从胸口里跳出来。

她知道，自己的答案并非他想要听到的，她毫不怀疑，自己这句话会引起他的暴怒，可她只有这个答案。

“对不起，我不知道，我真的不知道。”

她不知道那个夜里林萍带着江照去了哪里，她不知道江照是在什么地方死去，她不知道他被埋在了哪里，她只在深夜听见林萍凄厉地叫着他的名字，她只知道，从那天之后，这个名字就开始与自己形影不离。

林音希未曾察觉自己已经流了泪，当她感觉到手上有水珠的时候，已经泪流满面。

而江麒麟将脸埋在了自己手心里，半晌没有抬起头。

良久后，她才听见他道：“不要在我面前出现，永远。”

林音希走出茶馆的时候，江照刚好打来电话。

他和她絮絮叨叨地讲着母亲的情况，她在这个时候才察觉出他的不寻常来。这些天，他的话多了不少，除了母亲生病外，更因为心里压着事，他不安，可她却不知道。

听到他沙哑的声音，林音希忍不住呜咽出声。

那边当即顿住：“林音希，你在哭？”

“没有。”

“撒谎，明明就是在哭。怎么了，被那些小鬼头欺负了吗？还是陆佳尔又去找你了？”江照听她不语，又猜测，“难道是因为想我？我知道你想我，等我妈情况好一些了，我就去见你……”

江照又说了什么，林音希一个字也听不清。

她不知道秘密是在什么样的情况下被揭开的，他当时又是怎么面对的，是有多么慌乱和无助。他一个字也没有与她说起，只是一个人静静地承受，半个字不曾透露。

他将她从江堤拉起来时说过：“我会保护你，不要害怕，有我在。”

无论是陆佳尔的事，还是现在，他都不曾与她说起，不是他不在乎她，而是他想要守护她，不想让她忧愁。

林音希后知后觉才明白这个道理。

她没有揭穿江照的伪装，也没有将江麒麟来找她这件事告知江照，她不想再一次打乱他的步伐，她想做他坚实的后盾。

无论他怎么做，做出什么决定，她都会支持。

因为，她爱他。

3

第二天，林音希便打不通江照的电话，无论她拨多少遍，那边都提示关机。

不仅如此，公司的事情也交由另一个总经理全权处理。

“肖总据说是董事长的秘密武器，虽然三十五六岁，但据说是十几岁就跟着董事长了，你家江照接受远洋总部的事务后，肖总便一直在开拓海外市场，这次也是临时被叫回来，现在整个公司人心惶惶。今年可真是不平静的一年，先是尚宇事件，江董又出了车祸成了植物人，现在江夫人又生病了。”李星见林音希不说话，以为她对公司的事不感兴趣，又道，“我一直以为你家江照是个披着羊皮的狼，一个看似温润无害实则心狠手辣、冷血无情的大Boss，没想到他这么孝顺，江夫人病了，他便请了假照顾母亲，只让我们把重要文件送去给他签字，别的都交由肖总全权负责。”

但林音希知道，并不是这样。

江照并非江家之子，这个封存了二十多年的秘密终于还是守不住了，且这事并不是什么好事，若是被媒体得知，很快能渲染成为一出豪门丑闻，不仅如此，远洋的股票怕是也会跌了不少。所以无论这个事件在江家掀起多大的波澜，对外都不能吐露一个字，只能让它腐烂在半山腰的悠山郡里。

林音希不知道江照此时在悠山郡里面对的是什么样的一个场景，他电话关了机，她便一遍遍地打，好像听着那边的系统女声，会让她安心一些。

她一连打了两天电话，第三天，福利院有个孩子在课间的时候从滑梯上摔下来，需要缝针，院里的医生见情况太严重，忙叫了救护车。那个老师也不过二十二三岁，刚出校园，出了这事吓得手脚发抖，林音希便陪着一起去了医院，一直到深夜才从医院回来，走到家门口才想起这一天还没给江照打电话。

她进电梯前按了拨打，电梯里信号不好，直到出电梯电话才慢悠悠地接通了，随即传来一声熟悉的铃声，声控灯也在这个时候亮起，她抬起头，就看见站在门口的江照。

这样的江照令林音希觉得陌生。

他看起来没有她想象中的狼狈，甚至看不出一点疲倦，只是穿的不是笔挺的西装，是休闲的运动套装，让他显得年轻稚嫩，像刚出校园的大学生，手机还在他手中响个不停，他没接，她也没挂。

两个人对视了好一会儿，林音希才问："你怎么来了？在楼下没看见你的车。"

江照"嗯"了一声，说："我来看看你。"

"那怎么不进去？"

"你们这里隔音不好，隔着门板我听见李星丧心病狂的笑声，没听见你的声音，我猜你应该不在。"他想了想，"所以没按门铃，如果我进去，她应该笑不出声了。"

"那你怎么没打我电话？"

这个问题，将江照问愣了，他似乎也没想过给林音希打电话，只想在这里等她，她一回家，他就能够看到她。

“我忘了。”他如实道。

事实上，江照真的只是来看林音希，她与李星同住，他不方便进屋，在门口等到她回家看了她一眼，同她说几句话之后便要走。林音希只当江照还要回去照看母亲，也不敢多问他别的消息：“你妈妈还好吗？”

“嗯，好多了。我先走了。”

“那你路上小心。”

她看着江照进了电梯，心仍是悬着的，只是不敢问，低头给他发了信息。

江照没有开车，走到树园门口手机才响起。

——无论什么时候，无论什么情况，我都会在你身边。

他低头盯着那条信息看了许久，并未发觉自己的嘴角微微上扬，露出了久违的笑容。

他沿着树园往星海汇走，往常开车并没有觉得远，即便是在最拥堵的时间段，也觉得不过尔尔，这会儿走着，才发现这条路漫长得几乎没有尽头。

他没有走多远，便听见有人在背后鸣笛。

灯光刺目得很，他看不清车里的人，却认出了背后的车。

“阿照。”

果然，来人是傅见西，两人对视了一眼，默契犹在，他没等对方开口，直接打开车门，上了副驾驶。

傅见西也不问他去哪，直接开车。

“我就知道你会来这里。”

江照有些疲惫，靠着座椅，也没有说话，望着窗外的车水马龙。

夜已深，南泽仍旧车来车往，这个城市的繁华和喧闹从不会因为谁而停止。江照不认路，但也知道车开往的不是星海汇的方向，直到车在一个安静简洁的小区停下，傅见西才说："七栋1014，密码是的我生日，如果你忘记了就睡大街吧。我刚叫阿姨清扫了公寓，很干净，东西基本都准备好了，换洗衣服从衣柜里拿，都是我的，也有新的，只要你不介意。"

江照没有下车，只是看着他："你都知道了？"

他点点头："舅舅前些天找了我，表姐刚刚给我打了电话，舅妈好像在电话那边哭。"

轻描淡写几句，江照的心沉了又沉，忽然觉得挫败无比。他问："为什么？"

这话问得没头没尾，傅见西却听懂了。

"还记得我们第一年去澳洲吗？有一次跟着导师去布里斯班，你说要和我一起，人生地不熟，我被几个黑人抢了电脑，当时就想这样算了，你却死活不肯算，因为电脑里有我的论文，你追了那几个黑人半个街区，还和他们打了一架，可最后还是没把电脑抢回来。"

江照当然记得这事，当时年少气盛，傅见西让他别追，他还骂傅见西胆小，自己追了上去，结果被人打进了医院，还连累傅见西也骨折了。

"我说过，你是我的兄弟，无论什么时候，无论你是不是江照，你都是我的兄弟，不会变。"

一个小时之内，接到两枚温柔炸弹，江照猝不及防，鼻子一酸，几乎要没出息地落下泪来。

真丢人。

他打开车门下车，走到门禁，发现傅见西的车还没有开走的意思："拜托，不要搞得像情侣送别好不好？我一身鸡皮疙瘩都起来了。"

傅见西耸耸肩，朝他挥手，很快将车开走了。

江照站在公寓门口，抽完了口袋里的最后一根烟，才开了门禁。

4

这是江照离开江家的第一天。

这些天对江照来说，是人生中最漫长的时光。

姚秋云出院后，在家中疗养，但她的情况并不好，每天都要打很多针，几个姐姐相继回到家里，但她们都有自己的家庭，所以陪在姚秋云身边的，更多是江照。

她昏睡的时间很长，清醒的时间很短，每每醒来，就看着江照："你不要走，在这里陪着妈妈。"

江照点头，哪里也不去，累了便在旁边的沙发上休息。

他还记得，母亲从ICU里出来，见到他的第一句话是："你永远是我的孩子。"

江照一震，不可置信地看着她。她却摸摸他的手，眼角有泪。

这样说来或许不科学，但每一个母亲和自己的孩子都有种别人无法介入的心灵感应。江照被绑架一年后，被带回，虽然他似乎还是那个江照，连满月时烫伤的疤还在一模一样的位置，但姚秋云总觉得他不是自己的孩子，但她没有说出来。

失而复得的感觉太美好，她害怕自己会永远失去，所以自始至终都没有说，想着那就是她的孩子，只要他回来就好。

这些年，她完全不去想这件事，认真地抚养着他，看着他长大成人，早已经忘记当年那个荒谬的想法。

江照就是她的孩子，她最小的那个孩子。

所以当鉴定报告摆在她面前，她一下子承受不住，当时忍不住去想，如果江照不是她的孩子，那么她原本的孩子去了哪里，现在怎么样了？

事实永远比想象要残酷。

二十几年的感情，早已经比血液更加浓烈，无论是姚秋云和江麒麟，抑或是江照几个姐姐都无法割舍。

就算江照不是江家的血脉又怎样？他做了超过二十年的江照，他与他们有着深厚的情感，这是血缘也无法超越的。只要他还是江照，只要他永远是江照，这个秘密还会是秘密，应该永远被尘封。

只是，江麒麟咽不下这口气，他可以接受江照，可以像原来那样与之生活着。但他却不能与他的亲生父母有任何联系，一辈子不能与之见面，包括他血缘上的妹妹叶深深，她与远洋的合同会被终止，不会与之再合作。同时，江麒麟不容许江照与林音希再有任何联系，因为她是林萍之女，是这场意外的罪魁祸首，纵然林萍已经死了，其罪恶也无法抵消。江家无法接受江照的女朋友是一个绑架犯和杀人犯的女儿，且还是这场悲剧的始作俑者。

江照还想继续做江照，便要接受他的所有掌控，江照的人生，不容许再出现一丝差错。

关于那对父母，江照其实并无感情，血缘虽永远无法隔断，但他失去了关于他们的所有记忆，无论是从前、现在还是以后，他都不会与他们有任何联系。

至于叶深深，她经营着99%工作室，江照相信她的能力，即便她不与远洋合作，仍旧能够过得很好。但叶深深与远洋的合作是互利的，无论于公于私，江照都不想中止这个合作，这对叶深深并不公平。

最后，是林音希。

江照能够理解，江麒麟阻止他与林音希在一起的原因，但他无法接受，他在江麒麟开口的那一刻，便给出了否定的答案。

江麒麟却让他想想：“和她在一起，你会失去你现在所拥有的一切，远洋的职位，远洋的股份，你的房子，你的车子，包括你的银行卡，你都要留下来。阿照，你做惯了天之骄子，从未体会过一无所有的生活，不知道那是一种多么可怕的事情。你不仅没有物质，你连亲人都会失去。况且，当你什么都没有的时候，那个女孩还会陪在你身边吗？我给你三天时间，你想清楚再给我答案，不要让自己后悔。”

如果他什么都没有了，自己能够好好地生活吗？

如果他什么都没有了，林音希还会与自己在一起吗？

江照没有用三天时间，他仅用了两个小时就给了自己确定的答案，他离开远洋，失去拥有的一切，但他能够自己去努力，去得到更多的。

只是，他将会失去他的亲人。

那个温柔和蔼的母亲，严厉又有掌控欲的父亲，严肃却又疼爱他的大姐，看似淡漠实则热心的二姐，神道道、话痨的三姐，三十岁了要做母亲了还像猴子一样的江北，从此以后，他们都会离开他，不再是他的亲人。

他选择林音希，就会失去这一切。

江照想了整整两天，他觉得自己就像站在一条分叉道，无论往哪里走，都不可再回头。

第三天，江照敲开了江麒麟的书房门，江麒麟看到他，嘴角有一丝笃定：“阿照你是个聪明人，我知道你会有怎样的选择，比起一个女人，眼前所拥有的不更值得你去珍惜吗？”

江照看着这个自己叫了二十年父亲的老人，他老了许多，可是他仍旧是那么骄傲、自我。江麒麟笃定自己会选择江家，他笃定自己舍不得荣华富贵，他觉得把自己看透了，自己永远逃不出他的手掌心。

江照看着他苍老的面庞，认真又坚定：“我不会离开林音希。”

她永远不会像你这样想要掌控我，她永远不会为难我，不会逼我去做任何决定，她只会默默地支持着我。

所以，让您失望了，我不会离开她。

江照刚往外走，便听到巨大的一声“砰”，伴随着各种东西落地的声音。

“你走，你走了就不要回来，江家不是那么随便的地方。你会后悔的，你一定会后悔的。”老人喘着气在咆哮。

他站在书房门口，听着江麒麟在书房里砸东西，一直没有动作，直到他看见母亲推着轮椅从房间里出来，她似乎猜到了他要走。

“你要去哪里？”

江照在她的轮椅前蹲下：“妈妈，好好养病，我会常回来看你，给你打电话。”好像，他不是要离开江家，只是像往常一样回星海汇，下个周末就回来。

可江照和姚秋云彼此都知道，这是个谎言。

姚秋云拉着他的手，紧紧的，不肯放。

江照轻轻地覆住了母亲冰凉的手，不敢看她的眼睛，生怕一不小心，就在她面前溃不成军。

5

林音希发现，江大忙人似乎忽然变得空闲。

她下班的时候，他基本已经在公寓楼下等她了，坐在大厅的沙发上，闲闲地看着报纸，等她下班后一起吃饭，或者在附近看场电影，再送她回家。

福利院又接收了几个新的孩子，她除了给孩子上课，还要充当生活老师，因为脾气好，孩子们也喜欢她，所以别的老师总会麻烦她做各种事情，久了之后，她也有了怨言。

“许老师总是把各种又脏又累的活给我，明明好几个老师，她专挑我一个。”

“那你就拒绝啊，一次不行就两次，你总是这么好欺负，怎么能行？”

林音希愤愤地握了拳头表决心，说明天一定要拒绝那个总是把事情交给她的同事。结果她才走到半路，又喃喃道：“其实许老师也挺可怜的，老公生病好几年，还有两个孩子要养，她想早点下班回家也是正常的，反正我年轻力壮，帮她做点事也没什么。”说完，小心翼翼地看了看江照，见他恨铁不成钢地瞪着自己，也觉得自己反复，不禁笑了起来。

其实林音希有好多好多的疑问。

比如——

“你怎么没开车啊？”最近都没看到他开车。

“你不是老说我迷路吗？坐车更方便。”

比如——

“你怎么不用上班？”

“休息一段时间。”

她还想再追问，江照却打断她：“如果我什么都没有了，没有车子，没有房子，没有钱，你还会和我在一起吗？”

江照这么一问，林音希倒真的认真思考起来：“你没钱没车没房没钱，那一定也没有工作吧？可是我是租的李星的房子，也没有车，一个月拿这三五千的工资刚好够生活，你要是什么也没有了，我可能也养不起你啊！”江照脸色有些僵硬，却听见她故作忧愁地叹了一口气，“那我就省吃俭用一点吧，你也要节俭一点，不能再带着以前的那种大少爷作风，每天要给我打扫卫生、暖床抵债，我就勉为其难地和你在一起吧！”

他心提了起来，又一点点地放了下去，林音希估计也不知道自己刚刚说了什么，还在那里煞有介事地算账：“洗碗十块，拖地十块，擦玻璃、换灯泡这些难度大点，给你二十吧。”

忽然江照问：“暖床多少钱？”

“啊？”

“你不是说要我给你暖床吗？暖床怎么收费，可是很辛苦的一项工作。”

江照声音刻意压低，带着一点沙哑的魅惑，又靠得很近，他呼出的热气让她起了一身鸡皮疙瘩，她想要躲开，他就吻了下来。

这些日子，总是这样。

在电影院，在家门口，在花坛边，他总是这样毫无预兆地吻了过来，缠绵悱恻，却在她沉浸的时候飞速地抽身离开。

林音希又恼又怒，江照却笑得开怀：“瞧，脸红了。”他拍了拍她的肩膀，“你上楼吧，再不上去李星扎我小人了。”

他闲适地散着步离去，林音希看着他的背影，感觉自己好多想问的，可都不记得了。

那段时间，林音希很快乐。

因为江照的吻，耳边没有各种纷杂的声音，她自然听不到江麒麟对江照恨铁不成钢的抱怨，听不见远洋高层的动荡，更听不见谣传在内部的小道消息。

直到她在新闻上看见，江照从远洋离职，肖卓接任远洋总部总经理一职。

林音希问起李星，她也是不知道：“江先生没有上班，对外说是休假，但内部已经传得沸沸扬扬，我见你最近每天和他在一起，以为你是知道的。”

“他真的从远洋离开了？”

“现在群里各种八卦江魔头和江大魔头反目成仇，还有谣传江照不是江麒麟的儿子的，说是江夫人的私生子，反正人心惶惶，我感觉股价也要跌了。”

林音希一惊：“什么？”

“都是谣言，之前还有传江亚男不是江麒麟妹妹的呢！反正除了江先生离开远洋这事是真的，旁的你不用理会。”李星还以为她被谣言吓到了，岔开话题，“你也别瞎想了，我之前还猜是江家阻碍你们在一起，所以削了江魔头的职位，这难道能当真吗？”

说者无心，听者有意，林音希的脸一下子变得苍白。

她仓皇地打了车赶到星海汇，发现密码锁换了，她的指纹已经失去效用，同时被保安告知，江照已经很久没回来了。

她定了定神，给他打电话。

“江照。”她极少这么正式地叫他的名字。

他的声音听不出异常：“怎么了？”

她斟酌了好久才拿捏好语气：“你是不是和你家……闹翻了？”

他似乎笑了一下：“算是吧，怎么了？你看到新闻了？还是李星告诉你的？李星这丫头没想到还挺可爱的，得知我离职的消息，直接递了辞职信，说忠臣不事二主……”

林音希又是一愣，这事李星没提，她也毫不知情，她忽然觉得沮丧，好像什么事她都不知道。

她最亲密的两个人做了什么，她都要第三方来告知。

电话那头的江照似乎察觉到她的失落，叹了口气：“我不是和你说了吗？”

“什么时候？没有。”她愤怒。

“那天，我问你，如果我什么都没有了，你还会和我在一起吗？是的，我什么都没有了，没有房子、车子、工作，现在，我只有你了。”

“我以为你在开玩笑，我不知道……”

“那现在，你知道了，后悔了吗？”

林音希被他堵了个哑口无言，过了半晌才道：“江照，你这个浑蛋。”

浑蛋在电话那头又笑了，一副“我就知道如此”的模样。林音希听着他笑，也不说话，直到他停下来才问：“你在哪里？”

这下，江照没有说话了。

难道是住在30块一晚的小旅馆？难道是在麦当劳或者肯德基对付一夜又一夜？还是在地铁站和流浪汉抢地方？

“到底在哪？”

“你打住，我没有落魄到那种地步。”似乎是猜到她在想什么，江照不甘不愿道，“我住在见西这里。”

江照不想住在傅见西那里，却没有第二个地方可去。他不想接受傅见西的帮助，除了傅见西却没有人敢在这个时候对他伸出援手。他不想让林音希知道，因为傅见西喜欢她，虽谈不上是情敌，但这多少令他少了底气。

可是啊，傅见西却说，他们永远是兄弟。

她的坚持

第十二章

Chapter 12

1

江麒麟断了江照的财路，将他从远洋踢走，回收他名下的房产，没想到他更有骨气，将几部车子也留了下来，没有一丝悔改之意：“几部车子虽然是在我名下，但是我所有的一切，都是你给的，远洋给的，所以我不会带走。”

他只带走了几套衣服，和少得几乎可以忽略不计的现金。

他的傲气，与江麒麟如出一辙。

若不是亲子鉴定书上面清清楚楚写明，他与江照毫无血缘关系，他真的毫不怀疑，江照是自己的儿子，行事作风，和年轻时的自己一模一样。

可是啊，年轻气盛还是要付出代价。

江麒麟笃定，江照会后悔，所以他勒令谁也不许给江照援助，他倒要看看，离了江家，那个女孩还会不会和江照白头偕老，他不相信江照离了江家，吃了苦头，还能够大言不惭地说自己不后悔。

他在内心已经把江照当成了自己的孩子，只要江照老老实实地听话，与过去斩断关系，江照还是他唯一的儿子，远洋的继承人。

可是，江照没有。

这些天，江照便住在傅见西市中心的公寓，虽及不上星海汇豪华，却胜在干净简洁，出行方便。

对门住的是对年轻的情侣，刚出社会，偶尔会吵架，多半是男生好高骛远，眼高手低，换了几份工作，都不满意。女孩辛辛苦苦地上班，回来还要给他做饭。两人经常吵得不可开交，随后就砸东西，半晌后又没了声音，估计是抱在了一起，更或者是开始做不可描述的事情。

江照自踏入远洋后，就没有好好休息过。

从前是在底层挣扎，要一步步往上爬，而后是上位者的危机，每一步走得战战兢兢，因为他是江麒麟的儿子，所以无论他做多少努力都是理所应当，更不能行差踏错。

这四五年来，他几乎没有好好休息。

所以，离开远洋的这大半个月，江照什么事也没做，每天在公寓里看书、打游戏，与林音希见面谈恋爱，做了不少这些年没有时间做的事情。

公寓离福利院不远，林音希每隔几天会来一次，先是带了一些他常用的日用品，又买了花和盆栽装点这冷清的公寓，偶尔还会给他做饭。

江照不免想起对门吵架的那对情侣，有些心虚："你怎么从来不让我去找工作？"

林音希奇怪地看了他一眼："你想去你就会去啊。"

"那你不担心我一直不去，每天窝在这里混吃等死？现在只是一个月，你没有怨言，一年呢？两年呢？你能够一直这样下去吗？"

林音希正在帮他熨烫衣服，闻言放下了手中的挂烫机："阿照，你在怕什么？你怕我们像隔壁的那对情侣一样？我不怕，因为你不是那样的人。你既然敢舍弃所有的一切和我在一起，我还有什么好顾虑的？虽然电视里都演过，为了爱放弃一切的男女没有办法有情饮水饱，最后还是因为柴米油盐分崩离析。现实里也有好多这样的事情，可我一点都不担心。因为，他们都不是你。无论你去到哪里，你都能够闯出一片天地，我毫不怀疑你，所以我不担心。"

直到许久之后，江照都没有告诉林音希，那个时候，他是萌生过退缩的想法。

从高高在上的远洋太子爷到一无所有的平凡人，江麒麟虽未曾对外言明他不是江家之子，仍是将他从高处狠狠摔下去。江家父子不和的消息不胫而走，大抵都知道江麒麟是要磨炼自己的儿子，挫他的锐气，谁也不敢轻易接纳他，唯恐得罪江老爷子。

他们是一家人，怎么闹都闹不出问题，外人就不要插手了。

所以很长一段时间，江照不是不找工作，而是知道自己很难在南泽找到一份合适的工作，不是他没有能力，而是南泽极少有能与远洋抗衡的企业。

没有明文公告，但是约定俗成，谁都不敢接纳曾经的远洋江总。

那个时候，江照不是没想过退缩。

他可以和江麒麟承认错误，他只要低头，就可以回到那个家，回到远洋。至于林音希，他可以依旧和她在一起，江麒麟阻挠，他也可以私底下偷偷摸摸和她在一起。

只是这个想法一冒头，便被自己打消。

他看着在厨房忙碌的林音希，她正在处理着从超市买来的虾，一边去虾线，一边和他冷战。原因是他说了超市买来的虾不够新鲜，不能吃，林音希当即就生气了，说大家都能吃，为什么他不能吃，不能吃就别吃。她一口气买了四斤，话也不和江照说，一个人在厨房忙碌，煮了一锅粥，里面的虾比米粒还要多。

江照正准备拿碗，门铃便响了。

“你怎么来了？”

傅见西施施然进了自己的屋，没理会鸠占鹊巢的人，而是去洗手。

江照有些愤慨，明明是自己的粥，为什么要叫傅见西来吃？他刚盛了一碗，便被林音希瞪了一眼：“不是说不能吃吗？你别吃了。”

他一气之下，便真的不吃，回到房间生闷气，听着外面的欢声笑语，闻着食物的香气，带着愤怒和委屈睡着了。

也不知道过了多久，他被人轻轻推醒，夜已经很深了，傅见西已经走了，厨房还传来阵阵香气，林音希有些埋怨地看着他：“你这脾气越来越坏了，说你一句，竟然真的撂筷子不吃。”

“你为什么叫傅见西来？那是我的粥。”他脱口而出。

林音希不可置信：“江照啊江照，这是傅见西的房子啊，你白住了人家房子这么久，我叫人来吃饭怎么了？而且，我们也吃不完啊。”

“谁说的，多少我都能吃完。”他愤愤起身，也不理林音希。

到了厨房，他才发现，林音希给他留了一大锅粥，最少有三个人的分量。她插着手在旁边看着他。江照咬咬牙，埋头苦吃，可惜只吃了三分之二，他就吃撑了。

林音希一边给他揉肚子一边抱怨：“你这脾气可越来越大了，你得改改，不然真的没有朋友了。”

“不是还有你吗？”他舒服得又想睡，林音希隔着衣服狠狠地掐了他一把。

江照便是在这个时候，彻底打消了回江家的念头。

那是他的家，那里很好，可那里没有林音希。

2

这一年的冬天又冷又漫长，江照便是在这里度过了这一年的春节。

他在春节前夕回了一趟悠山郡，或许再也不能说回了，毕竟那已经不是他的家了。

他离开江家后，一直和几个姐姐保持着联系，她们无一不叫他回家，和江麒麟道个歉，认个错，这件事就过去了，他永远都会是江照，她们的弟弟，江麒麟和姚秋云的儿子。

江照听得厌烦，也谢绝了几个姐姐的帮助，态度冷硬，可能也伤到了几个姐姐的心，觉得他是养不熟的白眼狼，为了一个女人竟做到如此，她们渐渐减少了和他的联系，唯有江北，偶尔还给他打电话，给他发来姚秋云的照片和她的身体报告。

他每隔一段时间，还是会给姚秋云打电话，她的身体在这个冬天就没有好起来过，断断续续进了几次医院。她不爱在医院住，像个闹脾气的小孩，一有好转便要回家。江麒麟不让江照踏足悠山郡，却不能阻止他去医院，更何况，他有江北这个眼线，江麒麟前脚一走，他后脚就到了医院。

江照看望久未谋面的姚秋云，那句“妈”没有叫出口，就哽在喉头。

姚秋云瘦了许多，脸颊深深往里凹陷，再也瞧不出从前的优雅，看到他，眼神才微微有了光亮。

“你瘦了。”这是她和江照说的第一句话。

“没有，我过得很好。”江照摸摸她花白的头发，“你不用担心，我这些天过得很好，你要好好照顾自己，我会常来看你。”

“回来好不好？”

江照没吭声，只是帮她掖了掖被子。姚秋云等了半晌，终是没等到答案，失望地垂下眸子。

“那个女孩好不好？对你好不好？”

那是姚秋云第一次主动提起林音希，先前她说过，不在乎江照喜欢的人是谁，只要他喜欢便好。可是，当她知道林萍不仅绑架了江照，且让江照意外致死，还偷龙转凤后，提起林萍的女儿林音希，她再也没办法像之前那么坦然。

姚秋云不是圣人，无法做到心无芥蒂，所以当江麒麟逼迫江照的时候，她并没有完全反对，只是对他说：“不要逼得太紧，你这样只会将他越推越远。”江麒麟这几十年来对妻子言听计从，唯独这一次，没有听她的。

江照不知道母亲为什么会突然提起林音希，认真想了想：“我好像说不出她到底是哪里好，胆小怕事，软弱，经常被人欺负到头上……”

江照越说，姚秋云的心越沉。

问你为什么喜欢一个人，当你能说出无数个原因时，你是真的喜欢她，可你一个原因也说不出时，那就不仅仅是喜欢那么简单了，那是爱。

姚秋云看着江照，他就坐在病床前的椅子上，长腿委屈地蜷缩着，说起那个女孩的时候，嘴角微微上扬。姚秋云在心里叹了口气，说：“下次，把她带给我看看吧。”

江照一喜，又觉得母亲是在开玩笑，认真地看向她的眼睛，被她轻轻地拍了一下：“难道在你心中，我就是那么不讲情面的母亲？”

"不，你是最好的妈妈。"

"你什么时候也变得像江北一样油嘴滑舌了？"

没有，你的确是世界上最好的母亲。

可惜，江照并未成功将林音希带到姚秋云面前。

那天他正准备从母亲病房离开，江麒麟去而复返，看到他勃然大怒："你来做什么？"

"我来看妈妈。"

江照不想在母亲病床前和江麒麟吵架，走出病房，轻轻地带上了房门。

"你有什么脸叫她妈妈？江照，我告诉过你，要么你就和那些乱七八糟的人断了联系，要么你就别回江家，也别来这里。"江麒麟不知道什么时候拄起了拐杖，江照没想到他已经老到了这个程度，需要拄拐。他对着江照扬起了拐杖，因为愤怒而喘着粗气，对着江照咆哮，压根不记得这是在医院："我不是你爸爸，她也不是你妈妈，我们没有你这个儿子。"

江照看着这个自己叫了二十年父亲的老人，胸口传来微微的钝痛感。

他听见姚秋云的咳嗽声，想要进去病房看看，被江麒麟一拐杖打在了腿上，一点都不疼。

江照收回放在门把上的手，头也不回地走了。

那天之后，他就再也没有看到姚秋云。

江北在两天后生了个女孩，江照在商场买了玩具去看望，被告知母亲转了院。他借了傅见西的车开到郊区的私人医院，又被保镖阻拦在门外。

就这样，这个寒冷的冬天慢慢地走到了尽头。

腊月最后那几天，江照终于听说姚秋云出了院，回到了悠山郡过年。他想了想，问林音希："你愿意和我一起去悠山郡吗？"

李星放了年假，和男友许硕回了老家。林音希这几日和江照一起住，闻言，摇了摇头："福利院春节有活动，很多老师都回家过年了，院里就剩我和院长还有刘阿姨，我要帮忙照看小孩。”

在江照目不转睛的注视里，她还是投降了：“我觉得你爸妈应该不会想看到我，我就不去了，你去吧。”

最后，江照是一人回到悠山郡的。

保安都认识他，也没有阻拦，放他进了门。几个姐姐都去了自己家，悠山郡里冷冷清清，只有正在打扫的阿姨，见到他，有些惊讶，正要往里走，他却拦住她。

“我自己上楼就可以。”

江麒麟估计是在书房，江照推开母亲房门的时候，她正坐在梳妆台前，不知道在做什么，听到开门声，头也没回：“你不是还有应酬吗？你去就是，我一个人可以。”往年这个时候，江照都会和父亲一起出去应酬，和高管吃饭，多是姚秋云一个人在家，他从未想过，她一个人在家会做些什么，有没有好好吃饭。

没有听见回答，姚秋云回头，看见来人，吓了一跳，手中的照片掉了一地。

那是他和几个姐姐的照片，从上小学到毕业，越往后，照片越少，最近的一张是他刚回远洋时拍的入职照片，没想到，姚秋云还收着。

“你怎么来了？”

“我来陪你吃饭。”江照轻描淡写。

3

事实上，他们真的是一起吃饭。

只是没有想到，江麒麟竟然没有去应酬，也在家里陪着老妻。或许他收敛了脾气，或许是碍着姚秋云的面子，对于江照的到来，他没有大发雷霆，只是冷着一张脸，被姚秋云瞪了许多眼后，才清了清喉咙，对江照道："既然回来了就算了，之前发生的，就当作什么都没有发生。"

江照停下筷子，不明所以。

"我说过，只要你回来，只要你和那些乱七八糟的人断了联系，什么都和从前一样。"

看得出，江麒麟对于江照的回来是有些高兴的，他甚至让阿姨拿来了酒，可是杯子还未满上，江照的声音已经轻飘飘地传来。

"爸妈，无论我是谁生的，你们永远都是我的父母。"江照看见江麒麟顿住了手，还是将后面的话说下去，"年后，我会去SU上班，他们即将在南泽成立分公司，聘用我为分公司经理。"

SU是美国有名的服装时尚零售集团，去年和远洋首次合作之后，断断续续还有几个项目在进行，多半是由江照经手。远洋一直希望能够与SU长期合作，但江照离开远洋直接去SU上班，这无疑狠狠地打了江麒麟的脸。

他的话音刚落，江麒麟手中的酒杯已经摔在他面前。江照只觉得脸上一疼，随即是姚秋云的尖叫声："江麒麟，你干什么？"

"你怎么不问问你的好儿子干了什么？我让他好好反省，他却给我跑到SU丢人现眼。"

"阿照，阿照你没事吧？"

江照挡开姚秋云的手，感觉自己的脸有点刺痛，再一摸，摸出了一块玻璃碎片。

他轻轻地将它放在江麒麟面前。

"其实你要的根本不是一个儿子，而是一个木偶，听从你的掌控，听话你就喜笑颜开，不听话，你就毁了他。"江照微微低头，"抱歉，你就当没有我这个儿子吧。"

说完，他转身就走。

姚秋云想追，却被江麒麟拦住："让他走，这一次，别再回来了。"

江照听见母亲的哭声，听见阿姨的规劝，脚步顿了顿，没有回头。

临走时，他看了一眼墙上的日历，原来，明天就是除夕了。

春节临近，整个南泽张灯结彩，江照孤零零地走在街上，感觉自己与这里格格不入。

回到住所，林音希却不在，他烦躁地在门上踹了一脚，又到冰箱里拿水，才看见她贴在冰箱上的留言条。

江照将字条揉成一团，还未毁尸灭迹，就听到门铃响。他将门拉开，却没看到人，只看到一堆气球。

“阿照。”

他将气球拨开，露出林音希的脸——脏兮兮的，都是油彩。

“你不是说有活动，今晚不回来吗？”

林音希在福利院分了宿舍，偶尔值夜班，就在宿舍睡。

“我偷偷溜回来的，院长自己搞得定。”

林音希拿着气球挤进门，不小心还挤破了两个。江照心情不好，也没理会她，径自去开酒柜，没想到傅见西这公寓连瓶酒都没有。

他看着满屋子的粉色气球，又看着林音希，莫名其妙觉得碍眼：“把这东西扔出去，不然我把你扔出去。”

林音希估计也不知道他发什么脾气，站在原地没动，看着他手忙脚乱地抓着气球往阳台走，拿了这个又飞了那个，最后他索性用脚踢，将气球全部踢了出去，好一会儿，才将气球全部逐出他的领地。

林音希原本还觉得他莫名其妙，这会儿看他像个小孩子一样可爱滑稽的行为，莫名觉得好笑，从背后抱住了他。

“阿照，我不知道你回悠山郡发生了什么事，但是你还有我啊。”

江照的身体僵硬地被她抱了个满怀，也忽觉自己的迁怒行为很是可笑，却不想认错，只是说：“林音希，从今天开始我就没有家了。”

林音希把脸埋在他后背，也不怕把自己闷死，嘟囔地说了句什么。江照没听清，转身将她的脸扳正，她又把脸埋在了他的胸膛。

“好巧，我也没有家。”她的声音就在他的胸口，顺着骨骼传来，“但我没有难过，因为我有你。”

江照抱着她，对着那张脏兮兮的脸嫌弃地皱了皱眉，又拿手去擦。

林音希被他突如其来的动作弄蒙了，正想反抗，他的吻已经落了下来，他的嘴唇烫得要命。

他们忘情地抱在一起，并未发现，楼下的车里，有人正仰着头看着他们。

傅见西又看了一眼阳台上的人，关闭车窗，却无法克制内心的失落。

他自嘲地笑了笑，发动引擎，驱车前往郊区的疗养院。

4

这一年的春节，是江照过得最冷清的年。

没有烦琐的应酬和推杯换盏，没有虚与委蛇的拜年和奉承，甚至连一餐真正的年夜饭都没有，他和林音希就窝在公寓里，从旧的一年迈到了新的一年。

他们从除夕的凌晨一直睡到春节的清晨，其间林音希大概抱怨了三次肚子饿，要出去买菜做饭，可是江照抱着她睡得正沉，怎么也不肯放手，她只好躺在床上和天花板干瞪眼，直到江照自己饿醒了，才去冰箱里翻箱倒柜，煮了一包速冻饺子。可惜，他不知道饺子是要水沸腾才能放进去，最后把饺子煮成了面片汤。

除夕夜，连外卖都暂停营业了，两人只好对着这一锅面糊糊干瞪眼，林音希也不嫌弃，慢吞吞地坐在他对面喝着汤。

直到汤都喝完了，他才想起：“今天好像是除夕。”

“对哦，这是我们的年夜饭吗？”

两人面面相觑，窗外的烟火恰好在这时腾空而起，映红了江照的脸。

“新年快乐。”

“新年快乐。”

他们同时对彼此说。

有时候想想，其实人生真的特别奇妙。

江照现在所拥有的一切，皆是当年林萍绑架案后阴错阳差而带来的。谁也不曾想到，二十年后，他会为林萍的女儿林音希而放弃所有。

那本就不属于他，失去了，其实也没有多少遗憾。

年后，江照正式任职SU南泽分公司总经理。

自江照离开远洋，流言就从未止息过，不少媒体揣测江家父子反目成仇，更有狗仔偷拍跟踪江照，连林音希也不免曝了光，好在给打了码，众说纷纭，有说江照冲冠一怒为红颜，也有拍到江麒麟出入亲子鉴定中心，对江照的身世存疑。

但无论是远洋或是江照，双方都不给予回应。

直到江照入职SU，才接受了媒体的采访，对此回应：“父母都希望孩子能够在自己的庇护下成长，一生安稳无忧。但人生那么长，父母也会老去，我不想一辈子活在父母的庇佑下，我想要有丰厚的羽翼，保护我爱的人，成为他们的骄傲。”言下之意是，父子反目实则无稽之谈，他只是不想一辈子靠着父母，而想要自己出来闯一闯。

一夜之间，江照成了父母教训自家不成器孩子的武器：“你看人家，有这么好的家庭环境，还这么努力。你看看你，总在抱怨家里没钱比不上别人，现在人人都靠自己，只有没出息的还在指望着父母……”

林音希看着财经新闻上江照面具一般的微笑，忍不住道：“江先生，我真不知道你睁着眼睛说瞎话的本领如此厉害。”

江照正在看文件，头也没抬：“难不成要我对记者们说，是的，你们猜测的没错，我不是江麒麟的儿子，不仅如此，我也因为一个女人自愿脱离江家。那明天，远洋的股票该跌停了。”

“那江先生，你要曝光这事的时候记得提前和我说，我好把股票卖了。”

江照笑了笑，继续埋首工作。

好几次，林音希都想问他有没有后悔过，有没有动摇过。

可是最后她还是没有问出口。

即便他后悔了，动摇了，要离开她了，也不是现在，也是以后的事。

人不能总活在战战兢兢的担忧里，为未发生的事而忧愁。明天会不会有厄运降临还是未知数，却会因自己的杞人忧天而吓走今天所有的快乐情绪。

前一天林音希还在给自己安慰，后一天她便接到姚秋云的电话，要求会面。

一个多月前，她与江麒麟见了一面，江照的秘密便曝光了。现在姚秋云给她打电话，她不免胆战心惊。

那天是周末，外面下着暴雨，她换了衣服要出门，江照疑惑：“你要去哪里？”

“李星约我吃饭。”

“这么大的雨，不许去。”

林音希没有停下穿鞋子的手：“她来接我呢。”

“就李星那车技，这么大的雨，还要出去？又不是多久没见，这个周末你是属于我的。”

“江先生，我是我自己的，不属于任何人。”

江照干瞪眼了好一会儿，也没见林音希改变主意，进了储物间翻了好久，给她翻出一件雨衣：“外面风大，别打伞。”

林音希看着江照，不免想象他的母亲到底是一个怎样的人。

她没有见过江照的母亲，江照也极少提自己的家人，她只知道他母亲身体不大好。

林音希对母亲的形象是模糊的，和林萍相处的时光少得可怜，记忆中没有多少母爱的回忆，林萍离世后她却时常梦见母亲佝偻的背脊。再者，是江亚男，她心狠手辣且恶毒，对自己的儿子似乎也未曾有过什么好脸色，却在生与死的关头，在自己与傅见西之间，选择了儿子。

林音希对姚秋云有个无数个猜测，却没想到，她会是这样的形象——病弱，温和，提起儿女时嘴角噙着笑。

“林小姐，我很不喜欢你。”这是姚秋云对林音希说的第一句话。

林音希一愣，但很快释怀，要是姚秋云喜欢她，那才是件可怕的事。

她的母亲林萍是绑架姚秋云儿子的人，且原来的江照也是因为林萍的疏忽而不明不白离世，江照则是因为她而离开江家，离开远洋，要是这种情况，姚秋云还能喜欢她，那才令人觉得惊悚。

“可是，阿照喜欢你，为了你，他什么都没有了，连家也回不去，难道你就这样眼睁睁地看着，无动于衷吗？”

林音希低着头，不敢看这个伤心的母亲：“对不起。”

“是啊，你是该说对不起。如果不是你，现在阿照还在我的身边，不会离开我。”姚秋云微微叹了口气，“那么，林小姐，你会为了江照，离开他吗？”

来了，终于还是来了。

林音希总以为这一天不会来，但它还是猝不及防地到来了。这个问题她也问过自己无数次，但每一次，得到的都是相同的答案。

“不会，我不会。”

姚秋云以为自己听错了：“你说什么？”

“您是不是觉得，我会和您说，我会离开江照，只要他过得好就好，我会离开他。”她不卑不亢，“可是，令您失望了，我不会离开他。如果有一天他不喜欢我了，离开我，我会放手。但现在，我不会离开他。江照为了我放弃了很多，如果我在这个时候离开他，并不是真的为他好，而是在伤害他，同时也是不尊重他，不尊重他对我的感情。对不起，我是不会离开江照的。”

这番话，林音希在心底练习了无数遍，终于有了发挥的机会。可林音希说完又有些后悔，很担心姚秋云会生气，她的身体并不好，要是气坏了怎么办。所以，林音希又抬起头小心翼翼地看了她一眼，她脸上的表情很奇怪，没有愤怒，更没有伤心，很是平和。

“阿照没有喜欢错人。”姚秋云说。

后面的事情，有些出乎意料。

姚秋云没有义正词严地逼迫她离开江照，也没有声泪俱下地哀求，仿佛原先那一句只是例行问话，答案无论是与否，姚秋云都不会多加干涉他们的生活。

那个暴雨的下午，她和姚秋云聊了很久很久，大多是关于江照近期的生活。他在SU工作并没有那么顺遂，一开始并不能服众，但仅仅半个月，他就拿下了一个大项目；他在家里也会发脾气，养了几条金鱼，两天之内便死了两条，他一气之下把它们倒到楼下的喷水池里，很快又后悔了，趁着夜色偷偷捞回来；他们也会吵架，因为她还和李星住在一起，只在周末过来陪他。他私底下打了好几个电话恐吓李星赶走她，可李星已经不是他的下属，不怕他，与他吵了一架。她知道后，又和他吵了一架，两人冷战了两天。

林音希没有说太多关于江照的好，她只是讲了他生活中的模样，事无巨细，只要姚秋云问，她便认真地讲，听的人也认真。

如果不是姚秋云的电话一遍遍响起，催促她回去，或许她会在那里一直听到夜幕降临。

离开的时候，姚秋云有些遗憾：“林小姐，希望下次有机会再见面。还有，麻烦你不要告诉阿照我来找过你。”

江家的车正在咖啡店对面，林音希没有先走，站在姚秋云身后陪她等司机来接。

暴雨下了一个下午，并没有停止的趋势，广告牌被吹得啪啪作响。

林音希的电话就在这个时候响起来，是江照。

可是她没有接，因为她看到对面的巨幅广告牌突然被风掀了起来，像一块巨大的幕布，劈头盖脸往姚秋云的方向压了过来。

5

江照接到电话赶到医院，已经是两个小时后的事情。

他打林音希的电话，对方先是没接，而后是关机。外面风雨很大，他担心她出事，只好又将电话打给了李星。他不打还好，一打吓一跳，林音希并没有和李星在一起，李星是约过她去看电影，被她以外面暴风雨太危险为由拒绝了，今天她们压根没有碰过面。

林音希的朋友并不多，除了李星估计只剩下傅见西，他又给傅见西打了电话。傅见西也着急，因为林音希已经许久没有联系他。挂了电话，傅见西很快就开车去接江照，一起陪他去福利院看看。

周末的福利院很冷清，院长认识傅见西，也知道江照是林音希的男朋友，但对于他们一起来找她这事很惊讶：“她今天休假，并没有来。”

江照和傅见西无功而返，抱着“她手机没电已经回去了”的心情赶到公寓，却仍旧没有看到她。江照又担心又烦躁，傅见西便开着车陪他在南泽兜兜转转，去她常去的地方，看看哪里能够找到她。

雨天的南泽街上车辆稀少，江照听着雨水哗啦啦浇在车上，对傅见西说：

“见西，我感到很不安，眼皮一直跳。”

这些年，傅见西极少听见江照示弱，虽然他也心焦，但这个时候不应该自乱阵脚。

他正想说话，江照的手机便响了。

傅见西只听到他“喂”了一声，便没有说话，后视镜里他的脸又白又冷。傅见西正准备停车，便听到江照说：“别停，去医院。”

傅见西一顿，竟然换错了挡，待他重新发动引擎才发现，自己的手心里都是湿漉漉的汗，握着方向盘的手有些滑。

江照说了那句话后，便陷入了漫长的沉默。傅见西没有问江照发生了什么事，是谁进了医院。

未知才是最安全的。

江照抵达医院的时候，手术室的灯还亮着。

姚秋云满身是血地坐在手术室门外等待着，江麒麟正低声和她说着话，她却出神地望着门，没搭腔。

江照叫了一声“妈”，看到她衣服上的血却突然迈不动步伐：“你，还好吗？”

姚秋云见到他，眼眶突然就红了：“阿照，别怕，妈妈没事，这些血不是我的……”

血已经干涸，凝固成了暗红色。

“那这些血……”其实他早已经猜到，可还是想要再确认一遍。

“阿照，你冷静点，听妈妈说，这些血是林小姐的，她进手术室了，你在这里等等，医生说很快就会出来。”姚秋云从未见过江照脸上有那样的神色，仓皇、震惊，很难用语言形容。

事实上，林音希扑过来的那一刻，她也被吓到了。

她站着等司机来接，对面的广告牌被风吹得轰隆作响，她正准备低头打电话，便听到林音希一声“小心”。她抬起头，那块巨大的广告牌已经狠狠地朝她压了过来。姚秋云反应不及，林音希突然扑了过来，将她护在身下。

林音希有些瘦，骨骼压得她有些疼。她听到轰隆一声，像是有什么东西狠狠地砸在林音希身上，随即是林音希痛苦的呻吟。

“您没事吧？”

“你没事吧？”

姚秋云听到她的声音还清晰，很是庆幸，忙挣扎着坐起来。林音希却没有动。天色很暗，咖啡厅已开了灯，照着林音希，她跪坐在地上，头上、身上都是湿漉漉的水。

姚秋云还没来得及扶她起来，便发现，有血滴滴答答地顺着她的耳朵往下流，她的耳朵摇摇欲坠，只连着一点点皮。

林音希没有哭，像是不知道发生了什么事，只是看着她，又问了一次：“您没事吧？”

姚秋云真的不喜欢她，那一刻却特别的难过，特别的心疼她。

“我很好，没事，你别怕，我马上叫救护车。”

周遭一片喧哗，是尖叫和汽笛声，姚秋云哆哆嗦嗦地打电话，林音希仍在那边一遍遍虚弱地问：“您没事吗？您还好吗？”

姚秋云一震，叫了一声她的名字，她却忽然直直地往后倒去，还好，司机扶住了她。

江麒麟正在与警察交涉，愤怒地要广告商出面。傅见西则去找医生了。手术室门口的长椅上，只坐着江照和姚秋云。

“妈，你回去换身衣服吧。”江照的拳头握住了又松开。

姚秋云却没有动，只是道：“阿照，你没有喜欢错人。”

手术整整持续了四个小时才结束，医生出来时，脸上带着些许轻松的表情：“很顺利，缝合也很成功，如果病人恢复得好，以后应该不会留疤。”

江照的心刚放下，马上因为医生的话而提了起来：“但病人的听力会不会出现障碍，还要等术后恢复后进行测试。”

医生一般都不会将话说得太满，他这么说，意思已经很清楚了。

江照颓唐地坐在长椅上，听着江麒麟愤怒的咆哮声，忽然觉得这个世界有点吵。

他们的爱情

终章

Final Chapter

1

对林音希来说，她的世界从未如此安静。

从很小的时候开始，她便觉得自己的世界太吵了，总有各种各样的声音伴随着江照这个名字突然出现。最开始她埋怨、痛苦，而后她坦然接受，到最后，她是感谢这些纷扰的、嘈杂的声音的。

如果不是这个特殊的能力，她不会遇见江照，她不能够一次又一次提前预见江照有危险，更不能够和他走到一起。

可现在，她不仅失去了这个能力，甚至连自己本来的听力都失去了。

在听力测试里，她的左耳完全无听力，右耳听觉严重受损。

得知这一消息的时候，林音希独自一人在病房里呆坐了一天。

她在医院整整住了两个月，这两个月的每一天，江照都陪伴在她的身边。

"你不回去？"

江照看着她，说话很慢，她听不见他的声音，却看清了他的口型："老头子有的是钱，他给你开了私人高级病房，不比公寓差，我住这里舒服得很。"

手术之后，林音希已经出现听觉障碍，最初她是惶恐的、害怕的。江照一遍遍地安慰她，说是手术后遗症，很快就会好，她也相信了。

听力测试后那一天，江照永远不会忘记，当他推开病房时，林音希独自一人坐在床上，抱着自己的胳膊，一声不吭，不像前几日。

对，前几日。

术后醒来的时候，林音希就发现自己的异常，她很慌乱地问江照自己怎么了，江照欺骗她说是手术后遗症，很快便会好起来。所以林音希以为自己听力失聪只是暂时的，很快就会好起来，她一点也不担心，反而会故意开玩笑一般和他比手语。

现在呢，她木然地坐在病床上，眼神空洞。他叫了她的名字："林音希。"

直到第三遍，他才想起，她是听不见的。

江照走到林音希面前，慢慢地蹲下身，她的眼睛才慢慢有了焦距，却很快蓄满了泪水。

“我是不是以后都听不到了，我会成为聋子吗？”她不是不害怕，勇敢与坚强都是装出来的，是给别人看的。

江照用力地摇头：“不会。我会带你去看医生，国内看不好，我们去国外看。再看不好，还有助听器，你不会听不见的，也不会变成聋子，你还可以把我当成你的耳朵。”

她伏在他的胸口哭，他还在断断续续地安慰她，还没有习惯她失去了听力，以为这样她能够听得见。林音希听不见他的声音，却可以感觉他从胸口传来的震动，让她很安心。

林音希就这样被抱着睡着了。

在医院的两个月，每一天，江照都陪伴着她。

他早晨去上班，中午赶回来和她吃饭，下午再去上班，无论多忙，晚餐也会陪着她一起吃。饭食多是姚秋云让悠山郡送来的，变着花样，大多是利于伤口恢复和补血的食物。

辞了职的李星无所事事，每天来看她，看到餐盒便忍不住嘟囔：“这和医院食堂简直是天与地的差别，江夫人这是把你当成了儿媳妇对待吧？我能留下来吃饭吗？”

说完没听见林音希的回答，李星才想起她是听不见的，自己低着头，她也看不清唇形，当然不可能回答。

李星垂头丧气，林音希却安慰她：“医生说以后可能会恢复，阿照也给我定制了助听器，过几天就会来。你不用担心，应该和以前没有什么区别。”

她是这样安慰李星，却安慰不了自己。

当着别人的面总是一副无所谓的模样，等探望的人走了，她便缩在被窝里，一动不动地盯着天空发呆。

福利院她自然是去不了，有个下午傅见西却带了几个孩子来看她，是她带的那个班的孩子，其中有个先天聋哑，有个有先天性心脏病，还有个小朋友因意外丧失了一只手，被父母遗弃。孩子们听说小音老师生病了，缠着要来看老师，当然不可能一个班都来，所以他们几个是被派来的代表，整齐划一地站在林音希的病床前，认认真真地说："小音老师，早日康复。"

林音希听不见，但看口型也猜出大概，又感动又心酸，这群可爱的孩子，也不知道她以后还能不能继续给他们上课。

孩子不能在外面逗留太久，转交了小朋友要送给小音老师的礼物后便要回去。傅见西带着一群小萝卜头，忽然被林音希叫住："谢谢你。"

傅见西笑了笑，没说话。

他走了两步，却回头问她："林音希，如果……"他说了一半，却忽然低下头。林音希听不见，正想追问，却看见江照从外面进来了。

她看见江照和傅见西交谈，却始终听不见他们说了什么。

当天夜里，林音希问江照："傅见西当时和我说了什么？当时他低着头，我没听见。"

江照明明听见她的问话，却摇头耸肩，表示自己不清楚。

"你骗我，你一定听到了。"

江照点头："我是听到了，但我不会告诉你。"对，他不会告诉她，他听到傅见西问："如果哪一天你离开阿照，或者阿照离开你，让我来照顾你好不好？"

他不会让林音希知道这个问题，因为他代替林音希回答了傅见西。

"不好，也不会有这么一天，我不会离开林音希，也不容许她离开我。"

傅见西摇了摇头，没说话，离开了。

江照耿耿于怀，在他走后便去找了护士说这几日拒绝姓傅的探视。

林音希得不到答案，失落地背过身。失聪之后，她比从前敏感又脆弱了不少，别人将她当成病人，她会生气，别人不将她当成病人，她也生气。

江照不知道如何是好，还在想要不要告诉她傅见西的问话，便听见她问：“阿照，你会不会离开我？”

“如果我一辈子都好不了，你会不会离开我？我是个聋子，可能还会是个脾气暴躁的聋子。不要因为我救了你妈妈，去掉这个条件，你好好想一想，你会不会离开我？一天、一个月你能受得了，一年呢？甚至更久的时间呢？你能接受这样的我吗？”

林音希是背对着江照的，她问了问题，却不敢去看答案，因为江照从来不骗她，他的回答，一定是真实的。

他走到了她面前，手放在了她的肩膀上。

自她听不见后，他时常做这个动作，让她将注意力放在他的嘴唇上。

“林音希，你有没有后悔？如果知道你救我妈妈会是现在这个后果，你还会不会去救她，会不会挡在她面前？你会后悔吗？”江照说得很慢，她足以看清，“你的答案，就是我的答案。”

我没有后悔，一次也没有后悔。

因为我知道，如果她出事，你一定会很伤心，所以我一次也没有后悔过。

2

那个夜晚，江照和林音希在病床上相拥着入眠。

病房里其实还有另一张床，可林音希总是做噩梦，时常半夜尖叫着醒来。江照去安抚她，可她听不到声音，在黑暗中仍旧像溺水之人一样无助，所以他只能抱着她睡。

第二日醒来，林音希发现他在床上还很惊讶：“你怎么和我睡在一起？”

“你做噩梦了。”

她却是不信，总怀疑他别有用心，对一个病人还色心不死。她总在睡觉前将他赶到另一个床上去：“给医生查房看见，多丢人。”江照只好回自己的床，半夜，又偷偷地爬过来，天明时又溜回去，累得不行，又乐在其中。

这一次，却是林音希主动要求：“阿照，你晚上和我睡一起好不好？就要出院了，我心里还是有点不踏实。”

江照从背后环抱着她，她身上还带着药和碘伏的味道，或许她是自己也察觉了，扭了扭身体：“我有点臭，好久没有洗头了。”

“没关系。”

可是她听不见，缩到了床的另一边。江照只好将她拉了过来，手脚并用地制服。起先林音希还挣扎，他用空出来的手轻轻地拍着她，她慢慢地安静下来，很快，就听见她沉稳的呼吸。

林音希即将出院，却越发沉默寡言，江照虽担心，却也没法每天陪在她身边，只能每每下班就往医院赶。

结果就在出院的前一天，他接到护士小姐的电话：“林小姐不见了。”

江照当时在开会，接到电话只来得及和秘书说一声，直接往医院赶，结果一到医院，护士也急得焦头烂额：“林小姐不知道去哪里了，手机也打不通。”

“什么时候走的？”

“下午江先生来看过她，然后她说要去花园逛逛，不让护工跟着，然后就一直没回来，我们找了几次。”小护士刚出校园不久，被分配到高级病房，也知道这里的人非富即贵，看着江照越来越难看的脸色，越说声音越小，几乎要哭了。

江照知道为难一个护士没什么意思，眼下还是找林音希要紧。

他给江麒麟打电话，劈头盖脸就说：“你和林音希说了什么？”

“你这是什么语气？对你老子就这样说话？”

“你不是已经和我断绝关系，连家也不让我回了吗？”

江麒麟被江照噎住了，气得要摔电话：“我和她说什么是我的事，你想知道，你就问她去，问我做什么？”

“她现在不见了。是不是你说什么刺激她了？你不知道那是个病人吗？她是为了救妈妈才这样的，我不奢望你对她心怀感激，但至少不要刺激她吧。”

江麒麟也觉得奇怪：“她不见了，不应该呀，她……喂喂喂……”

江麒麟话还没说完，江照已经挂了电话，气得他真的将电话摔了。

真不能怪江麒麟，因为林音希回来了。

她穿了便服，手上拎着蛋糕盒子，裤子却有些脏。江照铁青着脸，将她看了一遍，发现并没有受伤，只是手上蹭破了一点点皮。

“怎么回事？”

“我出去逛逛，没听到鸣笛，被电动车撞了。”

江照又生气又心疼，见她平安回来，忍了忍，没有训斥她，让护士来给她上药。

可怜的小护士因为没有看顾好病人，被护士长骂了一通，就连林音希求情都无法奏效。

看着林音希内疚的模样，江照落井下石：“你知道是因为你别人才被骂，下次可不要乱跑，要吃蛋糕告诉我，我去给你买。”

“我就想出去走走。”

“定制的助听器还没有来，你这样出去很危险。”

“阿照，你是不是以为我走了，没有回来？”林音希忽然道，“下午，你爸爸来找我了。”

江照攥起了拳头，过了半晌才问：“他和你说什么？”

“他和我说，如果我永远都好不了，会离开你吗？”林音希看着江照，在他眼中看见了不安，“我会阻碍你的前程，我会成为你的负担，与其以后痛苦地互相埋怨，还不如现在就离开你。”

“林音希……”

“你以为我会这样对你说，然后像小说和电视剧里写的一样，离开你，一个人默默地生活吗？你想得美江照，我不会离开你的，我要一辈子折磨你。我是为了救你妈妈而受伤，你爸爸虽然讨厌我，不喜欢我，却也说过不会再阻碍我们，你别以为我聋了你就可以丢下我，不可能。你要陪着我治病，如果我好不了，你还要一辈子照顾我。我这么喜欢你，你不能离开我，不能始乱终弃。”

江照没想到她会变脸这么快，还沉浸在莫名的悲伤情绪里，却见她得意地咧着嘴笑。他恼怒得很，抽回被她握着的手，却看见她眼中闪着一点晶莹。

反驳的话，他突然都说不出口了。

“知道了。”

我不会离开你，即便你没有救我妈妈，我也不会离开你。

因为，我爱你。

可是这一句，江照却是怎么都说不出口。

直到多年之后，林音希回忆，总会忍不住抱怨：“你似乎都没有对我说过我爱你，连求婚都是我求的。”

“是啊，谁叫你那么爱我。”江照十分得意。

“你还没告诉我，当时，我爸和你说了什么。”

“我为什么要告诉你？你想知道，自己问你爸爸去。”

那一年，江家父子终于在林音希为姚秋云挡了广告牌后而握手言和，重归于好。

只是，江照仍旧没有回远洋。

江麒麟震怒不已，对着妻子却不敢咆哮，变成了小声的抱怨：“我连林萍的女儿都能接受，他还想怎样，难道要我跪着和他认错吗？”

姚秋云不认同：“他说过，不想一辈子在你的庇护下小心翼翼。他想要靠自己，他在SU不也挺好吗？这几个月，也和远洋谈成了好几个项目，报纸杂志都在夸你虎父无犬子，难道不好？”

江麒麟心里得意，嘴上却不认输：“还不是看在我的面子上，不然谁知道他江照是谁。可惜，他怎么偏偏看上那个姓林的女孩，世界上好的女孩多的是……”

得知姚秋云是被林音希所救，江麒麟有些庆幸，又觉得她是逢场作戏，说不定这也是她布的局。所以赶到医院的时候，他内心还是对林音希有些鄙夷的，而看到姚秋云身上的血，和血淋淋的林音希时，他差点没稳住，可那女孩却连哭都没有哭，躺在病床上对医生说：“我没有家人，我自己可以签手术同意书吗？”

那个时候，他不是不触动。

所以他一手承担了林音希的手术费、住院费，姚秋云让司机给她送饭他也没有阻拦，但他心里仍旧觉得不舒坦。

那个下午他去找林音希，才知道她双耳完全失聪。

“我送你去美国治病，你离开江照。”

她想了想，摇头：“我要和江照在一起。耳朵，我会自己赚钱治疗。”

“那江照呢？如果你治不好，你会成为他一辈子的阻碍，你真的不会后悔吗？”

他居高临下，林音希听不到声音，只能拼命仰着头看他的口型，拳头紧紧地攥着，明明很害怕，却要故作镇定，还是太年轻啊。

“我不后悔。”

“你不要以为你救了我的妻子，我就会接纳你。”

林音希仍旧不卑不亢：“我没有这样以为。我那个时候救江夫人，不是因为她是您的妻子，而是因为她是江照的妈妈。我看到她有危险，下意识就扑了过去，从未想过要换得什么，因为如果她出了什么事，江照一定会很难过。”

江麒麟后面要说的话，都被她堵住了，他嘟嘟囔囔将林萍的罪过数落了一通后，发现她仍旧平静，才想起，她是听不到的。

“快点把耳朵治好，我可不想以后报纸媒体写我江麒麟的儿媳妇是个聋子。还有，你别以为我已经接纳你，以后要是阿照有了别的喜欢的人，我会感天谢地。”

说完，也不等林音希反应，他狠狠地将门一摔，走了。

他又忘记了，林音希听不见，他的门摔得多用力，都不会震慑到她。

林音希还傻傻地站在那里，过了好一会儿，才知道他说的是什么意思。

她后知后觉地明白，他大概是不会反对江照和她来往了吧。

不得不说，江麒麟和江照虽没有血缘关系，性格却是十足像。

比如，闷骚这一点。

出院的那天，江照说为她从国外定制的助听器也到了。

林音希忙着收拾东西要离开，江照说了好几遍，她也没听见，因为压根没抬起头去看他。

江照只好将东西往她眼前一放：“林小姐，助听器来了。”

“好的，我先把东西收拾一下。”

“你不打开看看吗？也不试戴一下吗？漂洋过海来的，你会戴吗？需要我帮你吗？”

江照站在她面前，她要看他口型，没法好好收拾，不听他的，他会一直缠着她，也不知道得收拾到什么时候，她只好说：“好好好，你帮我戴上吧，我不会戴。”说着，她打开了盒子。

可是，盒子里装的却不是助听器，而是一枚戒指。

江照一脸严肃地拿起戒指，问她：“林音希小姐，你是在向我求婚吗？”

那是一枚简单的铂金戒指，镶嵌着钻石。

林音希还没反应过来，冰凉的戒指已经套进了自己的无名指。

“林音希，我答应你的求婚，你现在可以亲吻你的未婚夫了。”

林音希还在看他，他却用手覆住了她的双眼。

“我爱你。”

图书在版编目（CIP）数据

讨厌的你. 2 / 7号同学著. 一南昌：百花洲文艺出版社，2017.4
ISBN 978-7-5500-2072-6

Ⅰ. ①讨… Ⅱ. ①7… Ⅲ. ①言情小说—中国—当代 Ⅳ. ①I247.5

中国版本图书馆CIP数据核字（2017）第002670号

出 版 者 百花洲文艺出版社
社　　址 江西省南昌市红谷滩世贸路898号博能中心Ⅰ期A座20楼　邮编 330038
电　　话 0791-86895108（发行热线） 0791-86894790（编辑热线）
网　　址 http://www.bhzwy.com
E-mail bhzwy0791@163.com

书　　名 讨厌的你. 2
作　　者 7号同学
出 版 人 姚雪雪
总 策 划 周 政
总 监 制 杨翔森
责任编辑 臧利娟 周振明
特约编辑 乔治娅
封面设计 小 乔
版式设计 李映龙
经　　销 全国新华书店
印　　刷 湖南天闻新华印务有限公司
开　　本 710mm × 1000mm 1/16
印　　张 17
字　　数 260千字
版　　次 2017年4月第1版
印　　次 2017年4月第1次印刷
书　　号 ISBN 978-7-5500-2072-6
定　　价 29.80元

赣版权登字：05-2017-4